KB231520

Swell

Swell

스 웰

품격있는 멋쟁이가 되기 위한 보석 같은 노하우

신시아 로리 · 일렌느 로젠비그 지음

박무영 옮김

|참솔|

SWELL: A Girl's Guide to the Good Life
by Cynthia Rowley & Ilene Rosenzweig

Swell

신시아 로리 Cynthia Rowley

현재 세계의 여러 도시에서 자신의 이름으로 의류 매장을 운영하고 있는 유명 패션 디자이너.

일렌느 로젠비그 Ilene Rosenzweig

세계적인 신문 「뉴욕 타임스 New York Times」의 ‘선데이 스타일 섹션’의 팀장.

CONTENTS

『스웰 –품격있는 멋쟁이가 되기 위한 보석 같은 노하우』는 한마디로 말해 사회 속에서 숨쉬며 살아가는 여성들을 위한 '스타일 지침서'라고 할 수 있다. 애교 섞인 약간의 거드름(!)과 함께, 그보다 훨씬 많은 우아한 기품을 지니고 세상을 헤쳐나가게 도와주는 일종의 가이드인 것이다. 주변의 일을 뭐든지 쉽고 깔끔하게 처리해 나가는 것처럼 보이는 솜씨는 생각처럼 쉽지 않은 법이다. 그러므로 여성들은 처세(?!)에 관한 자기만의 해결 노하우를 한두 가지쯤은 익히고 있어야 한다. 예를 들어 식당의 지배인이나 직원에게 팁을 주어 그 가게에서 제일 좋은 자리를 차지하는 법이라든지, 갑자기 들이닥친 손님에게 짧은 시간 안에 멋진 저녁식사를 대접하는 비결, 또는 수줍음 많은 남성으로 하여금 당신의 전화번호를 받아적게 만드는 노하우 등을 말이다. 이런 것들을 누군가 내게 일찌감치 가르쳐 줬더라면 참으로 좋았으련만……. 안타깝게도 그러기란 말처럼 쉽지 않은 일이다. 당신의 어머니가 라스베이거스에 있는 유명한 차밍 스쿨에라도 다녔다면 얘기가 다르겠지만 말이다.

진정한 멋쟁이 여성이란 후한 티퍼(tipper)란 말을 듣거나 로맨틱한 연인이 되기 위해서, 또는 근사한 파티를 열기 위해서나 멋진 옷차림으로 집을 나서기 위해서 엄청난 시간을 투자하거나 지갑 속에 돈을 꽉꽉 채우지 않는다. 멋쟁이들은 인생을 즐기며 살아갈 줄 알지만 쓸데없이 거만하거나 속물적인 행동을 보이지는 않는다. 재기발랄하고 영민하며, 어느 곳에서나 자연스럽게 적응하고 행동하는 매력적인 여자– 이런 '사랑스러운 그녀'야말로 21세기가 진정 필요로 하는 신세대 여성인 것이다
이 책은 멋스러운 정신과 스타일이 만나는 일종의 접점이라 할 수 있을 것이다. 지

은이 두 사람은 무엇보다도 삶의 즐거움, 살아가는 기쁨에 대해 쓰고 싶었다. 그래서 우리는 삶의 멋스러움을 더할 수 있는 모든 종류의 이야기들을 담아내고자 노력했으며 거기에 더해 글쓴이들의 경험, 그리고 오드리 헵번(Audrey Hepburn), 프랭크 시나트라(Frank Sinatra) 등 낭만과 품위, 삶에 대한 유쾌한 시선과 애교스런 모험심, 독특한 개성과 기발한 발상을 두루두루 지닌 우리 시대의 뛰어난 멋쟁이들의 일화 또한 함께 곁들이고자 하였다.

이 책에 담긴 아홉 장(chapter)의 글은 여러 장르의 주제를 폭넓게 아우르고 있다. 세계적인 최고급 요리 가운데 하나로 칭송되는 트뤼플(truffle, 송로버섯)에서부터 에그 스크램블까지, 딘 마틴(Dean Martin)의 유명한 숙취해소법을 비롯하여 조그만 가방 안에 필요한 물품들을 빠짐없이 넣는 비법, 그리고 아슬아슬한 미니 스커트를 입고도 속옷을 절대 내보이지 않으며 택시에 올라탈 수 있는 방법에 이르기까지……. '교양있는 사회'라는 것에 대한 우리의 견해는 그저 수프 스푼은 어디에, 샐러드 포크는 어느 위치에 놓는 것이 가장 좋을지 정도가 아니다.

이는 바로 타인에 대한 깍듯한 예절과 기사도 정신, 그리고 옛날 흑백영화들을 그토록 매력적으로 보이게 만드는 낭만적인 휴머니즘이라는 게 우리의 생각인 것이다. 여자라고 해서 첫 데이트 때 예쁜 꽃다발을 한아름 안고 나타나는 멋쟁이가 되지 말라는 법이 있을까. 또 레이스가 곱게 달린 속옷 차림으로 귀여운 러브레터를 끄적이는 그녀의 '여성스러운' 모습을 부정하지도 말자.

진정한 멋쟁이 여성이란 이 세상에 존재하는 것 중 최고의 것만 취하여 경험할 줄 아는 사람이다. 젊었건 나이가 들었건, 소년이건 소녀이건, 부유하건 시시하게 살건 상관없이 말이다. 그리고 '품격있는 멋쟁이가 되기 위한 보석 같은 노하우' 라는 부제가 붙은 『스웰』이란 책을 읽는 일 또한 그렇다.

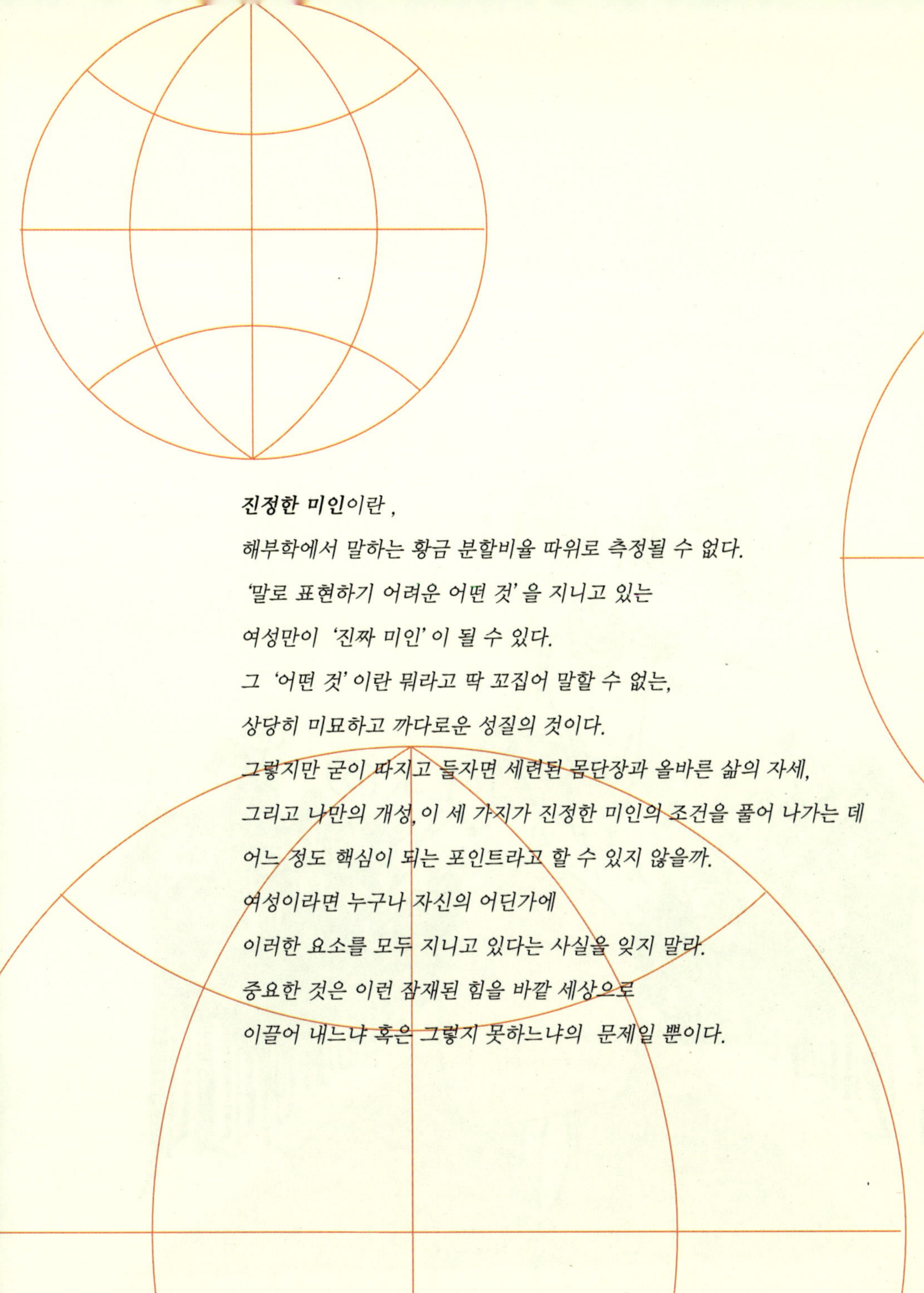

진정한 미인이란 ,

해부학에서 말하는 황금 분할비율 따위로 측정될 수 없다.

'말로 표현하기 어려운 어떤 것'을 지니고 있는

여성만이 '진짜 미인'이 될 수 있다.

그 '어떤 것'이란 뭐라고 딱 꼬집어 말할 수 없는,

상당히 미묘하고 까다로운 성질의 것이다.

그렇지만 굳이 따지고 들자면 세련된 몸단장과 올바른 삶의 자세,

그리고 나만의 개성, 이 세 가지가 진정한 미인의 조건을 풀어 나가는 데

어느 정도 핵심이 되는 포인트라고 할 수 있지 않을까.

여성이라면 누구나 자신의 어딘가에

이러한 요소를 모두 지니고 있다는 사실을 잊지 말라.

중요한 것은 이런 잠재된 힘을 바깥 세상으로

이끌어 내느냐 혹은 그렇지 못하느냐의 문제일 뿐이다.

제1장 스타일

멋들어지게 꾸미는 것이 가장 중요한 거지! 모든 게 페플럼(짧은 주름 장식 – 옮긴이 주)과 어깨 패드에 달려 있는 거라구. 이번 시즌에는 무조건 빨강색이야. 민소매의 바토넥에 플레어스커트, 거기다 절반보다 조금 긴 코트? 그게 용서가 되는 패션이라고 생각해? 이번 가을맞이 내 패션 컨셉은 바로 호피무늬야. ……아, 패션이란 이렇게 우릴 고문하기도, 또 우릴 울고 웃게 만들기도 하는군…….

옷을 입는 데 있어 '해야 할 것'과 '하지 말아야 할 것'들을 너무나도 극명히 구분짓고 그렇게 입도록 명령(!)하는 패션계의 디바들을 보고 있자면, 평범한 우리네들은 입고 있던 헐렁한 홈웨어를 얼른 벗어놓으며 이런 혼잣말을 중얼거리게 된다. '……치잇, 꼭 이렇게까지 해야 하나……?!'

사실, 자기 자신의 눈에 스스로가 멋있게 비춰질 때야 비로소 멋쟁이란 느낌이 살아나는 법이다. 오리지널 멋쟁이의 사전적 정의를 보면 '어떠한 능력 면에서 남보다 뛰어난 사람, 1등급으로 분류되는 사람, 인정받는 사회나 그룹의 일원, 근사하고 패셔너블한 외모를 지닌 사람'이라고 분류되고 있다. 이들이야말로 콜 포터(Cole Porter, 유명 작곡가이자 작사가 – 옮긴이 주)가 자신의 노래 속에 표현하고, 프레드 에스테어(Fred Astaire)가 자신의 춤에서 중심적인 이미지로 삼고자 했던 사람들인 것이다. 다음 세대의 멋쟁이들은 이 전통을 이어받아 재킷의 끝단 처리라든지 커프스 단추의 광택에 까다로울 만치 신경을 쓰는 것 등으로 그 정통성을 계속 살려나가고자 하였다.

포터는 18K 금을 입힌 듯 빳빳한 컬러 깃으로도 유명하였다. 영화배우 캐리 그랜트(Cary Grant)는 자기 양복의 깃을 언제나 자로 정확히 재어, 원하는 길이보다 단 0.5인치라도 차이가 나면 당장 재봉사에게 되돌려 보내곤 했다고 한다. "사람들에게 좋게 기억될 만한 하나의 인상을 만들기 위해서는 500여 번의 세심한 주의가 필요하다"고 그는 말했다. 프랭크 시나트라(Frank Sinatra)의 충고는 또 어떠한가? 그는 "자리에 앉지 않으면 바지가 구겨지는 것을 방지할 수 있다"고 말한 바 있다. 이것은 비단 여성들에게 잘 보이기 위한 것만은 아니다. 이들은 밖으로 보여지는 부분 하나하나에 세심한 신경을 쏟는 것에 큰 즐거움을 느끼며 스스로의 만족을 위해 그러한 수고를 감수한 것이다. 남성들조차 이러할지니 조금이나마 부끄러움을 느끼는 여성들이 있다면 어서 메모해 두시길.

맵시가 있다거나 스타일을 가졌다는 것은 사람과 옷이 하나처럼 잘 어우러지고 어느 곳에나 어색하지 않게 잘 융합이 되는 것을 뜻한다. 또한, 어느 장소든 자신만의 색깔로 바꿀 줄 아는 능력이기도 하다. 어떤 이는 스타일이란 타고나는 것이라고 말한다. 그 사람에게 우리 모두 코웃음을 한번 쳐주자. 디자이너가 자기의 쇼를 위해 정리하는 것과 똑같은 방법으로 당신의 옷장 속을 정리해 보자. 기발한 아이디어로 재미있으면서도 너무 싸구려 같지 않게 코디네이트를 해보거나, 최상이라고 생각되는 색상들과 실루엣을 가진 의복들을 추려 내면서 말이다. 그 과정에서 발생할 수도 있는 몇몇 실패작에 대해서는 너무 큰 부담을 갖지 않아도 좋다.

나만의 쇼를 열자 - 4단계의 스테이지

조금은 피상적이거나 어찌 보면 약간 속물처럼 들릴지도 모르지만, 어쨌든 밖으로 보여지는 내 모습이 나라는 인간에 대해 많은 것을 말해 준다는 사실을 부정할 수는 없을 것이다. 세상 사람들은 모두 각기 다른 면모와 각기 다른 감정들을 지녔지만, 스타일이란 것은 이와는 또 다른 '어떤 것'이라고 할 수 있다. 이는 과거의 내 모습, 현재의 내 모습, 그리고 미래에 그렇게 되고자 원하는 내 모습이 하나로 뒤섞인 특별한 총체인 것이다.

제1단계 : 나에 대한 정체성을 파악하자

나는 누구인가? 이러한 존재적 딜레마를 놓고 볼 때, 패션이란 상대적으로 그리 어려운 테마가 아니다. 자, 소파에 편안히 기대어 앉아 두 눈을 지그시 감고 스스로에게 몇 가지 질문들을 던져 보자. 어떤 색상들이 내 기분을 북돋우는가? 어떤 종류의 바지를 입었을 때 가장 편안한 느낌을 주는가? 어떤 종류의 섬유나 직물이 가장 좋은 감촉과 느낌을 선사하는가? 스스로의 무의식 속에 잠자고 있는 다채롭고 풍부한 자아의 이미지들을 자유롭게 해보자.

최소한의 공통분모를 발견해 그것을 증식시켜라

당신이 가장 즐겨 입고 또 좋아하는 의상의 종류가 '시프트 드레스'라고 가정해 보자. 그렇담 옷장 안에 주말용 시프트 드레스와 낮에 입을 수 있는 시프트 드레스, 밤에 입기 좋은 시프트 드레스를 준비해 두도록 하자.

그 중 어떤 것은 길이가 좀 길겠고 어떤 것은 속살이 좀 많이 보일 수도 있겠지만, 어찌 됐건 그 옷들은 기본적으로 모두 '내 드레스'인 것이다. 만일 당신이 슬림한 팬츠를 아주아주 즐겨 입는 사람이라면 시장에 나가 슬림 팬츠를 왕창(?) 사들이자. 그리하여 봄과 여름에는 재미난 감촉을 가진 직물로 만든, 상대적으로 다리가 좀더 노출되는 슬림 팬츠를 입는 거다. 가을에는 아마도 좀더 부드러운 느낌을 주는 직물로 된 긴 슬림 팬츠를 입게 되겠지. 가지고 있는 의복들을 자신의 몸에 맞추어 재단하도록 하자. 다시 말하면 그 반대의 경우, 즉 옷에 자신의 몸을 맞추어 가는 일이 일어나지 않도록 주의하라는 말이 될 수도 있다. 만일 스스로 자신의 각선미가 '끝내 준다'는 생각이 들고 또 그만한 자신감만 있다면, 몸에 착 달라붙는 스커트를 자신의 최고 무기로 삼아볼 수 있다.

감정의 변화에 충실하자

아침에 눈을 뜰 때, 세상 사람들은 가끔 이런 생각을 한다. '머리 모양을 좀 바꿔 보고 싶어. 옷들도, 또 이 얼굴까지 말이야(직장 상사도 가끔 이런 말을 던지곤 하지).' 그렇지만 이들이 원하는 건 어느 날은 화류계 여자의 옷차림을 하고 또 다음날은 우아한 귀족부인으로 180도 변신하겠다는 것은 아닐 것이다. 단지 패션이라는 작은 변화의 알약으로 극단적인 기분 변화라는 증상을 완화시키고자 하는 것이다.

자연스럽고 우아한 위장술

당신이 만일 평상시 캐주얼한 의상만을 고집하는 사람이라면 정장을 입어야 하는 정식 모임에 초대될 때마다 일부러 그레이스 공주로 변신할 필요는 없다. 당신은 결혼식에 참석하는 것이지, 무슨 증인 보호 프로그램에 동참하러 가는 것이 아니기 때문이다.

그저 보통 때 즐겨 입는 옷을 조금 치장하거나 약간만 업그레이드 시켜 주면 오케이다. 그것이 티셔츠라면 실크로 된 것이나 약간 실크 같은 느낌을 주는 옷으로 대체하기만 하면 된다. 바지를 입지 않으면 왠지 모르게 불안하고 초조해지는 사람이라면 턱시도 바지에 굽이 높은 구두를 신으면 되는 것이다.

반대로, 성장을 하는 쪽이 더 편안한 사람이라면 괜스레 친구들 사이에서 튀지 않으려고 일부러 캐주얼한 차림을 하기 위해 노력할 필요는 없다. 자신의 패션 혼(!)을 파는 사람은(좀 거창하게 들릴지도 모르겠지만) 법석거리는 해변가의 파티에서 반바지

안에 커피색 팬티 스타킹을 신고 있는 여자와 다를 바 없는 것이다. 섹시한 드레스에 화장기 없는 얼굴, 그리고 맨발…… 이 얼마나 훌륭한 조화인가!

제2단계 : 나만의 독특한 아이디어를 활용하자

브라운색이 한창 유행이라는 이유만으로 당신의 옷이 온통 브라운 계통일 필요는 없다. 유행이나 트렌드는 왔다가 금세 가버리는 것이다. 잡지에 나오는 그대로 머리에서 발끝까지 베꼈다면 당신은 그저 동네 어디서나 볼 수 있는 아이들과 별로 다르지 않은 모습일 것이다.

어렸을 적, 초등학교 시절 갔었던 캠프에서 찍은 사진을 꺼내어 보자.
마드라스 반바지를 입고 있는 자신의 모습을 보면서 아마도 당신은 깜짝 놀라게 될 것이다.
'와, 꽤 멋있어 보이는데!'
그런 어린 시절의 기억을 되살려 돌아오는 봄에는 근사한 복고풍을 연출해 보는 것은 어떨지. 빈티지 샵이나 옛날 옷가지들을 파는 재래식 옷시장을 찾아가 보자. 아니면, 예전과 비교해 봤을 때와 별 다를 바 없는 개발이 덜 된 옛동네에 가보는 것도 괜찮겠다. 이번 여름에는 노출이 심한 얇은 드레스 위에 보이시한 마드라스 재킷을 살며시 걸치는 패션으로 밀고 나가 보자.

우연히 가방 밑바닥에 굴러다니는 눈깔사탕 몇 개를 보고, 당신은 갑자기 이런 생각을 한다.
'음, 이 색깔로 옷을 해 입으면 예쁘겠는데.'
그러니 돌아오는 봄에는 기본 옷가지에 더해, 언제나 무난하게 맞춰 입기 좋은 흰색, 남청색, 브라운 계통 대신 레몬, 라임, 오렌지 등의 화사한 '눈깔사탕 색깔'의 옷들을 몇 벌 구입해 보는 것이 어떨까. 촌스럽다고 팽개쳐 두었던 무지개빛 셔츠랑 예전의 핑크색 스웨터도 다시 꺼내 그것들을 이리저리 매치해서 입어 보자. 너무 밝다고 생각되면 흰색을 이용, 적당히 조절해 가면서 말이다.

한겨울, 어떤 섬으로 여행을 떠난 당신은 레이스가 달린 너무도 예쁜 코튼 드레스를 입고 있는

그 섬의 원주민 여인들을 보게 된다.

문제는, 그 레이스 달린 드레스는 무릎을 스치는 정도의 길이인 데 반해 오는 봄에 유행할 건 길이가 긴 드레스라는 사실이다. 그러니 그곳에서 드레스를 살 때 하나가 아닌 두 벌을 사도록 한다. 두 벌을 산 다음, 곧장 재단사에게 달려가면 되는 것이다(훌륭한 재단사를 알고 있는 것은 훌륭한 변호사를 아는 것만큼이나 중요한 일이다. 좋은 재단사란 좋은 변호사만큼이나 중요하다)! 그리고 그 중 한 드레스의 레이스 끝단을 잘라내어 다른 쪽 드레스에 이어 붙이면 만사 오케이 (어렵지 않죠?)!

제3단계 : 아주 가끔씩은 모험을 감행하라!

어린 시절, 어떤 옷이 어떤 옷과 어울리고 무슨무슨 색깔끼리 어울리는 게 적합

한지에 관한 당신의 생각은 그야말로 '사고치는' 수준이었다! 기이한 무늬들을 마구 섞어 입질 않나, 목걸이를 머리밴드로 쓰려고 시도하질 않나, 또 멀쩡한 바지에 염색을 하고 구멍을 뚫고…… 이 모두가 그저 '멋있어 보인다'는 이유 하나 때문이었다. ……그런 시절을 돌이켜 보면, 굳이 어른이 되려고 안간힘을 쓸 필요가 있을까?

그것이 원래 옷장에 속하는 것이든 아니든, 매일매일 마주치는 것들에 대해 다시 한 번씩 생각해 보라. 가지고 있는 짧고 헐렁한 바지에 어울리는 벨트가 없다면? 집에 있는 빨랫줄을 가져다 벨트 고리에 끼워 두세 번 휘감듯 둘러매 보는 거다! 보통 사람과 다른, 특별한 방법으로 옷을 입어 보자. 오드리 헵번(Audrey Hepburn)은 카디건을 입을 때 뒤집어 입기를 즐겼고, 때로는 재미삼아 남성용 셔츠를 사다가 단추를 채우지 않은 채 뒤쪽으로 허리끈을 매어 입기도 하였다. 자, 그러니 이제 싫증이 난 슬립 드레스를 터틀넥 밑에 입는 것으로 재활용해보자. 그뿐이 아니다! 허리 부분이 지나치게 커서 저걸 언제 입으랴 싶었던 스커트는 일정 금액에 음식을 무한대로 제공하는 특별 식당이나 뷔페에 갈 때 유용하게 이용할 수 있지 않은가.

한 주가 시작되는 아침, 월요병의 우울함에서 좀처럼 벗어나기가 힘들다면? 아무 색이나 마음 내키는 대로 선택해 부조화스럽게(!) 입어 보자! 보랏빛, 코발트색, 암청색, 붉은색이 도는 청색…… 어느 색상도 좋다. 고정관념과 일반적인 개념을 깨자! 단, 한 번에 모든 것을 바꾸려고는 하지 말지어다(단지 '격식 없어' 보이고자 하는 것이지, '대책 없어' 보이려는 목적은 아니지 않은가!).

그룹 토킹 헤드(Talking Heads)가 펑크 밴드들이 대규모로 모인 장소에 도착했을 때, 그들은 카키색의 작업복과 얌전히 단추를 채운 셔츠를 입고 무대에 등장해 그 곳에 있던 온갖 기발한 복장들을 한 수많은 청소년들과 다른 펑크 그룹들을 일시에 제

압했다. 아이러니컬하게도, 모든 이들이 뭔가 새롭고 기발한 아이디어와 엽기적인 면모로 남들보다 좀더 '튀어 보이기' 위해 노력하는 분위기에서 가장 눈에 띄는 것은 바로 가장 '전통적이고 평범한' 것일 수 있다. 이를 이용해 우리도 한 번 남들의 눈에 '튀어' 보자. 신발장에 박혀 있던 오래된 모카신 풍의 구두와 구식 카우보이 부츠, 또 할머니가 주신 진홍빛 브로치(섹시한 이브닝 드레스의 얇은 끈 위에 살짝 달아 본다)를 오랜만에 꺼내 잘 닦아 내어 걸치는 것으로 주위에 있는 그 누구보다도 '앞서가는' 사람이 되어 보는 거다.

제4단계 : 삭제와 편집의 즐거움을 즐기자

때로는 뒤에 남겨 두는 것이 겉모습을 위한 최선이 될 수 있다. 좋아하는 아이템이지만 걸거나 달지 않고 하지 않은 채로 남겨 두는 것이다. 때론 냉혹한 결단력도 필요한 법. 옷을 입거나 몸치장을 할 때, '과다'와 '오버'에 대해 스스로 전쟁을 선포하자. 그러면 마음의 평화가 뒤따를지니…….

옷장 안을 정리하자

무질서하고 복잡한 옷장 안은 스타일의 적이다. 옷장 어디쯤에 어떤 옷들이 쑤셔박혀 있는지 모르는 상태라면, 오늘 입을 티셔츠에 어떤 바지를 매치시켜 입어야 할까 하는 문제는 생각조차 하기 힘든 일이 되는 것이다.

　한 계절이 끝나 갈 즈음마다 한 번씩 재고 조사에 나서 보자. 옷가지마다 '만료일'을 부여하는 거다. 처음에는 매주 한 번 정도 입다가 시간이 지나 두 달여에 한 번, 그리고 이제는 한 철에 한 번 정도밖에 입지 않는 옷이 있다면, 슬픈 일이지만 그건 냉정히 말해 이미 끝난 것이다. 당신이 무지하게 아끼는 캐시미어 랩스커트에 구멍이 났다. 좀 때문에 생긴 아주아주 작은 구멍일 뿐이지만 아쉽게도 이제 이 랩스커트에도 이별을 고하자. 그간의 추억에 감사하며 말이다. 그렇지만 전쟁의 와중에서도 어디엔가 약간의 동정과 연민은 남아 있는 법. 정말 큰마음 먹고 구입한 고가의 반짝거

리는 뱀가죽 코트는 몇 번 입지도 않았을 뿐 아니라 유행도 타지 않는 만큼, 후손들을
위해 잘 보관해 두어야 한다. 박물관에 보낼 만한 값어치가 있는 다른 것들과 함께 잘
보관해 두도록 하자. 그리하여 이것이 이 시기를 표상(!)하는 대표적 빈티지 제품이
될 때까지 햇볕이 들지 않는 어딘가(여행용 양복 커버백을 이용하는 것을 추천하고 싶
다)에 잘 간직해 둔다. 당신이 이번 세기 동안 입게 될 다른 것들을 방해하지만 않는
다면 말이다.

무조건 걸고 달기 전에 먼저 가지치기를!

현관문을 나서기 전, 뭔가 한 가지를 떼어 내고 외출하는 습관을 갖자. 거울을 들여다
볼 때, 오늘의 포인트가 무엇인지 집어내어 보자. 오늘의 하이라이트는 새로 산 은색
구두라고 생각한다면, 구두에 반짝반짝 광을 내어보자. 번쩍이는 큐빅 핀이나 커다란
칵테일 링 따위로 괜한 경쟁(?)을 유발하지 말라는 뜻이다.

　이 규칙에 대한 예외는 당신이 방의 온도를 높이고자 노력하고 있을 때뿐이다. 그
런 경우라면 벗거나 빼두었던 것들을 도로 걸쳐도 좋다. 당신이 진정 섹시하고 근사
하게 보이고 싶다면, 남들이 상상력을 자극할 여지를 남겨 두어라. 여기저기 노출된
피부, 훤히 드러나는 가슴 사이의 계곡선, 거기다 배꼽이 들여다보이는 옷까지? 이건
너무 '오버' 다. 노출의 법칙은 한 번에 하나씩으로 제한하는 것이다. 그렇지 않으면
멋진 스타일은커녕, 남들에게 오히려 천박한 이미지만 심어 주게 될 것이다.

시간을 벌자

스모키 로빈슨(Smokey Robinson)의 노래에 나오는 내용과는 반대로, 이곳저곳
을 돌아다니며 꼼꼼히 살피며 쇼핑하는 것이 반드시 좋은 것만은 아니다. 당신이
장시간의 탐색 끝에 손에 넣은 획득물(!)과 왔다갔다 하는 현금 거래의 스릴을 즐

기는 타입인지도 모른다. 그렇지만 햇볕이 따뜻한 오후라면, 과연 누가 발길 닿는 대로 이리저리 정처없이 떠돌고 싶어하겠는가?

- **목적의식을 분명히 하라:** 어디에도 필요치 않은 쓸데없는 물건들을 사들이지 말라. 또, 세일 기간만을 목 빼고 기다리지도 말라. 그때쯤이면 당신이 좋아하는 것들은 이미 당신 손을 떠나 버린 후일 테니까. 이와 맥락을 같이하여, 아주 조금 더 품질이 좋거나 아주 조금 더 싼 물건을 찾아 몇 주일을 허비하는 일도 삼가자. 그 아이템이 당신의 마음을 사로잡았다면 당장 구입하라. 그것도 두 개를 사라. 남자들은 언제나 그렇게 한다.
- **완전무장을 하라:** 부티크 안을 걸어 들어갈 때, 신용카드 하나만 달랑 들고 들어가지 말고, 그 동안 구입하려고 별러 왔던 아이템의 잡지 사진이나 신문 광고 등을 가지고 가자. 그에 앞서 방문 전에 매장에 전화를 걸어 두는 것도 좋다. 그래서 정확히 그 물건을 가지고 있다고 하면 갈 때까지 하나만 따로 남겨 두기를 요청해 본다. 가지고 있는 옷과 어울릴 만한 구두를 하나 사려고 한다면? 구두 매장으로 향할 때 반드시 그 옷을 가지고 가도록 하자. 그리고 매장 안에서 전체적인 분위기와 조화감 등을 살핀 후 구입한다.
- **숍에 갈 때에는 잘 차려입고 가자:** 매장 안에서 옷을 고를 때 스스로 기분도 좋고 자신감도 생길 뿐 아니라 직원들의 서비스 또한 한결 낫다는 사실을 몸소 느낄 수 있을 것이다.
- **매장 직원의 명함을 받아 오라:** 자주 드나들며 물건을 구입하는 가게라면 그곳 직원들과 친해 둬서 나쁠 게 전혀 없다. 그들의 이름을 묻고, 그들이 입고 있는 옷을 칭찬하며 "그 옷도 파느냐"고 물어보라. 그리하여 다음번 그 매장 안을 걸어 들어갈 때, "다 팔렸는데요"라는 비극적인 한마디 대신 "손님한테 잘 어울릴 것 같아 따로 보관해 둔 게 있는데 보시겠어요?"라는 말을 듣는다면……. 어떤가? 훨씬 기분 좋은 일이지 않겠는가?

나만의 사인을 가져라

다이애너 브리랜드(Diana Vreeland)는 두 뺨 위의 블러시에서 아파트의 페인트 칠에 이르기까지 '빨간색'의 상징이었다. 캐리 도노반(Carrie Donovan)은 커다란 테의 안경으로 유명했다. 시대의 패션 리더들은 모두 그런 유의 것을 하나씩 가지고 있는 법이다. 그것이 헤어스타일이건, 시나몬 향이건, 전혀 어울리지 않는 옷들을 매치하여 입는 취향이건 상관없다. 중요한 것은 자신이란 존재를 남에게 각인시킬 만한 어떤 독특한 것을 하나씩 가지라는 것이다.

언제나 약간 시대에 뒤떨어진 듯한 빈티지 가방만을 메고 다닐 수도 있다. 항상 등이 파진 드레스를 입는 것으로 유명한 사람이 될 수도 있을 것이다. 어쨌거나, 시시껄렁한 유행들 속에서 언제나 빛을 발하면서 자신과 가장 잘 어울릴 만한 당신만의 독특한 아이템을 적어도 하나씩 지니도록 하자. 그리고 그것을 자신만의 멋진 사인으로 만들어 나가자.

새로운 티셔츠를 구입하라

작년에 입던 셔츠를 꺼내 염색을 해서 입는 것도 물론 나쁘지 않다. 그렇지만 스타일이란 것이 미묘하고 민감하게 바뀌어 포착하기 어렵듯, 우리의 보는 눈 또한 마찬가지다. 그러니 이제 가지고 있는 옷들을 '업데이트' 시켜 보자. 봄에만 해도 멋져 보이기만 했던 컬러가 가을에 보니 조금 촌스러워 보인다. 항상 즐겨 입던 검은색 바지가 오늘 보니 왠지 통이 너무 좁은 것 같다.

이런 것들이야말로 패션이 우리의 정신에 끼치는 저항할 수 없는 교활한 영향이라고 할 수 있다. 그러므로 지금껏 '유행과 관계없이 언제나 완벽해 보이던' 검은색 미니스커트에 작별을 고하고, 그것보다 약간 더 슬림한 스타일의 스커트로 대체하는 데 죄의식을 느낄 필요는 없다.

노란색이 약간 들어간 오래된 흰색 셔츠 대신 칼라가 좀더 넓고 커프스가 더 긴 사각거리는 감의 새로운 셔츠를 구입해 보자. 생각해 보라, 그 누가 산더미같이 쌓인 헌 옷이나 물림 옷들과 함께 새로운 계절을 시작하고 싶겠는가? 인생은 우리가 생각하는 것보다 훨씬 짧은 법이다.

겉옷의 중요함을 잊지 말자

아주 우아한 이브닝 드레스를 입고 이리저리 살피고 둘러보며 안절부절 못하다가 그 위에 덜컹 십년된 울코트를 입어 버린다. 세상에, 그럴 거였다면 왜 그렇게 열심히 치장하며 신경을 썼단 말인가? 들어오고 나가는 입구와 출구마다 투박한 검정 코트와 낡은 벨벳 끈이 남들에게 보이고자 하는 자신의 이미지가 아님은 분명할진대! 겉옷이야말로 입구에 들어올 때 사람들이 처음으로 접하는 당신의 모습이라는 사실을 잊지 않도록 하자.

특히 당신이 요리조리 장소를 잘 옮겨 다니는 사람이라면 그게 당신을 기억하는 모습 전부가 될지도 모른다. 그러니 겉옷이나 외투에 돈을 들이는 데 너무 인색하지 말자. 그리고 충분한 선택의 여지를 두도록 하자. 집에 잔뜩 쌓여 있는 오래된 낡은 스카프들 대신 결코 유행에 휩쓸리지 않는 숄이나 망토에 투자해보자. 캐시미어나 패시미나, 새투쉬(쉿! 이건 암시장에서밖에 구할 수 없다!) 감으로 된 숄은 이브닝 코트의 아주 훌륭한 대용품이 된다.

그렇지만 그 숄이 너무너무 마음에 드는 경우라도 반드시 입구의 체크룸에 맡기거나 잘 걸어 두도록 하자. 그렇지 않으면 숄은 대개 바닥에 떨어진 채로 발견되거나 아니면 저녁 내내 당신의 팔에 어설프게 걸쳐 있어 마치 당신을 '인간 수건걸이' 처럼 보이게 만들지도 모르는 일이니까.

긴급 상황에 대비한 옷을 준비하라

가지고 있는 옷들을 좋아하는 대로 이리저리 믹스하고 여러가지 스타일로 매치시켜 입는 것은 좋지만, 매 계절마다 머리끝에서 발끝까지 어울리는 한 벌 이상의 옷을 꼭 마련해 두도록 하자.

　이는 아주 급한 상황에서 마치 교복을 입듯 별다른 판단 없이도 재빨리 입을 수 있는 '긴급 상황용' 의상으로, 갑자기 초대를 받았을 때나 집에 와서 옷을 갈아입고 나가야 하는데 여유 시간이 30초 정도밖에 없다든지 하는 경우에 아주 유용하게 쓰일 수 있는 방법이다.

　진정한 멋쟁이라면 "입을 옷이 없다"는 이유로 모든 모임을 등진 채 집안에서 뒹굴고 있지 않을 것이다.

제2장 아이 참 예쁜 멋쟁이

진정한 미인이란 해부학에서 말하는 황금 분할비율 따위로 측정될 수 있는 것이 아니다. '말로 표현하기 어려운 어떤 것'을 지니고 있는 여성만이 '진짜 미인'이 될 수 있다. 그 '어떤 것'이란 뭐라고 딱 꼬집어 말하기 어려운, 상당히 미묘하고 까다로운 성질의 것이다. 그렇지만 굳이 따지고 들자면 '세련된 몸단장'과 '올바른 삶의 자세', 그리고 '나만의 개성', 이 세 가지가 '진정한 미인의 조건'을 풀어 나가는 데 어느 정도 핵심이 되는 포인트라고 할 수 있지 않을까. 여성이라면 누구나 자신의 내부 어딘가에 분명 이런 요소들을 지니고 있다는 사실을 잊지 말라. 중요한 것은 그것들을 밖으로 이끌어 내느냐 혹은 그렇지 못하느냐의 문제일 뿐이다.

세련된 몸단장

폭탄을 터뜨려 보라. 로켓을 만드는 과학자를 찾아라. 아니면, 적어도 수많은 변수들—이를테면 습기가 많은 날 구불거림이 훨씬 심해지는 곱슬머리 등—까지도

치밀하게 계산한 후, 젤과 무스를 거의 환상적인 비율로 배합, 사용하여 모근 속까지 볼륨을 주는 계산을 컴퓨터 없이도 척척 해내는 고난도의 기술을 발휘, 헤어스타일을 그야말로 예술적인 경지로까지 끌어올릴 만한 능력을 갖춘 전문 엔지니어라도 찾아가는 노력이라도 보이자. 멋쟁이 여성이라면 이런 종류의 아까운 재능과 기술을 그냥 썩히지 않는 법이니까!

시대를 거쳐 오는 동안, 천재적인 과학자들은 모두 당시의 평범한 진리를 거부해 왔다. 뉴턴이 그랬고, 아인슈타인이 그랬고, 또 '에스테 로더'가 그랬다. 이들이 그랬던 것처럼, 멋쟁이 미(美)의 이론가들 또한 여성들이 일생을 통해 자신의 '재산'을 극대화하고 '결점'은 최소화시켜야 하기 위해 온갖 노력을 쏟고 최선을 다해야 한다는 것은 잘못된 논리에 기초한다는 사실을 깨닫게 해주었다. 그레타 가르보(Greta Garbo)는 실같이 가느다란 눈썹으로 화려한 명성을 얻었고 브룩 쉴즈(Brooke Shields)는 수풀처럼 텁수룩한 눈썹으로 많은 사랑을 받았는데, 완벽한 눈썹을 어떻게 한 가지로 딱 꼬집어 계산하고 도출해 낼 수 있겠는가. 이제껏 자신의 못난 코에서 사람들의 시선을 분산시키기 위해 앞머리를 길게 내려 코를 감추는 일에 평생을 바쳐 왔다면, 이제는 가르마를 머리 한가운데로 해서 '못난' 코를 완전히 드러내 보는 거다. 입술이 너무 두꺼워서 고민이었던 사람 또한 립라인을 더 두툼하게, 거기에 반짝이는 광택까지 줘서 관능적인 섹시 미인으로 변신해 보는 거다. 자신이 지닌 결점 또한 '자산'이 될 수 있는 것이다. 모든 것은 그것을 바라보는 시각에 달린 것일 뿐.

내가 가진 '문제점'이 무엇이건 간에, 실험 정신을 가지고 도전해 보라. 당신이 시도해 본 화학 실험이 몇 번이나 '퍼엉~' 소리를 내며 실패로 돌아갈는지 모른다. 그렇지만 그건 모두 '과학적인 허영과 아름다움의 세계'로 들어가기 위한 입장료가 아니겠는가. 엄선된 실험 성공작들을 소개하겠다.

중력을 무시한 '빵빵한 가슴' 만들기

오늘은 어깨가 드러나거나 등이 팬 드레스를 입어 보겠다? 자, 여기 무지하게 단순한 테이프 기술을 이용해 엄청 빵빵해 보이는 가슴을 만들어 내는 방법이 하나 있다. 바로 전기 접착 테이프나 마스킹 테이프(masking tape) 한두 줄을 가지고 한 쪽 겨드랑이에서 다른 쪽 겨드랑이까지 붙여 주는 것이다. 이때 가슴 바로 밑선, 즉 브래지어를 했을 때 아래쪽 와이어가 지나가는 선을 따라 꾹꾹 누르며 붙여 가도록 하는 것이 포인트. 그러면 가슴을 봉긋하게 '올리고 모아 주는' 즐거운 일이 생길 것이다. 한 가지 주의할 점은, 테이프를 피부에 붙이기 직전, 먼저 천 등에 붙였다 떼었다 해서 끈끈한 정도나 접착력을 조금 완화시켜야 한다는 점이다. 그렇지 않으면 테이프를 떼어낼 때 가슴까지 함께 떨어질지도 모르니까.

감쪽같은 투명 메이크업

헬스 클럽이나 체육관 혹은 캠핑을 갔을 때, 메이크업을 한 여자들은 마치 뭔가 숨길 것이라도 있는 듯 보일 때가 있다. 이럴 때, 아래 소개되는 감쪽같은 메이크업 트릭을 쓴다면 당신이 화장했다는 사실을 누구도 눈치채지 못할 것이다.

- 속눈썹을 붙일 때 쓰는 접착제를 눈썹에 살짝 바른 후, 칫솔을 이용해 빗어 주어 원하는 눈썹 모양을 그대로 유지할 수 있도록 한다.
- 립 라인을 살짝 그리고 흐린 색 펜슬로 입술 안을 채운 다음, 그 위에 립 밤을 자연스럽게 발라 준다.
- 모이스춰라이저를 바르기 전, 볼터치를 몇 번 살짝 넣어 준다.

얼굴에 활용해 보는 저온학

죽은 혈색을 살려 내는 손쉬운 방법 한 가지. 메이크업을 하기 전, 조각 얼음을 얼굴 전체에 문질러 준다. 모공의 수축으로 피부가 타이트해지고 얼굴 전체에 혈색이 도는 것을 눈으로도 금방 확인할 수 있을 것이다. 마릴루 헤너(Marilu Henner)와 조앤 크로포드(Joan Crawford, 방송인)가 애용하는 트릭이다.

이 실험은 주체가 되는 대상이 선글라스를 쓰고 있으며(상수, 불변), 립스틱만이 다양하게 변화된다(변수, x 팩터)는 룰에 기초한다. 이 실험을 통하여 입술 색에 따른 여러 가지 다양한 모습을 도출해 볼 수 있다.

- X-1: 로즈 버드. 즉 장미꽃봉오리색. 초기의 립스틱 대용 포마드가 입술의 코너 부분을 자연스럽게 처리하지 못했을 때 맥스 팩터(Max Factor)가 화면발을 보다 잘 받을 수 있도록 창안한 룩(look) 메이킹 방법. 루즈나 글로스 통 안으로 엄지손가락을 깊숙이 담가 윗입술을 손가락으로 두 번 찍고, 다시 그 손가락을 거꾸로 하여 아랫입술에 찍어 준다. 그런 다음 브러쉬를 이용해 약간 번진 듯한 느낌을 준다.
- X-2: 마릴린 먼로. 붉은빛이 도는 핑크나 골드 컬러로 실루엣을 완벽하게 처리한다. 먼로는 그 위에 바셀린을 듬뿍 발라 주어 입술이 보다 두툼해 보이고 반짝이도록 하는 효과로써 섹시함과 관능미를 강조하였다.
- X-3: 전위적(!)이라고도 할 수 있는 최신 스타일의 컬러. 줄리 크리스티(Julie Christie)의 얼음 같은 흰색에서부터 재키 오나시스(Jackie O.)의 이슬이 맺힌 듯한 황갈색 셰이드에 이르기까지의 창백한 글로스 느낌.

- X-4: 날라리 디스코 걸. 심하게 말해 '거리의 여자' 스타일의 천박한 컬러.
- X-5: 거의 콜라겐에 가까운 컬러. 아주 어둡거나 반대로 아주 밝은 셰이드를 주면 입술이 보다 두드러져 보이며, 입술 바깥쪽 윤곽을 라이너로 살짝 그려 주는 것도 같은 효과를 낼 수 있다. 아랫입술 중앙에 흰 컬러를 약간만 주면 입술이 보다 풍성하고 두툼해 보인다.

- X-6: 라자냐 입술 만들기. 풍부하고 먹음직해(!) 보인다. 립스틱을 바른 후 티슈로 부드럽게 찍어 낸 다음, 투명 파우더로 몇 번 눌러 주고 다시 한 번 립스틱-파우더-립스틱의 과정을 거친다. 후식을 먹을 때까지도 그대로 남아 있는 마법의 입술!

- 눈이 커서 예쁜 당신: 흰 아이 펜슬로 아래 눈꺼풀 안쪽을 따라 라인을 그려 준다. 흐린 담청색(pale blue)도 비슷한 효과를 낸다. 눈의 흰자위를 더욱 크고 밝게 보이도록 하는 것이 주 포인트.
- BB 스타일: 프랑스가 배출한 세기의 여배우 브리지트 바르도(Brigitte Bardot)에게서 그녀만의 독특한 기법을 전수받아 보자. 바로 리퀴드 라이너로 위쪽 눈꺼풀을 따라 그려 주는 것. 눈꺼풀을 관자놀이까지 잡아당겨 라이너를 칠한 후 잘 말린 다음 손을 놓으면 된다.
- 자연스러운 '가짜' 속눈썹: (가짜) 속눈썹 가닥가닥을 몇 부분으로 나눈다. 그리고 그 한 '묶음' 씩을 트위저로 잘 집어 올려 준다. 붙이기 전, 이 가짜 속눈썹과 원래 속눈썹을 마스카라로 잘 손질해 둔다. 접착제가 충분히 끈적끈적해지길 기다렸다가 가장 짧은 눈썹 부분을 원래 속눈썹의 가장 짧은 부분에다, 가장 긴 부분은 중앙 부분에 가져다 붙인다. 바비 인형의 속눈썹 같은 효과를 주기 위해서는 긴 속눈썹을 아래쪽 속눈썹의 코너 부분에 붙여 주면 된다. 눈썹을 붙인 후에, 마스카라를 다시 한 번 덧칠하며 손질한다. 그런 다음 컬(curl)을 주도록 하자.
- 가짜 속눈썹 감쪽같이 숨기기: 베이비 파우더로 눈썹 위를 몇 번 찍어 준 다음, 그 위로 마스카라를 2~3겹 더 입혀 준다.
- 속눈썹 끝에 구슬들이?: 밀랍 성분이 들어간 부드러운 물질을 각 눈썹 끝마다 구슬 모양이 되도록 찍어 준다. 이는 코코 샤넬의 모델들이 러시아로부터 수입한 트릭이다. 만 레이(Man Ray)가 영화 〈Kiki's Double〉에서 마치 눈물방울처럼 보이는 이러한 '구슬 장식 눈썹' 을 선보인 바 있다.

광합성의 원리에 기초한 이 반영구적인 문신은 피부의 자연적인 착색 현상을 이용한다. 마스킹 테이프를 하트나 나뭇잎 모양, $ 표시, 아니면 남자 친구의 이니셜 등 자신이 원하는 모양으로 잘라 낸 다음, 허벅지나 배, 팔뚝과 같은 부위에 붙여 보자. 그리고 나서 선탠을 하거나 셀프 선탠 제품을 바르고 나서 떼어 내면……. 자, 당신은 이제 아프지도, 돈을 들이지 않고도 근사한 문신을 지니게 된 것이다.

수면 부족형 미인?

대부분의 달리기 선수들은 근육의 긴장으로 인한 '정강이 외골증'이란 병에 시달린다고 한다. 그와 마찬가지로 마라톤 파티걸 또한 그녀만의 고통을 지니는 법. 퉁퉁 부어오른 눈, 혹은 예전에 홀리 고라이틀리(Holly Golightly)가 '싸구려 붉은색'이라 명명한 바 있는 벌겋게 충혈된 눈 등이 바로 그것이다.

물론 시간이 펑펑 남아 돈다면야 캐모밀 티백이나 시원한 민트 잎, 차가운 우유 세안 등을 이용해 부은 눈두덩이를 충분히 진정시킬 수 있다는 사실을 누가 모르랴. 그렇지만 일요일 오전, 막 잠에서 깨어 보니 이미 브런치 약속에 늦어 버린 상태라면 어쩌겠는가? 이럴 때에는 그저 어깨를 한 번 으쓱거려 보자. 그리고 혼잣말로 이렇게 중얼거려 보는 거다. "사는 게 다 그렇지, 뭐." 이왕지사 그렇게 된 이상, 아예 여배우 시몬느 시뇨레(Simone Signoret) 스타일의 섹시미로 밀어붙여 보는 편이 어떨까. 섹시하기로 둘째 가라면 서러워할 프랑스 여배우 가운데 한 사람인 그녀는, 언제나 탈수기에서 방금 빠져나온 듯한 헝클어진 룩(look)으로 유명했다.

우리도 한번 그녀처럼 염세적이고 모든 게 다 귀찮은 듯이 보이는 모습을 연출해 보자. 스타일링 로션으로 모발을 잠시 만져 준 다음, 몸을 앞으로 구부려 머리를 아래쪽으로 떨군 상태로 드라이어를 이용해 모발을 마구 흩뜨려 부스스하지만 어딘지 멋스러운 룩을 만들어 준다. 그리곤 크고 헐렁한 스웨터를 뒤집어쓰듯 대충 걸쳐 입어 길게 늘인 목덜미 사이로 속옷이 살짝 들여다보이도록 하자. 입술은 손으로 대충 찍어 발라 마치 멍든 것같이 보이는 효과를 주자. 그런 다음 향수를 공중에 뿌려 절대 진하지 않게, 향의 느낌만 살짝 걸친 다음 현관을 나서자. 마지막으로, 목소리는 낮고 걸걸하게 내는 편이 한결 더 어울릴 듯!

올바른 자세

다이애너 브리랜드(Diana Vreeland)가 언젠가 말하길, 아름다움이란 목과 팔, 등, 다리를 곧게 쭈욱 펴는 것, 그리고 가벼운 발걸음과 대단히 깊은 관련이 있다. 그녀 자신 또한 절대 구부정한 자세를 보이는 법이 없었다고 한다. 그러니 아름다워지고 싶은 여성들이여, 똑바로 서서 숨을 들이마시고 머리를 꼿꼿이 세워 정면을 응시하며 온몸을 쭈욱 펴시라. 진정한 자신감이란 평생 동안 애를 써도 좀처럼 얻기가 힘들다. 그렇지만 올바른 자세는 마음만 먹으면 당장이라도 만들 수 있다.

꼿꼿한 자세 만들기

여자들은 대개 남자들보다 추위에 민감한 편이다. 소매가 없거나 몸이 많이 드러난 옷을 입고 있을 때, 여자들은 옷을 걸쳐 입고도 발을 동동거리며 팔짱을 끼거나 등을 구부정하게 움츠리는 등 마치 관절염 환자처럼 보이기 십상이다.

코트를 맡긴 후, 어깨의 긴장을 풀기 위해 팔을 한 번 휘휘 둘러보는 간단한 워밍업 동작을 해보자. 그리고 숨을 깊게 들이마시고 내쉬는 것을 몇 차례 반복해 보자. 스웨터를 가지고 가는 것도 한 가지 방법이라고 할 수 있다. 또한, 섹스는 허리와 등을 튼튼하게 하는 데 매우 효과적인 행위라고 알려져 있다. 윗몸일으키기와 로잉 머신(rowing machine)도 올바른 자세를 만드는 데 도움을 줄 수 있다. 그렇지만 몸을 꼿꼿이 하고 키를 크게 만드는 데에는 뭐니뭐니 해도 요가가 최고라고 하겠다.

　우리의 척추를 타고 흐른다는 '골든 코드'에 대한 전문가들의 말은, 스스로가
몸을 다시금 자동적으로 꼿꼿이 펴게 되었을 때에야 비로소 떠오르게 된다는 것
이다. 짐을 들게 된 경우라고 해서 그것이 구부정한 자세에 대한 핑곗거리가 될
수는 없다. 어느 경우라도 스스로의 자세에 언제나 신경쓰는 습관을 들이도록 하
라. 다리를 꼬고 앉는 일은 사진을 찍을 때나 바에 있는 높은 의자에 앉을 때를
제외하고는 되도록 피하는 편이 좋겠다. 테이블이나 책상 앞에 앉아 있을 때에는
의자의 모서리 부분에 걸터앉아 한 발을 다른 발 앞에 놓은 상태를 유지할 수 있
도록 의식적으로 노력해 보자. 골반 후두부의 뼈들로 하여금 몸무게의 균형을 잡
고 유지하게끔 하여, 등을 곧게 만들고 허벅지나 엉덩이가 보기 싫게 퍼지는 것
을 예방하는 것도 자세 교정을 위한 중요한 포인트가 된다.

워킹

여자들은 보통 구두를 사는 데 돈을 수억(!) 쏟아 붓곤 한다. 그렇지만 만일 당신
이 구두를 신고서 마치 운동화를 신은 양 마구 뛰어다니거나 지나치게 편한 자세
로 걸어다닌다면 비싼 구두에 들인 그런 돈들은 모두 무의미해지는 것이다.

　길을 걸을 때에는 히프 쪽에 어느 정도 힘이 들어간 상태에서 걷도록 노력하자.
그러면 옷 맵시도 한결 살아나게 될 테니. A라인 스커트를 입었을 때 다리를 곧
게 편 채 사뿐사뿐 걸으면 마치 종에 달린 줄이 앞뒤로 스윙하는 것처럼 우아하게
보일 것이다. 바지를 입고 큰 걸음으로 성큼성큼 걸을 때에는 몸을 뒤로 약간만
젖혀 주면 보다 편안하고 안정되어 보인다. 볼 가운을 입었을 때에는 미끄러지듯
부드럽게 걸어가면 마치 공중에 떠가는 듯이 보일 것이다.

　모델들은 걸음을 걸을 때의 어떤 리듬을 발견하기 위해 집안에서도 음악에 맞
춰 워킹 연습을 하도록 훈련받곤 한다. 여기서 슈퍼모델들이 받는 기초적인 워킹

연습 한 가지를 소개해 본다면, 한 발을 다른 발 바로 앞에 정확히 갖다대는 동작을 하며 계속적으로 스텝을 옮기면서 히프를 좌우로 번갈아 흔들 듯이 워킹한다. 오른발을 중앙에, 다음에는 왼발을 오른발 바로 앞 중심으로 옮기며 걷는 것이다. 마치 일직선 위를 똑바로 걷게 하는 음주 단속 테스트처럼 말이다. 당신도 걸음걸이만큼은 슈퍼모델 부럽지 않게 만들 수 있다.

포즈 취하기

이것들은 모두 당신의 추억이 되는 것이다! 그런데 왜, 도대체 어쩌자고 그 추억들을 볼 때마다 매번 마음 쓰리게 만드는 것인가? 코닥 필름에 의해 불멸의 존재로 남고자 마음먹었을 때에는 흉한 이중 턱이 최대한 가려지도록 노력해야 한다. 카메라는 원래 거짓말을 하지 않지만, 가련한 인간들을 위해 약간의 눈속임 정도는 해줄 수도 있다.

사진에서 좀더 날씬해 보이고자 할 때에는 어깨를 15도 각도로 비스듬히 하여 카메라 쪽으로 약간 몸을 돌려 선다. 또, 한쪽 다리를 다른 쪽 다리 앞에 놓은 채 무릎을 약간 구부리면 히프와 허벅지 살이 몇 인치 정도는 가뿐히 커버가 된다. 그리고 가방이나 그 밖에 손에 들고 있는 자질구레한 물건들은 모두 내려놓도록 하자. 들고 있던 칵테일 잔은 등뒤로 감추고, 손은 항시 자유롭고 단정한 상태로 두는 것이 중요하다.

자, 이제는 '스마일' 할 차례. 카메라는 우리의 친구이자 연인이다. 렌즈 쪽으로 깊고 그윽한 눈길을 보내자. 섹시하게, 앙증맞게, 또는 그 이상의 뭔가를 연출해 보는 거다. 마치 연예인이 된 듯한 느낌으로 말이다. 파파라치 트릭 한 가지. 스스로 생각해 봐도 눈뜨고는 못 봐줄 만한 상태이거나 또는 정말이지 같이 사진을 찍느니 차라리 죽어 버리겠다는 마음이 드는 사람과 어쩔 수 없이 함께 사진을 찍어야 할 경우라면, 괜히 속으로 스트레스를 받거나 유치하게 티를 내지 말고 플래시가 터질 때 그냥 눈을 한 번 질끈 감아 버려라. 눈감은 사진 따위를 누가 신문에 낼 리도 없을 뿐더러 대부분은 사진첩에 끼워 넣기도 전에 폐기 처분이 될 테니까.

나만의 개성

이제는 그저 개성 하나씩 '지니는' 것만으로는 뭔가 부족하다. 그것을 세상 사람들에게 '광고'하여 널리 알려야 한다. 자신을 스스로를 위한 광고용 게시판으로 만들어 보자. 온갖 수단을 총동원하여 사람들로 하여금 이 상품이 탐나 안달이 나도록 만들어 보는 거다. 바로 '당신'이란 상품을!

스마일 클럽

유럽 사람들은 간편한 버뮤다 반바지나 촌스런 하와이안 셔츠를 입고 있지 않더라도 그 상대가 미국인인지 금방 알아내곤 한다. 미국인은 대부분 얼굴에 미소를 띠고 있거나 평소에도 잘 웃기 때문이란다. 왠지 좀 가라앉고 침울해 보이는 얼굴이 지적으로 느껴진다 해도, 진정한 멋쟁이들이라면 혹 약간 촌스러워 보일지라도 기꺼이 유머러스한 폰수 쪽을 택할 것이다. 때로는 갓 새로 사귄 애인과 통화를 나눌 때처럼 약간의 낯간지러운 '억지웃음'이 필요할 때도 있다. 이는 세일즈맨들이 오랫동안 애용해 온 트릭이다. 얼굴에 미소를 띠고 있을 때에는 목소리 또한 보다 편안하게 들리는 법이다. 미인계(!)를 이용해 뭔가 도움을 청하고자 하는 경우에도 그것이 어떠한 상황이든 애교 있게 활짝 웃는 편이 일을 처리하는 데 훨씬 수월할 것이다(그렇지만 법정에서 재판관에게 잘 보여야 하는 경우라면 권하고 싶지 않은 방법!).

미인은 슬로 모션에 강하다

펜트하우스 잡지사에서 일하는 한 관계자가 일전에 이야기했던 것처럼, 뭔가 '천천히' 그리고 '느릿하게' 행동하는 것은 그 사람을 대단히 섹시하게 보이도록 한다. 길을 걸을 때, 어떤 몸짓을 할 때, 음식을 조금 집어 올려 자신의 입으로 옮겨 올 때, 평소보다 다소 느릿하고 노곤한 듯 움직이는 것은 보는 사람으로 하여금 편안함을 유발한다. 그러므로 누군가와 함께 있다가 화장실에 갈 일이 생겼을 때 갑자기 벌떡 일어나 의자가 뒤로 쿵 넘어가게 만드는 대신, 동작 하나하나를 모두 저속기어로 변환시켜 보자. 저 건너편에 앉아 있는 남자가 마치 꿈을 꾸는 듯한 표정으로 침이라도 흘릴 듯 게슴츠레 당신을 바라보고 있는 걸 발견했다면, 뒤로 몸을 약간 눕히듯 앉았다 일어나 즉석에서 그에게 필름을 리플레이시켜 주자.

반짝이는 그대

어떤 여성은 그 존재만으로도 주위를 환하게 밝혀 준다. 여배우 마를렌느 디트리히(Marlene Dietrich)는 자신의 가발 위에 진짜 금가루 뿌리는 것을 즐기곤 했다. 조앤 크로포드(Joan Crawford)는 이마 한가운데 작은 다이아몬드를 붙여 거뭇거뭇한 눈 밑에서 사람들의 시선을 확실히 분산시켰다. 이들은 '반짝거림'의 효과적인 측면을 잘 파악하고 활용했던 것이다. 그것이 비록 '한꺼풀' 뿐인 아름다움이라 할지라도 이런 테크닉은 배워 둘 만한 가치가 있다. 60년대의 슈퍼모델인 베루슈카(Verushka)는 동네 미술용품점에 가면 쉽게 구할 수 있는 금박(金箔)을 이용해 눈가와 어깨 위를 두드려 항상 반짝이게 했다. 또한 광택이 나는 천으로 머리에 윤기를 주기도 했다. 바비 인형은 항상 피부에서 윤이 나도록 만들기 위해 애쓴다. 그렇지 않고서야 그녀가 어찌 남자 친구 켄(Ken)을 독차지할 수 있겠는가?

때로는 약간 흐트러진 모습을

남들의 시선을 끌기 위기 위해 단추를 몇 개 더 풀어 두는 것은 너무 뻔한 수법처럼 느껴진다. 그이로 하여금 처음엔 그러려니 했다가 어느 순간 놀라서 다시 한 번 눈길을 주게 만드는, 좀더 여우스러운(!) 방법이 있다면 그건 바로 입고 있는 카디건의 단추를 달랑 한 개만 끼워 두는 것이다. 그것도 '틀린' 단추 구멍에 말이다! 약간 흐트러진 모습은 항상 어딘가 모르게 섹시한 느낌을 주는 법. 목걸이를 할 때에는 항상 정중앙에서 벗어나게끔 약간 비뚤게 걸어 보자. 철없는 중학교 소녀처럼 루스 삭스 한 짝이 돌돌 흘러내린 채 그대로 돌아다녀 보자. 적어도 누군가 말을 걸어오기엔 더없이 좋은 구실이 될 테니 뭐, 그리 밑질 것은 없지 않은가?

제대로 '말할 줄 아는' 법

목소리란 하나의 악기와도 같으므로, 그 악기를 연주하는 법을 배워야 한다. 그런 연습에 게으른 사람들은 꽥꽥대거나 징징 우는 소리, 탁하거나 새된 목소리를 내는 범위에서 벗어나지 못하는 법이다. 모든 말은 단순히 목구멍이 아니라 성대의 울림판에서 시작될 때 훨씬 더 낮고 좋게 들린다.

'신의 목소리'라 불렸던 프랭크 시나트라 같은 사람도 물 속에 들어가 힘닿는 만큼 숨을 최대한 참으며 수영을 하는 것으로 자신의 목소리를 컨트롤하는 방법을 터득했다고 한다. 우리 같은 범상한 사람들이 따라하기엔 거의 불가능할 만큼 어려운 노래란 점은 말할 것도 없이, 최면술에 가까울 정도로 그토록 사람들을 끌어들이는 그만의 독특한 스타일을 만들어 준 것은 바로 악상에 따라 선율을 적당히 구분하는 구절법, 스스로 개발한 특별한 숨 돌림법, 그리고 놀라운 음성 및 억양 조절법 등이었다. 이런 룰 가운데 몇몇은 말을 하는 데 있어서도 똑같이 적용되는 것이다.

중요한 것은 바로 머릿속에서만 떠도는 가짜 목소리를 떨쳐 버리고, 가슴속 저 깊은 곳의 '진짜 목소리'를 불러내는 것이다. 이 진짜 소리는 더 풍부한 음량과 음성을 지닌 채, 언젠가 자유로이 바깥 세상을 볼 날만 기다리며 우리 안에 내재되어 있는 것이다. 스스로의 음역과 성역(聲域)들을 꼼꼼히 탐사해 보자. 내 안에 과연 어떤 소리가 숨어 있는지 살펴보려면 우선 입을 크게 벌려 하품을 해보자. 이는 한 세트처럼 같이 움직이는 목구멍과 얼굴 근육을 이완시켜 주는 역할을 해준다. 아니면 엔리코 카루소(Enrico Caruso)가 하는 것처럼 허밍을 해보자. 그러는 가운데 스스로의 마음에 쏙 드는 새로운 톤을 발견했다면—예를 들어 톤을 점점 낮춰 가던 중 섹시한 목소리의 노배우 로렌 바콜(Lauren Bacall) 같은 멋진 저음을 발견했다면—그것을 당신의 예약을 깜박한 호텔 지배인 앞이나, 호화 유람선을 타고 함께 지중해로 여행을 떠나지 않겠냐는 그리스 부호의 제안을 받아들일 때 한 번 이용해 보라.

그런데 '어떤 방법으로, 어떻게 말을 하느냐' 하는 것도 '무엇을 말하느냐' 하는 것만큼은 중요하지 않은 법이다. 그러므로 욕이나 저속한 비어는 쓰지 않도록 주의하자. 그런 말들을 쓴다고 해서 절대로 잘 나가거나 멋져 보이지 않으니까 말이다. 홀리 골라이틀리(Holly Golightly) 같은 당대의 여배우라도 자신이 그간 만나 온 수많은 남자들 얘기를 할 때 '그 자식' 혹은 '그 머저리' 하는 식으로 표현했었다면 그렇듯 오랫동안 인기를 누리지 못했을 것이다. 그녀는 그들을 지칭할 때 '꼰대' 또는 '슈퍼 꼰대' 정도의 애교스럽고 거부감이 들지 않는 호칭을 이용하곤 했다. 자기만의 참신하고 재치 있는 언어를 이용할 줄 아는 재기발랄한 사람은 분명 멋져 보이는 법이다.

'돈'과 같이 약간 언급하기 부담스럽거나 터부시되는 대상에 보다 부드럽고 완화된 표현을 사용할 줄 아는 사람 또한 대단한 멋쟁이라고 할 수 있겠다. 레스토랑에서 식사를 한 후 계산서가 날라 왔음에도 불구하고 누구 하나 손을 뻗으려 하지 않는 분위기라면 당신이 그것을 집어들며 이렇게 말해 보자. "그럼 오늘은 여기서 제일 예쁜 제가 이 휴지조각의 처리를 맡도록 하죠." 아마 그 말을 접수하지 못하는 사람은 '슈퍼 꼰대'일 것이다.

나폴레옹은 자신의 오 드 콜로뉴(eau de cologne)가 없이는 절대로 전장에 나가지 않았다고 한다. 당신 또한 당연히 그래야 하자 않겠는가. 향수란 전쟁터에서 자신에게 용기를 불어넣어 주는 것이다. "향이란 여성의 도착을 널리 알리고, 또한 떠난 그녀의 여운을 길게 남겨 준다"고 코코 샤넬은 말한 바 있다. 한 편의 시와도 같이, 향기란 주위를 환기시키며 강렬한 감정을 불러일으키는 능력을 지니고 있다. 비행기 안과 같은 장소에서는 향수를 지나치게 뿌려대고 싶지 않은 것도 아마 이런 이유에서일 것이다. 또한, 향수란 사람의 성질과도 비슷해서 그날의 기분과 날씨 등에 따라 바뀌어야 한다. 늦은 저녁, 활활 타오르는 벽난로 앞에 앉아 걸치고 있는 거라곤 곰 가죽 깔개 하나뿐일 때라면 진하고 남성스러운 향이 더없이 잘 어울릴 것이다. 바깥의 날씨가 몹시 추울 때에는 우리의 몸이 많은 에너지를 발산하지 못하므로 보다 강한 향이 잘 어울리게 된다. 덥고 습한 오후에는 같은 향기라도 더 자극적으로 느껴지므로 약간 약하고 가벼운 향을 뿌리는 편이 현명하다. 이럴 때에는 해변가에서 먹는 샐러드처럼 과일향 또는 상큼한 느낌이 나는 향이 어울리겠다.

체지방 비율이 높은 사람이나 지성 피부를 가진 사람, 피부색이 남보다 검은 편인 사람은 냄새나 향을 상대적으로 오래 지닐 뿐 아니라 같은 양이라도 더 진하고 강한 향을 발산하는 성향을 띤다. 반대로, 외관상 마르고 창백하고 건성인 편에 속하는 사람은 연료가 상대적으로 더 많이 필요하므로 향수를 좀더 뿌리거나, 혹은 보다 옥탄가가 높은 향을 선택하는 편이 좋다. 향수의 종류를 잠깐 살펴보자면, 퍼퓸(parfum)이 가장 무겁고 진하며 그 다음이 오 드 퍼퓸(eau de parfum), 오 드 트왈레트(eau de toilette), 오 드 콜로뉴(eau de cologne) 등의 순이다.

상황이나 분위기에 따라 각기 알맞은 강도의 향을 취하라. 그리곤 이따금 향을 살짝만 뿌려 주어 그가 주의를 기울이고 있는지를 체크하자. 회색 플란넬의 얌전한 정장을 입었을 때에는 맥박이 뛰는 부분들마다 '올드 스파이스(Old Spice)'를 조금씩 뿌려 주도록 한다(귓볼 뒤, 무릎, 팔꿈치, 손목, 발목, 그리고 "키스받고 싶은 곳이라면 어디나"라고 코코 샤넬은 조언한 바 있다).

칭찬에 우아하게 대처하는 법

싸움을 걸기 위해 칭찬하는 사람은 없다. 새로 자른 당신의 머리 모양이 아주 마음에 든다며 칭찬하는 사람이 "지금 장난하는 거예요? 막 갈라진 이 머리끝, 당신 눈에는 이게 안 보이나 보죠?"라는 대답을 기대하는 것은 결코 아닐 것이다. 사람 말을 못 믿어서 그런지 아니면 나름대로 겸손함의 표현인지는 몰라도, 대부분의 여성들은 남들의 칭찬이나 찬사를 우아하게 받아넘기는 데 상당한 어려움을 겪는 것 같다. 찬사의 말은 그냥 액면 그대로 받아들여라. 미소를 띠고, 고맙다는 인사를 하고, 만족한 듯한 표정을 지어 보자.

이렇게 칭찬을 받는 일이 어렵듯, 이와 마찬가지로 남을 칭찬하는 일도 그만큼 어려운 일이다. 화장실 안에서 자기가 입고 있는 검정 가죽바지가 너무 꽉 끼어 보이지 않느냐고 걱정스레 묻는 친구가 있다고 하자. 설령 그 친구의 바지가 심하게 타이트해 마치 엉덩이가 터질 것 같아서 보기에 부담스러워 보일 정도라 해도 그 시점은 진실을 말할 타이밍이 절대 아니다. 사실, 그 친구가 지금 마음속으로 원하는 것은 자신감을 되찾아 줄 당신의 위로 한마디인 것이다. 친구를 위해 잠시 동안 거짓말쟁이가 되어 본들 어떠랴. "아냐, 멋있게만 보이는걸. 진짜 괜찮다니까, 얘는!" 만약 그녀가 여전히 믿지 못하겠다는 표정을 한다면 그런 그녀의 걱정을 덜어 줄 수 있는 다른 작은 것들에 눈을 돌려 보라.

친구가 정말 괜찮은 핸드백을 들고 있다면 그 백이 너무나 귀엽다고 칭찬해 주자. 거기에는 어느 정도 신빙성이 있으므로, 그 친구도 이 말에는 어느 정도 안심을 할 것이다. 그리 대단치 않은 칭찬일수록 더욱 신뢰감을 준다는 사실! 한 번 시험해 보시라. 이런 정도의 칭찬도 통할 테니. "얘, 너 오늘따라 속눈썹이 어쩜 그렇게 길어 보이니?"

무례와 모욕에도 현명하게 대처하는 법

그렇다면 고양이 눈을 하고 손톱을 꼿꼿이 세우고는 당장이라도 달려들 기세로 쓸데없는 시비를 걸어 오는 얄미운 계집애 앞에서는 어떤 식으로 대처하는 것이 좋을까? "안색이 엉망인 걸 보니, 애인하고 한바탕 했나 보지?" 혹은 "그래, 요즘 다이어트는 잘 되어 가고?" 하는 식으로 말이다.

그런 종류의 인간에겐 그저 참는 것만이 능사가 아니다. 맞서 싸워라. 머리털을 세우고 달려들어 죽죽 손톱자국을 내거나 줄행랑을 치란 소리가 아니다. 그쪽과 똑같이 상스러운 여자가 되지 않으면서도 상대를 격퇴시키는 방법을 찾아보라. 그녀로 하여금 쓸데없는 말을 계속 반복하도록 만들어 그녀 스스로 자신이 바보 멍청이 같다는 생각이 들게 하라. 극단적인 역전의 묘미는 뭐니뭐니 해도 역시 칭찬을 하면서 슬쩍 정곡을 찌르는 데 있을 것이다. 상대가 잘난 척 거만을 떨며 이렇게 말한다. "네가 입고 있는 그 드레스, 정말 괜찮지 않니? 나도 작년 내내 한창 입었었걸랑. 지금은 질려 버렸지만." 이럴 때 "어머, 그래? 난 제일 작은 사이즈를 입는데, 넌?" 하는 식으로 똑같이 상대에게 침을 뱉는 방법은 되도록 피하자. 대신 그녀를 똑바로 쳐다보며 이렇게 말해 보자. "넌 정말 옷 하나는 좋은 것만 골라 입는구나."

만일 말로는 암만 해도 분이 풀리지 않아 한 대 꼭 패줘야 가슴속이 시원할 것 같다면, 여기 고전적인 일본식 광대극을 하나 소개해 보겠다. 우선, 갑자기 무릎을 팍 들어올려 그 얄미운 계집애의 사타구니 쪽을 한 대 시원하게 갈겨 준다. 그리고 나서 순진한 얼굴로 당신의 무릎을 문지르는 거다. 마치 무릎을 긁으려고 다리를 들어올렸던 것처럼 말이다. 이 방법은 '간지러운' 팔꿈치를 긁기 위해 들어올린 팔이 '우연히' 상대방의 턱에 가서 부딪히는 새로운 버전으로 응용해 볼 수도 있겠다. 호호. 어떤가, 십 년 묵은 체증이 쑤욱 내려가는 것 같지 않은가?

Love
JACK POT
LOVE JACK POT

제3장 사랑의 여신이 찾아오면

사랑이란 한 판의 도박과도 같은 것이다. 처음 굴린 주사위로 러키 세븐을 만들기란 그리 쉽지 않은 일이니 말이다. 평생을 책임져 줄 '칩스'라 불리는 것을 옆구리에 끼고 승리자가 되어 당당하게 자리를 털고 일어나는 것이 도박장에 모인 모든 이들의 한결같은 바람일 것이다. 그렇지만 로맨스라는 것에 있어서는, 이 도박장에서처럼 그 마지막 결과물만으로 모든 것을 판단하거나 저울질할 수는 없는 일이다. 어색한 첫 만남에서부터 화려한 웨딩마치와 함께 식장에 골인하는 순간에 이르기까지, 그 사이에는 상상하기도 힘든 크고 작은 수많은 일들이 우리를 기다리고 있다.

여기서 한 가지 명심해야 할 것은, 진정한 도박사란 모든 핸드에 자신이 가진 전부를 걸지 않는다는 것이다. 어제 만난 그 괜찮은 남자는 왜 전화를 하지 않는 거지? 내가 말이 너무 많았던 걸까? 만나자마자 잠자리를 같이 하는 게 아니었는데…… 혹, 그 때문에 나를 너무 싸구려처럼 본 건 아닐까? 자, 이런 저런 쓸데없는 걱정에 빠져 있는 여성들이 있다면 무엇보다 먼저 이 말을 명심하자. '사랑 놀음에는 정답이 없다'는 사실을! 토요일 저녁, 지난번에 딱 한 번 만난 적이 있는 래리가 현관문을 노크하며 서 있다면? 별다른 약속이 없다면 그와의 데이트를 즐겨 보는 거다! 이 눈치 저 눈치 보며 괜스레 자신을 속박할 필요는 없다. 남녀 관계가 모두 웨딩마치를 울리는 것으로 끝나진 않지만, 그렇다고 해서 그 사람과의 사랑놀이를 시작조차 해보지 않을 이유야 없는 것 아닌가?

여우 같은 연애 작전

바람둥이 남자는 언제나 '멋진 건달'이나 '귀여운 말썽꾸러기' 등, 못된 짓을 하면서도 결코 미워할 수 없는 매력을 지닌 근사한 악한의 역을 맡는 반면, 어떻게 된 게 좀 논다 하는 여자들은 항상 남자들에게 괜한 추파나 던지는 천박한 물건들로 취급되는 것일까? 만일 연애질(!)이란 것이 일종의 범죄라면, 우리 멋쟁이 여성들은 '유죄'를 선고받아도 마땅할 일이다. 연애에 있어 언제나 아주 주도면밀한 계획과 작전을 세워야만 한다는 뜻은 아니다. 지금 우리가 보석 강도를 계획하고 있는 것은 아니니까. 그보다는 차라리 거리의 야바위꾼과 같은 즉흥적이고 범죄자적인 사고를 가지는 편이 좋겠다. 연애란 한마디로 일종의 신용 사기와도 같은 것으로, 그 대상은 누구도 될 수 있는 것이다.

평생 자유분방한 연애론을 옹호했던 베이비페이스 베티(Babyface Betty)는 특별한 연애를 원할 때뿐 아니라 평소에도 주위의 모든 사람들에게 언제나 자신의 매력을 상큼하게 발산하며 그것을 널리 퍼뜨리는 것을 즐기곤 했다. "우웅…… 안녕, 핸섬하신 오라버님!" 아직 잠에서 덜 깬 눈을 비비는 와중에도 그녀는 도어맨에게 이렇게 인사를 건넸다. 한 번은 지하철 안에서 옆에 있던 괜찮아 보이는 한 남성을 발견하고는, 그가 읽고 있던 신문을 노크하듯 살짝 두드리며 "실례하지만, 여기가 1등석 맞나요?" 하는 말을 건네 주위 사람들로 하여금 배꼽을 쥐게 한 일도 있었다. 또한, 베티는 중요한 자리에 참석하게 되면 립스틱 색깔이 예쁘다는 식의 짤막한 칭찬 한 마디로 그곳에서 일하는 여직원들의 퉁명스런 태도를 일순간 상냥하게 바꾸어 놓곤 했다.

이렇듯, 자신에게 있어 그리 중대한 인물이 아닌 사람들에게는 차라리 대하기가 편할지도 모른다. 그렇지만 만일 어느 날 우연히 참석한 파티에서 하늘이 내린 듯한 이상형의 남자와 마주쳤다면, 그리고 그와 나 사이에 뭔가 필(feel)이 통했다고 느껴졌다면, 그때는 과연 어찌 해야 좋을 것인가? 그런 경우 가장 중요한 포인트는 바로 '평소와 똑같이' 행동해야 한다는 것이다. 보통 때 애용하던 안전하면서도 꽤 효과적인 연애 테크닉, 즉 눈을 크게 떠 깜박거려 보이며 미소를 짓는다든가 괜스레 수줍은 듯한 몸짓을 하거나 그윽한 눈길을 보낸다든가, 정형화된 어설픈 보디랭귀지와 개그맨처럼 남들을 웃길 능력도 있으면서 전혀 그렇지 않은 척 얌전을 떠는 따위의 수준에 안주하려는 유혹일랑 일찌감치 물리쳐 버려

일렌느 그때 신시아와 나는 엘리베이터 안에서 우리가 벌여 놓은 사업에 대해 열심히 얘기를 나누고 있던 중이었지. 때마침 신시아가 내 귀에 대고 갑자기 자기의 팬티 스타킹이 흘러내렸는데, 그 안에 같이 타고 있는 회색 플란넬 옷을 입은 저 남자 때문에 걷어 올릴 수가 없노라고 속삭여 왔어. 잠시 망설이던 신시아는 갑자기 그 회색 양복 아저씨에게 다가가 마치 조폭의 정부처럼 살랑거리는 말투로 이렇게 부탁했어. "저, 죄송하지만 잠시만 뒤돌아서 주시면 안 될까요?" 덩달아 나도 그를 향해 둘째 손가락으로 허공에 동그라미를 그려 보였지. 이 보디랭귀지야말로 "어서 순순히 뒤돌아 벽을 향해 서"를 뜻하는 만국 공통어가 아니겠어?

놀랍게도 그는 순순히 뒤로 돌아서더군. "절대 쳐다보시면 안 돼요." 신시아가 스커트를 걷어 올려 상황(!)을 추스르는 동안 내가 애교스럽게 말했어. 엘리베이터는 어느덧 1층 로비에 도착했고, '땡' 소리와 함께 문이 열렸지. 그 남자는 몹시 수줍은 얼굴로, 그러나 아주 공손하게 우리더러 먼저 내리라는 몸짓을 해보였지. 우리들은 예고 없이 갑자기 찾아온 이 작은 사건으로 인해 약간은 짜릿하기까지 한 스릴을 맛볼 수 있었던 거야. 무엇보다도, 그 회색 플란넬 사나이의 발그레해진 뺨을 보니 열 아홉 개 되는 층을 내려오는 동안의 그 시간이 왠지 그에게도 그리 나쁜 기억으로 남지만은 않았을 거란 생각이 들더라구.

라. 그런 유치한 방법이 아니더라도 남자들이 완전히 넘어오도록 만드는 데에는 더 많은 비법들이 있기 마련이니.

자, 그러니 이제 그에게 자신있게 다가가 당신의 이야기 보따리를 풀어 보자. 얘기가 너무 긴 게 아닐까, 여자가 너무 실없어 보이는 건 아닐까 하는 식의 괜한 걱정일랑 떨쳐 버리고 말이다. 내가 가진 당당하고 열정에 찬, 있는 그대로의 씩씩한 모습을 보여 주는 거다. 그날만 해도 벌써 백 번은 족히 반복해 대답했다고 생각되는 '호구조사식' 자기 소개가 끔찍할 만큼 지겨워졌다면, 이번에는 아주 신비스럽고도 참신한 자신의 일대기를 새롭게 창조(!)해 보는 거다. 뭐, 그 뒷수습이야 나중에 친해지게 되면 자연스럽게 무마시킬 수 있을 테니까.

그와의 대화에 그럭저럭 가속도가 붙기 시작하고, 그의 잔이 거의 비어 가고 있다는 걸 깨달았다면 잔을 채워 주겠노라 먼저 나서 보자. 바에 다녀오는 길에는 잠시 소파 뒤로 가 '계단을 내려가는 팬터마임' 쇼를 그에게 보여 주자. 혹, 이것이 약간의 오버액션처럼 보여 팔에 닭살이 돋는 유치한 코미디가 된들 또 어떠랴? 사랑놀음이란 원래 피해자가 없는 범죄와도 같은 것. 당신이 이러한 애정행각(!)에 뛰어드는 것은 어떤 물질적인 것이나 상대의 애정을 얻는 것, 또는 결혼이라는 심각한 목적 이외에도 자기 스스로를 위한 재미와 즐거움을 추구하기 위한 것이라고 할 수 있다. 그러는 가운데 진짜 이상형의 '월척'을 낚아 그와 함께 결혼식장으로 향할 수 있다면 더할 나위 없이 좋은 일이고 말이다.

사랑의 대추격전

'사랑'이란 대상을 울고 짜며 손수건이나 적시는 통속적인 멜로드라마가 아닌,

한 편의 근사한 액션 영화로 생각해 보자. 이 영화는 통쾌한 액션과 스릴, 그리고 무엇보다도 멋진 추격 장면들로 가득하다. 가장 재미있는 영화란 원래 첫 20분 동안 당신으로 하여금 끊임없이 다음 장면들을 상상하도록 만드는 법이다.

이 트릭을 당신의 실제 생활 속으로 살짝 끌어들여 보라. 그에 대한 당신의 마음이, 혹은 당신에 대한 그의 마음이 진정 어떠한 것인지 확신할 수 없다고 해서 그 길로 곧장 극장을 빠져 나온다는 것은 어리석은 일이다. 이미 영화 속의 액션에 푹 빠져 버렸다면 거기에 그대로 몸을 맡겨 보는 거다. 그가 당신의 뒤를 바짝 쫓아오고 있건, 반대로 그의 뒤를 쫓고 있는 당신이 잘못된 일방통행 길로 들어서

아카데미 위원회에 이 영광을 돌립니다!

신시아 우리 신랑과 내가 두 번째로 대면했을 때, 그이는 그게 우리의 첫 만남이라고 생각하고 있었어. 이 남편이란 무심한 작자가 글쎄 날 기억하지 못했던 거지 뭐겠니. 난 친구의 생일 파티에서 그를 다시 볼 수 있으리란 사실을 알고 나서는 몇 주일 전부터 그날만을 손꼽아 기다렸었는데 말야. 심지어는 달력의 그 날짜 위에다 커다랗게 동그라미를 치고는 '멋지게 차려입을 것!'이란 표시까지 해두었다구. 아, 역시 그이는 내 기대를 저버리지 않았어. 그는 3년 전에 보았던 것과 다름없이 멋진 모습이었지. 그때보다도 좀더 섹시해진 까닭에 쓸데없는 여자들이 더 많이 꼬이게 되었다는 점만 제외한다면 말이지, 호호. 아무튼, 난 그이가 뷔페 음식을 들기 시작했을 때를 노렸어. 난 일부러 접시 위에 음식을 한가득 담은 후, 소파에 걸터앉은 그이 바로 옆에 자리를 잡았지. 그렇게 하면 얼마간은 음식을 다시 담아 오느라 자리를 뜰 필요가 없으니 말이야. 덕분에 그전부터 우리 남편 앞에서 자꾸만 걸리적거리던 여자 하나는 하는 수 없이 다른 상대를 찾아봐야만 했지.

아무튼 그이와 나는 금세 친해졌고 나름대로 꽤나 즐거운 시간을 보냈어. 우리 둘은 파티가 거의 끝날 무렵까지 남아 집주인을 도와 함께 접시들을 치우기도 했다구. 그런데 문제는 뒷정리가 다 끝나 갈 무렵까지도 그이가 내 전화번호를 물어보지 않았다는 거였어! 난 그이에게 내 전화번호와 함께 내게 전화를 걸어야만 할 그럴듯한 구실을 재빨리 만들어 내야만 했지. 그때 내 머릿속을 스쳐 지나간 것이 바로 그 다음 월요일 저녁에 열릴 예정이었던 아카데미 시상식이었어! 난 그이에게 매년 아카데미 시상식이 열리는 날이면 친구들을 불러 조촐한 파티를 하며 시상식을 함께 시청하곤 한다고 살짝 귀띔을 해줬지(사실 그게 그 파티의 첫 스타트를 끊는 날이 되는 것이긴 했지만, 뭐 그이에게 그런 것까지 굳이 알릴 필요는 없지 않았겠어?). 그때, 그이를 초대하기 위해서라면 난 아마 다른 어떤 핑곗거리라도 만들어 무슨 파티라도 분명히 열고야 말았을 거라고.

아무튼 난 겨우 이틀을 남겨 놓고 부랴부랴 다른 친구들에게 파티 공지를 알리느라 수선을 떨어야만 했지. 하지만 그이만 와준다면 그 정도 수고쯤이야 뭐 대수겠어? 결국, 그는 내가 그렇게 급조한 파티에 '짜잔~' 하고 멋있게 등장해 주었다는 거 아니겠어? 한 가지 재미있는 건, 그이가 그 파티에 턱시도를 차려입고 나타난 유일한 사람이었다는 점이야. 내가 '아카데미 시상식을 위한 파티'라는 걸 너무 강조했기 때문이었을까?…… 흐음, 아무튼 다른 손님들이 모두 떠나고 남은 설거지를 돕기 위해 그이가 자기의 셔츠 소매를 걷어 올렸을 때, 난 이 사람이야말로 내 인생의 커다란 부분을 채워 줄 남자가 될 것이라는 사실을 직감할 수가 있었단다.

버렸건 간에 상관없이, 어쨌든 평생 기억에 남을 만한 멋진 장면을 연출해 보자. 대담한 행동과 깜짝쇼, 놀라운 트릭, 즉흥적인 초대, 그리고 밉지 않은 약간의 속 임수들로 가득 찬 사랑의 명장면을 말이다.

침대에서의 매너는

제아무리 세기의 로맨스라 해도 그 속을 꼼꼼히 들여다보면, 분명 그 어딘가는 어색하고 당황스러운 순간들로 채워져 있게 마련이다. 집 현관문에서 나누는 '굿 나잇' 인사가 갑자기 칫솔을 함께 쓰는 사이로 발전하게 될 수도 있는 법이다. 로 맨스가 무르익어 갈 무렵, 정확히 무엇을 어떤 식으로 해야 할지 모르는 친구들 에게 물어봐도 도무지 그 해답을 알 수가 없는 많은 여성들은 대개 모든 것을 과 장해서 진단을 내리는 경향을 보인다.

  사랑이 갓 발전해 가기 시작할 무렵에는 우선 의사들의 가장 기초적인 처방전 을 따르도록 하라. 그것은 바로 "해가 될 만한 것은 취하지 말라"는, 매우 단순하 고도 무난한 처방이다. 처음에 별다른 탈 없이 건강하게 출발한 관계에 괜스레 불필요한 수술을 감행할 필요는 없다. 그리고 잠재적으로나마 앞으로의 삐걱거림 이 예상되는 관계라 할지라도 처음부터 서로의 사기를 떨어뜨릴 필요는 없는 일 이다. 자, 여기에 당신을 위해 도움될 만한 몇 가지를 소개한다.

당신은 실컷 떠들어대고, 그는 열심히 코를 골아댄다?

한마디로 말해, 그와의 잠자리에서 무거운 주제를 끄집어내는 일은 금물이다. 생각해 보라. 얼마나 힘든 하루를 보냈는지, 그리고 이제 남은 것은 또 얼마나 기나긴 밤인지 를! 부모님의 두 번째 이혼에 대한 당신의 장황한 스토리를 들으며 꾸벅꾸벅 졸고 있 는 침대 속 남자의 모습이란, 당신도 절대로 원치 않는 장면일 것이다. 방금 그렇고 그런 일을 끝낸 두 사람은, 지금 서로에게 있어 이 세상 누구보다도 가깝게 맞닿아 있

는 존재인 것이다.

  이럴 때에는 뭔가를 함께 공유한다는 느낌이 가장 중요하다. 서로의 상처에 대한 이야기를 나누어 보는 것은 어떨까? 그렇다고 당신을 차버린 옛 애인에게 받은 마음의 상처에 대해 이러쿵저러쿵 세세한 해설을 달라는 말은 아니다. 그저 그에게 초등학교 때 댄스 경연대회에서 춤을 추다 넘어져 얻은 무릎 위의 흉터 자국이나 캠핑에서 작은 사고로 인해 생긴 화상 자국을 살짝 보여 주자. 두 사람의 마음을 하나로 이어 줄 수 있는 그런 분위기에서 무겁고 심각한 주제란 '피해야 할 제1순위' 라는 것을 항시 명심하도록 하자. 어렵고 중대한 주제를 놓고 기나긴 이야기를 나누며 심각해지는 것보다는 가볍고 즐거운 이야기로 한바탕 크게 웃어젖힌 후에, 두 사람 모두 비로소 한층 더 달콤한 잠을 청해 볼 수 있을 것이다.

이른 아침, 눈을 떠보니 당신 옆에는 100킬로그램 정도는 거뜬히 나갈 것 같은 덩치 큰 남자가 방이 떠나갈 듯 심하게 코를 골며 누워 있다. 으윽, 어젯밤 날 꼬신 남자가 겨우 이 정도였단 말인가. 일단 한숨을 한 번 내쉰다. 그리고 난 후 천장을 쳐다보며 조용히 누워 있자니, 정말이지 일 분이 한 시간처럼 느껴진다. 게다가 그 집을 빠져나갈 그럴 듯한 구실을 만들어대기엔 시간이 너무 이르지 않은가! 그럴 때는 시계를 미리 두어 시간 정도 맞추어 놓고는 정말 깜짝 놀란 듯이 즉석 연기를 펼쳐 보는 거다. "어머머, 이를 어째! 벌써 열 시가 다 되어 가네. 오늘 또 지각인걸!" 그리고는 급히 도망치듯 나가 버리면 되는 거다.

　반대로 똑같이 잠에서 깨어났을 때라도 옆에 누워 있는 남자가 '역시 내 눈은 틀림 없어' 하며 스스로를 자랑스럽게 여길 정도로 근사하다면 상황은 달라진다. 이번에는 긴긴 하루를 그와 함께 보낼 수 있는 방법을 강구해야 하지 않겠는가. 그렇다고 해서 곧바로 "오늘 뭐 특별히 할 일 있으세요?"라고 묻는 것은 좋지 않다(그에게서 즉각적인 대답을 강요하는 분위기를 만들기 때문이다). 이럴 경우에는 특별히 더 '끈적거리지' 않게, 마치 향긋하고 야들야들한 섬유 유연제처럼 부드러운 방법을 취하는 것이 중요하다.

　이럴 경우에는, '당신의 오늘 계획'이 무엇인지를 그에게 살짝 흘려 보는 거다. "흠, 저는 프랑스 문화원에나 가볼까 생각 중이에요. 날씨도 좋은 데다 마침 야외 영화제가 열리고 있거든요." 그가 조금이라도 관심이 있는 듯한 눈빛을 보인다면 그때에는 당장에 그곳에 같이 갈 의향이 있는지 물어보아도 좋다. 그러나 5분 이상 지체하게 되면 이미 타이밍을 놓친 뒤라, 데이트 신청 따위는 벌써 물 건너간 얘기가 되어 버릴 것이 분명하다.

이럴 때에는 반드시 당신의 상사가 인간 쓰레기에 가까운 존재라는 것과 주변의 동료 또한 도움은커녕 당신의 일을 망쳐 버렸다고 그에게 하소연하듯 말하는 것을 잊지 말자. 하지만 상대방에 대해 정말 미안한 기색도 없이 그저 이런 불평만을 늘어놓는 것은 자기 합리화처럼 들릴 뿐이다.

"스트레스 때문에 죽을 지경이다"는 것은 사과의 말이 아니다. "미안하지만……" 하고 말머리를 꺼내야 비로소 그 미안한 마음이 전해지기 시작하는 것이다. 이 짧은 사과의 말 한마디는 어떠한 경우에도 결코 당신에게 해가 되어 돌아오는 법이 없다. '미안' 이라는 단어를 사용하는 데에는 한푼도 들지 않지만, 그 한마디로 참으로 많은 것을 얻을 수 있다.

만일 상황이 이렇다고 해도 당신이 뭘 어떻게 하겠는가? 변호사라도 부를 작정인가? 뜨거운 사랑을 나누기 전, 그가 24시간 안에 꼭 전화하겠다는 각서를 쓴 것도 아니지 않은가? 이는 패소할 것이 불 보듯 뻔한 소송건과도 같은 것이다. '내가 먼저 전화를 걸어도 될까?' 이 일을 걸고 동전을 던져 보겠다면 뭐 굳이 말리고 싶지는 않다. 그렇지만 전화를 걸어 "어제는 즐거웠어요" 하는 식의 진부한 대사를 늘어놓는다거나 상대에게 목을 매는 것처럼 보이는 일만은 피했으면 한다. 지금 그가 당신에 대해 느끼는 감정이 무엇이건 간에, 그런 것들로 인해 그의 감정에 별다른 변화를 불러일으키진 못할 테니까.

중요한 결정을 내릴 때에는 신중한 생각이 앞서야 하겠지만, 그렇다고 해서 그때마다 필요 이상으로 심각해질 필요는 없다. 그와 서로 열쇠를 교환할 마음의 준비가 되었다면, 이를 두고 지나치게 쑥스러워 하거나 무슨 거창한 일이나 되는 것처럼 굴기보다는 차라리 가볍고 재미있는 이벤트로 꾸며 보는 것은 어떨까. 그에게 주기 위해 당신의 집 열쇠를 복사하러 열쇠 가게에 들렀을 때, 가게 주인에게 호텔에서 사용하는 종류의 키 체인을 만들어 줄 수 있는지 특별히 부탁해 보자. 물론 그 위에 당신의 아파트 동, 호수가 찍혀 있다면 가장 이상적일 것은 물론이고 말이다. 그리하여 어느 날 아침, 그가 당신의 집을 나서기 전 이것을 다음과 같은 쪽지와 함께 그의 주머니 속에 살짝 넣어 두는 거다. '원하실 때 언제든지 체크인 하세요'

당신이 목을 빼고 그를 기다리고 있는 바(bar)가 시내 한가운데 위치해 있다면, 그가 진짜 죄인으로 밝혀질 때까지는 우선 그를 책하지 않는 것이 현명한 일일 것이다. 자, 당신은 그를 기다리느라 조금 지치긴 했지만, 이런 식으로 한 번 바꾸어 생각해 보는 것은 어떨까. 이 시각, 분명 그는 때마다 걸리는 신호 앞에서 진땀을 흘리며 자신을 기다리고 있을 당신이 지금쯤 몹시 화가 나지 않았을까 걱정하며 전전긍긍하고 있을 것이다.

그렇지만 당신의 현재 상황은 어떠한가. 그런 그에 비하면, 흐트러지지 않은 고운 차림으로 시원한 곳에 편안히 앉아 천천히 주위를 둘러볼 수 있는 여유까지 가지지 않았는가. 그가 헐레벌떡 바 안으로 들어섰을 때, "왜 이렇게 늦은 거야?" 하며 눈을 치켜 뜨고 버럭 화를 내는 대신, 먼저 그에게 변명할 시간을 주도록 하자. 그런 이후에 만일 그가 쓸데없는 일로 괜한 늑장을 부리다가 약속 시간에 늦었다는 사실이 밝혀졌다면, 그때 가서 거기에 대한 적절한 응징을 가해도 늦지 않다. 당신과의 중요한 약속에 시시껄렁한 일을 가지고 게으름을 부린 얄미운 상대를 향해 한 번 방긋 웃어 준 다음, 그 바에서 가장 비싼 와인을 한 병 주문해 버리는 거다!

뮤지컬 '아가씨와 건달들'에 나오는 곡들 가운데 하나를 들어 보면 "마음에 드는 남자를 만날 때마다 여자들은 그를 완전히 뜯어 고치려고 들지……" 하는 구절이 있다. 그렇지만 그 가사처럼 내 남자를 '완전 개조'하는 극단적인 방법이 아니라도, 누구나 약간의 '긍정적인 변화'를 유도해 볼 수는 있다.

　당신의 애인이 회계사란 점에 대해서는 아무런 문제도 탈도 없다. 다만 문제는 그가 '회계사처럼 옷을 입는다'는 사실에 있는 것이다. 이제 그를 말쑥한 옷차림의 멋쟁이로 변화시켜 보자. 단, 필요하다고 생각되는 만큼만. 그리고 무엇보다 충분한 시간을 두고서 아주 천천히 진행시키는 것이 중요하다. 너무 얌전한 모범생 같아 보이기만 하는 그의 인상에 변화를 주고 싶다면, 함께 안경점에 가서 가수 '엘비스 코스텔로(Elvis Costello)'가 즐겨 쓰는 멋쟁이 안경을 골라 주자. 애정을 가지고 유심히 살펴 본다면, 아무리 패션 감각이 떨어져 보이는 사람에게도 나름의 발전을 가져올 만한 패셔너블한 구석이 숨어 있게 마련이다. 그리고 당신이 바로 그 숨겨진 면을 일깨워 주는 스타일리스트의 역할을 담당하게 되는 것이다. 만일 그가 스웨터 위에 럼버재킷을 걸쳐 입는 것이 보기에도 분위기상으로도 한층 더 섹시할 거라는 판단이 든다면, 스티브 맥퀸(Steve McQueen)이 나오는 비디오를 함께 빌려다 보며 그에게 살짝 힌트를 흘려 주자. "나만 그런 건가……. 자기야, 저 주인공이 터틀넥 입고 있는 모습, 너무 섹시하다고 생각지 않아?"

기사도 정신을 갖춘 멋쟁이 여성이 되자

이 땅 위에서 기사도가 완전히 사라진 것은 분명 아닐진대…… 그렇지만 자기 자리에서 벌떡 일어나 당신이 앉을 의자를 친절하게 뒤로 빼주는 남자를 마지막으로 본 게 언제였는지, 혹시 당신은 기억할 수 있는가? 자, 이제는 우리 여성들이 나서서 친절과 자비, 그리고 용기 있는 행동들로 이런 기사도의 공백을 메울 차례이다. 그가 당신을 위해 문을 열어 주지 않는다면, 그저 여성에게 특별히 신경을 쓰지 않는 타입의 남자인가 보다 하고 가볍게 넘겨 버리자. 그리고 대신에 당신이 그를 위해 문을 한번 잡아줘 보는 거다. 또 가끔씩 저녁 식사 값을 당신이 계산하는 건 어떨지. 그가 돈을 펑펑 잘 써대는 사람이든지, 계산서가 오면 괜히 움츠리는 좀생이든지, 혹은 더치 페이에 익숙한 사람이든지 간에 상관없이 말이다. 계산서를 앞에 두고 서로 계산을 하겠다고 실랑이를 벌이는 볼썽사나운 꼴을 보이기 싫다면 화장실에 다녀오는 길에 담당 웨이터에게 살짝 당신의 신용카드를 쥐어 주자.

그렇지만 기사도란, 위에서 언급한 대신 문을 열어 주는 일이나 저녁값을 계산하는 따위의 것 이상인 것이다. 무엇보다도 그를 당당하게 만들어 주고, 그를 지키는 튼튼한 방패막이가 되어 주는 것이 기사도의 가장 중요한 핵심이 된다. 가령 그의 새로운 헤어스타일을 두고 주변 사람들 모두가 비웃을지라도 그들과 이구동성으로 "이발사가 실수로 잔디 깎는 기계를 썼나 보군!" 하는 경멸의 목소리를 내기보다는, 삐죽거리는 그의 머리 모양을 오히려 귀엽다고 칭찬하는 위로의 목소리가 되어 주는 것이다. 누구도 당신이 사랑하는 사람의 이름을 욕되게 만들도록 놓아두지 말자.

에이전트계의 신화적 존재인 어빙 라자(Irving Lazar)는 그 이름으로보다는 '사기꾼 어빙'이라 더 자주 불리곤 했다. 그런 그가 53세의 나이에 결혼을 하게 되었고, 아내 메리는 평생 남편을 따라다니는 그 별명이 너무 천박하다고 생각하였다. 그래서 그녀는 남편을 언제나 '어빙'으로만 불렀고, 많은 노력 끝에 얼마 지나지 않아 주변 사람들도 모두 그를 그렇게 부르도록 만들었다. 적어도 그의 면전에서만큼은 말이다.

이와 마찬가지로, 당신의 남자뿐 아니라 나 이외의 다른 여성들을 위해서도 기꺼이 기사도 정신을 발휘해 보자. 예를 들어 정신없이 바쁜 한 식당의 점심 시간, 메뉴판을 들고 이리저리 웨이터를 불러 보지만 아무도 주문을 받지 않아 난처해 하고 있는 한 여성이 눈에 들어왔다면, 주저하지 말고 가서 그녀에게 도움의 손길을 건네 주자. 예쁘장하게 생겼다고 해서 그저 누군가 나서겠지 생각하며 그냥 놓아두는 일은 없도록 한다. 그녀의 외모가 뛰어날수록 더더욱 그녀의 용감한 '백마 탄 공주님'이 되어 주도록 하자. 시기의 대상이 될 수도 있을 법한 여성을 향한 그러한 친절은 당신을 더욱 빛나 보이게 만들 것이다.

그대는 '토요일 밤의 여인'?

데이트를 시작한 지 겨우 5일된 사이건 아니면 결혼이라는 이름 아래 5년 간을 함께 동고동락한 사이건, 당신은 어느 때고 그 상대에게 '이번 토요일 저녁에 시간이 어떤지'를 묻고 데이트 신청을 할 수 있다. 이때 당신이 이름 모를 모텔에서 달콤한 시간을 보내거나, TV 커피 광고에 나오는 다정한 연인들의 모습을 연출하는 일, 또 값비싼 프랑스 레스토랑에서의 식사를 즐기는 일 따위라면 이미 지겨우리 만큼 많이 해본 커플이라고 가정해 보자.

그렇다면 이번 기회에 그간 생각은 해봤지만 감히 가볼 엄두를 내지 못했던 장소에서 뜨거운 주말 밤을 불태워 보는 것은 어떨지. 혹은 그를 당신의 집 뒷마당에서 벌어지는 피크닉에 초대하여 파란 잔디 위에서 아무에게도 방해받지 않는 둘만의 특별한 시간을 보내는 것 또한 하나의 아이디어가 될 수 있을 것이다. 평소에 생각지 못했던 이런 식의 독특한 주말용 이벤트는 자칫 권태로워질 수 있는 두 사람의 관계에 신선한 청량제가 되어 줄 것이다.

벌거벗은 토요일을!

한 번쯤은 나체촌에 사는 사람이 된 듯한 기분으로 주말을 보내 보는 것은 어떨까. 보드라운 감촉의 실내용 슬리퍼만 신으면 두 사람 모두 그날 입을 것은 전부 걸친 셈이다. 그런 다음, 자잘한 집안일을 보다 자극적인 것으로 만들어 보자. 예를 들어 당신의 배꼽 안에 드라이어 린트를 넣어 놓고 빨랫감을 갠 다음, 그이한테 그것들을 치워 달라고 하는 거다(단, 이럴 때를 대비해 배꼽은 항상 청결한 상태로 유지할 것!).

홈 비디오와 함께

팝콘과 애로 영화는 너무 뻔하니 이번에는 건너뛰도록 하자. 이번 주에는 일본 공포 영화를 빌려 좀 색다른 주말을 보내 보는 것이 어떨까. 그에 어울리는 차가운 생선 초밥과 뜨거운 정종을 준비하는 것도 잊지 말자. 게이샤 스타일의 기모노도 함께 준비해 입으면 더욱 재미있을 것이다. 그리고 "어머, 무서워!"라고 고함을 지를 때에는 소리를 내기 전 몇 초간 입술을 실룩실룩 움직이는 것을 잊지 말자. 영화 속에서 하는 것처럼 말이다.

가끔은 모텔에서의 은밀한 하룻밤을

잠시 복잡한 도시를 벗어나 휴식을 취하고 싶을 때는, 멀리 시골까지 수 시간 동안 애써 힘들게 운전해 갈 필요는 없다. 그저 달리는 도로 중간 어딘가에 차를 세워 보자. 남몰래 은밀한 애정행각을 벌이는 커플들을 위해 모든 시설을 완벽하게 갖추어둔 이름 모를 도로변의 어느 모텔 방만큼 섹시한 장소도 찾아보기 힘들 것이니 말이다. 시원한 음료수에 수십 개나 되는 TV 채널들! 상황이 이렇다면 산으로 하이킹 따위를 떠날 필요는 전혀 없을 것이다. 알몸으로 침대와 냉장고 사이를 왔다갔다 하는 일만으로도 충분히 칼로리를 소비할 수 있을 테니까.

직접 감독을 맡은 토요일 밤의 영화 신

멀티플렉스에서 영화를 보는 데 드는 값으로 할리우드 영화에 자주 등장하는 도주 신을 직접 한번 체험해 보는 것은 어떨지. 애인에게 특정 기차역에서 당신과 만날 것을 지시하라. 그리고 마치 당신 자신이 어떤 일로 인해서 황급히 그 장소로부터 도망쳐야 하는 도주자가 된 것처럼 생각하고 행동해 보는 거다. 기차역 직원에게 다음 열차표 두 장을 부탁하고는 왠지 모르게 수상한 행동을 보이며 다급한 모습으로 열차에 올라타 보자. 역 몇 개를 지나치다가 웬지 끌리는 곳이 있다면 그 역에서 무작정 내려 보는 거다. 그리곤 그 동네를 이리저리 구석구석 둘러보며 과연 그 곳이 당신의 인생을 새롭게 시작할 만한 곳인지 체크해 보자. 뭐, 그렇지 않다면 맛있는 햄버거나 하나 사먹고 다시 다른 곳으로 출발하면 되지. 그렇지 않은가?

신나는 저녁 이벤트를

지난 주말, 그가 당신 앞에 오페라 티켓 두 장을 들고 나타나는 이벤트를 준비했다면,

이번에는 당신이 그를 야구장으로 데려가는 깜짝 이벤트를 마련해 보자. 가끔은 서로 이런 식의 '맞트레이드'를 해보는 것도 나쁘지 않으니까. 동물원에서의 하루도 좋고, 경마장이나 경륜장을 찾아보는 것도 괜찮다. 스케이트장에서 하는 저녁 식사도 멋지 겠고, 이따금 댄스 타임을 갖는 바에 가서 실컷 흔들어 보는 것도 재미있을 것이다. 더 이상 아이디어가 떠오르지 않거나 별 신통한 이벤트가 생각나지 않는다면? 끈으로 그의 눈을 잘 가린 다음, 동네를 몇 바퀴 돌고 나서 그의 집까지 바래다 주자. 나름대로 독특하고 재미있는 주말 밤이 될 것 같지 않은가?

그대에게 바치는 시 한 구절

내 마음은 마구 부풀어 오른다오 / 그러니 이제는 말해야겠소 / 이 세상 모두에게 / 내가 당신을 얼마나…… (흠, 아무래도 운율에 좀더 신경을 써야겠지?)…… 사랑 하는지…… / 당신의 마음 깊은 곳에서 터져 나올 날만을 손꼽아 기다리고 있는 뜨거운 감정의 덩어리를 한 편의 아름다운 소네트로 만들어 보자. 나의 사랑하는 '그대'에게 바치는 시를 말이다.

만일 그토록 풍부하게 넘쳐나는 감정에도 불구하고, 운율이나 직유법 은유법 따위의 화려한 수식 방법은 말할 것도 없이 그를 표현할 만한 시구가 도무지 떠오 르지 않는다 해도 너무 좌절할 필요는 없다. 그저 무조건 한번 도전해 보는 거다. 시란 것은 꼭 한 가지 특정한 모양새만을 가지는 것이 아니라, 아주 여러 가지 형 태로 다양하게 표현될 수 있는 것이니까 말이다. 언어를 최대한 압축하고 또 원 하는 내용을 잘 전달할 수 있을 만한 새로운 매개체들을 떠올려 보자.

세탁을 한 뒤 깨끗하게 개어 둔 그의 속옷 위에 매직펜으로 짤막하게 남기는 사 랑의 메모. 그의 아파트 건물 앞 게시판에 붙여 둔 귀여운 사랑의 메시지. 그의 아침 식사 접시 밑, 책상 위, 그리고 베개 밑 등 계속해서 그의 눈에 띄도록 한 사 랑의 시로 가득 찬 책들. 그리고 또 하나, '오늘 밤 8시, 내 아파트에서 중요한

‘사랑’ 미팅이 있으니 필히 참석 요망’ 이라고 써보내는 긴급 팩스 메시지.

좋은 선물이란 원래 이상한 포장지에 싸여 오는 법?

이런 말들은 대개 못 쓰게 되거나 받는 사람에게 있어 불필요한 선물을 두고 하는 말이다. 그렇지만 이런 경우, 선물을 주는 사람이 뭔가 잘못된 사고를 가진 것이 분명하다. 진정 받는 쪽을 생각하는 선물이란 사실 ‘관찰’ 에서부터 시작되는 것이기 때문이다. 그이가 고양이를 너무너무 좋아하는 사람이면, 그의 집 뒷마당에 고양이가 좋아하는 개박하 꽃을 잔뜩 심어 그가 키우는 고양이들이 맛있게 풀을 뜯는 모습을 함께 바라볼 수 있는 기쁨을 선사하는 거다. 그가 이제껏 먹어 본 것 중에서 가장 맛있는 애플 소스를 만들어 내게 선사했다면? 그런 그이에게 보답으로 최신형의 조그만 애플 소스 기계를 선물하자. 그리고 그때, 이런 귀여운 메모가 붙어 있는 작은 사과나무 묘목을 함께 건네 보는 거다. ‘이 나무 아래에는 나 이외의 어떤 누구와도 함께 앉지 말 것’

근사한 레스토랑에 가서 함께 와인 리스트를 훑어볼 때마다, 항상 프랑스산 메를로(merlot)보다도 얼굴색이 더 붉어지곤 하는 그의 모습을 발견했다면? 이렇게 와인에 대해 무지한 당신의 애인에게 포켓용 초보 와인 입문서를 하나 슬쩍 건네 보는 것은 어떨까. 와인 시음회 티켓 두 장을 살짝 끼워 넣는 센스를 발휘해서 말이다. 그렇지만 모든 선물이 다 이렇게 상대의 어떤 부분을 개선하고 발전시키려는 방향으로만 나가야 된다는 뜻은 아니다. 때로는 그의 취미나 약점을 있는 그대로 받아들여 주자. 만일 당신의 ‘그대’ 가 소파 위에서 뒹구는 일을 제일 좋아하는 게으름쟁이라면, 영화표 두 장 대신 포근한 모포와 비디오테이프들을 안겨줘 보자. 하나는 약간 야한 애로물로, 또 하나는 아주 감동적인 명작으로 말이다.

문득 달력을 쳐다보니 발렌타인 데이가 점점 가까워 오고 있다. 그때부터 당신은 각
종 선물 카달로그들을 잔뜩 쌓아 놓고 이 페이지 저 페이지를 뒤적이느라 정신이 없
다. 켜면 노래가 흘러나오는 우산이 좋을까(그가 과연 그걸 재미있다고 생각할까)? 아
니면 전기 자동 수세미가 좋을까(그가 과연 그걸 한번이라도 사용하게 될까?)?……항상
생기는 고민이긴 하지만 거기엔 별다른 뾰족한 해답이 없는 것 또한 거부할 수 없는

사실이다. 그렇다면 여기에서 잠깐, 긴급 경보를! 그쯤에서 잠깐 모든 사고를 멈추어 보자. 평범하고 나른한 일상적 고정관념의 굴레에서 잠시 벗어나 보자는 거다. 물론 당신도 당신 스스로가 평범하기 그지없는 하트 모양의 초콜릿으로 가득 찬 상자를 그에게 건네는 수많은 여자 가운데 하나가 되고 싶지는 않을 것이다. 그렇지만 생각을 조금만 달리 하면 그 고전적인 선물도 센스가 넘치는 버전으로 살짝 업데이트시킬 수 있다.

그에게 초콜릿 상자를 건네는 점에서는 여느 사람들과 다르지 않다. 단, 이번에는 빨간 손잡이가 달린 각 사이즈별 스크류 드라이버와 망치, 파워 드릴, 그리고 달콤한 키세스 초콜릿들로 가득 찬, 유용하기 그지없는 빨간 연장통을 상자삼아 건네 주는 거다(그 많은 드릴과 드라이버들을 보고 있으면 그에게 남길 뭔가 섹시한 말들 또한 함께 마구마구 떠오를 테니, 그야말로 일석이조). 아니면 섹시한 '속옷 부케'를 만들어 선사해 보는 것은 어떨까. 레이스 달린 빨간 속옷 한 박스를 줄기가 긴 장미꽃 대마다 돌돌 말아 커다란 상자에 담아 본다(물론 줄기는 가시를 깨끗이 없앤 것으로). 선물을 해야 할 기회가 생길 때마다 이와 같은 참신한 아이디어들을 적용시켜 남들과는 어딘가 다른, '차별화' 된 선물을 할 줄 아는 신세대 멋쟁이가 되어 보자.

사랑의 배달 센터

지금 누군가와 사랑을 하고 있다면, 적어도 그 동안에는 상대방에 대한 당신의 뜨거운 사랑을 확실하게 보여 주자. 그의 생일날이건 그가 아파서 골골대고 있는 날이건, 피치 못할 사정이 생겨 그의 곁에 있어 줄 수 없다면 우선 전화기 앞으로 다가가자. 그렇지만 거기서 잠깐! 아직 그의 전화 다이얼을 돌리기엔 이르다. 당신의 사랑스런 목소리를 들려주는 것도 더할 나위 없이 멋진 일이긴 하겠지만, 그전에 '손으로 만질 수 있는' 뭔가 실제적인 사랑을 먼저 그의 눈앞에 보여 주는 것은 어떨까?

그가 열이 펄펄 끓는 몸을 이끌고 간신히 집에 돌아왔을 때, 따뜻한 위로의 말보다 더 먼저 찾게 되는 것은 바로 뜨거운 국물 한 그릇일 것이다. 그의 집에서 가장 가까운 가게에 전화를 걸어 뜨끈한 닭고기 수프나 입맛을 돌게 할 따뜻한 죽 한 사발을 사랑하는 그이 앞으로 배달시켜 보자. 그러한 당신의 따뜻한 배려에 병상의 그는 눈물을 쏟아 낼지도 모른다.

작별의 시간을 보다 쿨하게!

중세 시대에는 마지막 일격이 가해지기 전, 담당 사형집행인에게 팁 조로 돈을 주어 그날 쓰일 도끼 날을 아주 날카롭게 갈도록 하는 것이 관례였다고 한다. 다시 말해, 깨끗하고 깔끔한 뒤처리를 중요시 했다고나 할까. 당신에게 있어서도 이런 뒷마무리 능력이 필요하다. 끝이 보이는 사랑이라면, 당장은 힘들겠지만 부디 깔끔하게 대처하시길. 자, 다들 힘을 내시라!

그에게 작별의 키스를

뭐, 그의 잘못이라고 해봤자 정성껏 저녁 식탁을 차려 놓고 기다린 당신을 지쳐 잠들게 만든 것뿐일지도 모른다. 혹은 당신과 가장 친한 친구의 원더 브라가 그이의 양말 서랍장에서 발견되었을 수도 있겠지. 아무튼 이유야 어찌 되었건, 이제 그에게 이별을 고해야 할 순간이 다가온 것만은 틀림없는 사실이다. 그리고 또 어찌 되었건, 이제 와서 괜히 "역시 난 옛날 남자 친구를 잊지 못한 것 같다"는 둥, 또 "자신의 만성적인 '믿는 도끼에 발등찍힘증'을 없애기 위해 약물 치료를 해야겠다"는 둥 어설픈 말들을 횡설수설해댈 필요는 없다. 장시간 사귀어 온 사이라면 조금은 심각하고 진지한 이별에의 협상이 필요한 법이다. 그렇지만 상

대가 그냥 잠깐 즐긴 사이인 데다 벌써부터 그와 영화를 보러 가느니 차라리 집에
서 다리털이나 미는 편이 낫겠다는 생각이 드는 정도라면 그런 '심각한' 대화는
전혀 필요치 않을 것이다. 그저 "미안하지만 안 되겠어. 아무튼 고마웠어요"라는
식의 흔하고 간단한 말로 잘라 버리면 그만이다.

　상황의 특수성상 뭔가 설명이 좀더 필요하겠다 싶을 때라도, 그의 결점들을 낱
낱이 늘어놓는 따위의 일은 그에게나 당신에게나 서로의 감정을 해치는 일이 될
뿐, 결코 도움이 되지 않는다. 그러니 작별을 고하는 그 마지막 순간에도, 그의
장점에 포커스를 맞추어 주는 넓은 아량을 베풀도록 하자. 현관문에 서서 마지막
인사를 건넬 때, 그가 '가시는 길 고이 즈려밟고' 떠나갈 수 있도록 최대한 달콤
한 말들로 최후를 장식해 주자. "제리, 지난번 자동차 경기에 갔을 때 나 정말 즐
거웠던 거 알아요? 너무나도 행복한 시간이었죠. 그건 절대 잊지 못할 거예요. 그
렇지만 지난 화요일 일은…… 당신도 알겠지만…… 그래요, 나도 알아요. 당신이
나한테 얼마나 잘해 줬는지…… 그리고 그때 댄스 페스티벌에서의 즐거웠던 기억
이란! ……그래요, 당신은 내게 있어 최고의 남자였어요. 아니…… 아무튼 당신
은 정말 좋은 사람이에요. 잘 가요, 안녕!"

그래, 이제 그 남자는 구명조끼도 입지 않은 당신을 망망대해 한가운데 떨어뜨려
놓고는 훌쩍, 그리고 영원히 떠나 버렸다. 물론 당신에게도 언젠가는 '그'라는 존
재를 깨끗이 잊고 잘 먹고 잘 살게 될 날이 분명 찾아올 것이다. 그렇지만 불행한
것은, 그런 날이 지금 당장에는 찾아오지 않는다는 사실이다. 술을 잔뜩 먹고 난
다음날의 숙취가 그러하듯, 상처받은 마음에 가장 좋은 치료약은 역시 그 고통과
아픔에 고분고분히 굴복하는 것이다. 상처에서 한시라도 빨리 벗어나고자, 그 이
별로 인해 내가 얻은 좋은 점만을 부각시켜 보려고 일부러 애쓰는 일은 오히려 심

한 두통만을 유발할 뿐이다.

　세상에는 어둠을 위한 시간도 존재하는 법이며, 지금이야말로 바로 그 시기인 것이다. 한시라도 빨리 그를 잊기 위해 괜한 블라인드 데이트 따위로 시간을 때우려거든, 차라리 당신 방안의 블라인드를 내리고 그 안의 어둠을 즐겨라. 여기, 당신을 위해 그러한 시간들을 가장 알차게 보낼 수 있도록 도움을 줄 만한 몇 가지 처방전을 제시하고자 한다.

둥지를 재정비하라

자, 이제부터 당신은 심한 감정의 기복을 경험하게 될 것이다. 그렇다면 언젠가 하게 될 착륙에 미리 대비를 해두자. 착륙지를 새롭게 꾸미는 건 나중 일이다. 지금 당장은 푹신한 침대에 드러누워 편안한 마음으로 조금씩 기운을 추슬려 가는 일이 무엇보다도 중요하다. 털이 부드러운 융단과 포근한 베개, 크리넥스, 편하고 폭신한 털 슬리퍼, 제일 좋아하는 쿠키 한 상자 등을 친구 삼아 다정한 클리코(Cliquot) 샴페인의 품에 안겨 마음이 후련해질 때까지 실컷 울어 버리는 거다.

　그런 다음, 주위의 친한 친구들에게 하나씩 전화를 걸어 "이제 그와는 완전히 끝이며, 모든 걸 깨끗이 정리할 것"이라는 다짐을 해두자. 이는, 그들로 하여금 앞으로 당신이 살아가야 할 중요한 이유들을 계속해서 일깨워 줄 수 있게 만드는 작업이라고 할 수 있다. 그 이외에 어떤 일을 한다 해도 상관하지는 않겠다. 단, 그에게 전화해서 "도대체 왜? 그랬냐?"고 묻는 일만은 피하자(어차피 그 사람도 그 이유를 모를 것이니!). 자기에게 주어진 이 괴롭고 불행한 시간을 최대한 즐겨 보는 거다. 지저분한 차림을 한 채로 집안에서 이리저리 뒹굴어 보는 것도 좋고, 슬픈 영화를 보며 팝콘을 입안으로 던져 넣는 짓을 한다 해도 상관없다. 자기 연민의 감정이 자연스럽게 내 몸밖으로 빠져나가게 만들 수만 있다면 말이다.

모든 걸 훌훌 털고 크루저 여행을

오래 전에는, 참하고 괜찮은 여자가 어떠한 이유로든 연애에서 실패를 맛보게 되면 그녀의 가족들은 그 여자를 배에 태워 먼 여행길에 오르게 했다고 한다. 그녀가 멀리 다른 곳으로 나가 기분전환을 하며 그 모든 실연의 고통을 깨끗이 잊으라는 바람에서 말이다. 이 얼마나 합리적인 관습이었는지! 현재를 사는 당신에게도 이 방법은 비슷한 효력을 발휘할 수 있다. 멋진 오토바이나 컨버터블을 한 대 렌트해 멋진 스카프를 둘러매고서, 지금껏 한 번도 가보지 않은 곳으로 드라이브를 떠나 보자. 창문가에 작은 등불을 밝혀 둔 아담한 레스토랑을 찾아 그곳의 주인에게 당신의 슬픈 사랑 이야기를 들려 주는 것은 어떨까. 깨끗한 모텔을 구해 며칠 머무르면서 달콤한 초콜릿 케이크와 좋아하는 아이스크림, 포도주를 실컷 즐기며 라디오 프로그램에 귀를 기울이거나, 또 청취자 코너에 직접 참여해 보기도 하면서 나름대로 자신을 위한 즐거운 시간을 꾸며 보자. 어쩌면 저 바깥 세상 어딘가에 살고 있는 누군가의 위로가 라디오 주파수를 타고 배달되어 와 내 마음속을 울려 줄지도 모를 일이니. 늦은 밤까지 맘껏 TV를 보며 이 심야 토크쇼를 내가 진행한다면 어떨까, 저 요리 채널은 나라면 이렇게 꾸며 볼 텐데 하는 공상들로 긴긴 밤을 지새워 보는 거다. 시간은 흘러가고, 내 마음 또한 그렇게 흘러갈 것이니…….

빅뱅 이론

당신의 시스템 안에 있던 것들을 한꺼번에 몽땅 몰아내 버리라는 이론에 근거한 처방전이다. 친구들 모두가 실연의 깊은 수렁에 빠져 있는 당신을 밖으로 이끌어 내기 위해 그토록 안간힘을 쓰는데, 언제까지나 그들의 고마운 손길을 뿌리칠 수만은 없지 않은가. 단, 그들이 억지로 당신의 등을 떠밀도록 만들지는 말자. 대신 그 친구들에게 총각파티와 비슷한 여자들만의 '진한' 파티를 한 번 열어 달라고 부탁해 보자. 것도 아주 '속시원한' 수준에서 말이다. 그날 밤의 타깃은 바로 헤어진 '그 남자'의 그림자

이다. 또한 뭇 남자들이 열광하는 프로권투 시합을 보면서 무차별하게 서로를 난타하는 광경을 구경하며 때묵은 감정들을 시원하게 날려 버리자. 아니면 자동차 파괴 경기가 벌어지는 '데몰리션 더비' 경기장을 찾아가, 폭발하고 부서지고 불타는 그 모든 장면들에서 잔인한(!) 쾌감을 맛보며 카타르시스를 느껴본다. 자, 모두 즐거운 시간이 되길 바란다!

가벼운 데이트 상대들을 이용하자

주위에 있는 남자 친구들을 생각할 때, 갈등은 언제나 '저 가운데 하나와 스테디한 연애를 시작하느냐' 혹은 '나 혼자서도 충분히 잘 살아갈 수 있지 않을까' 하는 생각들 사이에서 비롯되곤 한다. 그렇지만 당신의 다음번 '사랑의 오아시스'에 도달할 때까지, 앞에 놓여진 사막을 건너는 데에는 딱 한 가지 방법만 있는 것은 아니다. 그곳에 이를 때까지 기쁜 마음으로 당신의 빈 수통을 계속해서 채워주고 구경거리가 생길 때마다 그것을 손짓해 가리켜 줄 몇몇의 친절한 길잡이들을 구해 보는 거다. 오래 전에는 여성들을 시내까지 에스코트해 주는 남자들을 가리켜 '길잡이' 혹은 '동반자' 라 부르곤 했다. 이는 엮이고 매이는 부담감 없이, 아주 가볍게 데이트할 수 있는 그런 편안한 상대들을 가리키는 말이다.

그 후로도 두 사람은 오랫동안 아주 행복하게 잘 살았답니다

자, 이제 당신은 짧지 않은 사랑의 도박 게임 끝에 드디어는 대박을 터뜨려 그 행운의 사나이와 함께 웨딩마치가 울려 퍼지는 식장으로 들어서게 되었다. 자, 그럼 이제 남은 것은 무엇일까? 결혼식을 치렀다고 해서 모든 것이 다 끝난 것인 양 착각하는 것은 금물! 그후에도 항상 애정의 불꽃이 꺼지지 않도록 열심히, 그

내가 위험한 곡예 데이트를 즐기던 시절에는 말이지~

일렌느 그 시절, 내 주위의 남자들은 나를 '이 시대 마지막 남은 훌륭한 여인'이라고 부르곤 했지. 그건 내가 상대방이 일 때문에 잠시 출장을 나온 유부남이건, 아니면 예전에 사귀던 남자들 중 하나이건, 그런 것에 대해 별로 상관하지 않고 그들을 스스럼없이 만났기 때문이었어. 뭐, 그저 기분전환상의 가벼운 만남 정도라면 난 언제든지 오케이였거든.

그런 까닭에 빌의 경우, 시카고에서부터 멀리 내가 사는 곳까지 출장을 올 때면 그는 내가 타지에서 외로워할 자신의 저녁 식사 파트너가 되어 줄 거라는 걸 믿어 의심치 않았지. 크리스가 저녁 5시에 갑자기 전화를 걸어 나를 불러낼 때에도, 그는 내가 자기 약속을 펑크낸 그 얄미운 계집애 대신 함께 즐거운 저녁 시간을 보내 줄 거라고 확신했고 말이야. 나랑 함께 있을 때에는 왜 좀더 일찍 전화하지 않았느냐고 짜증 부려대는 걸 달래 줄 필요도, 이것저것 쓸데없는 질문들에 힘들여 대답할 필요도 없고, 또 그 여자는 누구냐며 꼬치꼬치 캐묻는 소리에 찔찔 땀까지 흘려 가며 변명할 필요도 없다는 사실을 그들은 너무도 잘 알고 있었던 거지. 그 시절에 나는 그저 물 흘러가는 대로, 그들이 나를 필요로 할 때마다 시간을 같이 보내 주곤 했던 거야. 뭐, 지저분하거나 찜찜한 일은 절대 없었으니 괜한 오해들은 하지 말고 말야. 가벼운 만남이라면, 난 언제나 달려나갈 준비가 되어 있었던 거라고 해두지.

한 가지 아이러니컬한 건, 그럴수록 그들은 나를 아주 '귀하신 몸' 대접을 해줬다는 거야. '아니, 저 사람들에게 저런 면이 있었나' 하고 의아스러울 정도로 훌륭한 매너를 보여 줬거든. 뉴욕 '닉스' 팀의 경기가 있는 날이면 제일 비싼 자리를 예약해 놓고 다 먹지도 못할 만큼의 맥주랑 핫도그들을 계속 날라다 바치면서 말이지. 돌이켜 보니, 난 나도 모르게 그런 상황들 속에 푹 빠져 그걸 즐기고 있었던 것 같아.

그러던 어느 날, 내 친구 일레인네 집에서 열린 파티에서 난 '릭'이란 이름의 아주 잘생긴 남자를 만나게 되었지. 그와 함께 바에 앉아 있을 때, 내가 그 시절 그런 식으로 가볍게 만나고 있던 남자들 가운데 하나인 데이비드가 다가와 웃는 얼굴로 그에게 묻는 거였어. "오늘 밤은 댁께서 일렌느의 '동반자'가 되어 줄 차례이신가 보죠?" 그때, 릭의 얼굴은 약간 놀란 표정으로 바뀌더니 급기야는 불쾌한 듯한 목소리로 "아니오."라는 짤막한 대답을 남기기에 이르렀지. 나중에 안 일이지만, 그는 그날 밤 자기가 '그저 그런 다른 남자들'과 똑같이 취급받는 건 참을 수가 없었다나. 아무튼, 그에 대한 내 감정 또한 그리 진실된 게 아니라는 사실을 깨닫기까지는 6개월이라는 짧지 않은 기간이 걸렸어. 아마 그때부터 난 혼돈의 시간들을 받아들이기 시작한 것 같아. 그리고 이별의 키스로써 그 '동반자'를 조용히 떠나보냈단다.

리고 끊임없이 부채질을 해줘야만 하는 것이다. "남편이란 불꽃과도 같은 존재이다. 돌보지 않고 그냥 내버려 두면 곧 꺼져 버리고 만다." 여덟 번의 결혼 경력을 지녔으면서도 결코 그 관습을 포기하지 않았던 여배우 가보(Zsa Zsa Gabor)의 말로, 그를 '언제나 그곳에 있어 줄 당연한 존재'로 여기지 말라는 뜻이다. 그 사람을 만나게 되기까지 얼마나 힘들고 긴 시간을 보냈는지를 항상 염두에 두라. 그토록 어렵게 얻은 사랑의 불꽃이 식지 않도록 언제나 긴장을 늦추지 말라.

제4장 세상은 넓고 갈 곳은 많다

새로운 세계와 짜릿하게 만나는 지혜로운 여행길

영화 평론가들이나 레스토랑 비평가들이 우리에게 가끔 일깨워 주듯, 때로는 유명한 것이나 장소들도 다소 과대평가되기 쉬운 법이다. 진짜 멋쟁이란 목적지 그 자체뿐 아니라 그곳에 이르게 되는 여정 또한 똑같이 중요하게 생각할 줄 아는 사람들이다.

일단 한번 부딪혀 보자

혹시 휘파람으로 택시를 부를 줄 모르는 건 아니겠지요?

손을 흔들거나 큰소리를 치는 것도 물론 좋지만, 택시 기사의 주의를 끌기 위해서는 네 손가락을 이용한 휘파람이 단연 최고다. 양손의 검지와 중지를 각각 모은 후, 입술 위에 대어 V자를 만든다. 치아 위로 입술을 동그랗고 탱탱하게 모은 다음, 턱을 바깥쪽으로 내민다. 네 개의 손가락 끝이 혀끝에 닿도록 했다가 뒤로 밀어내는 듯하게 아랫입술과 두 개의 중지 사이에 약간의 틈을 남긴다(그 부분으로만 바람이 빠져나가게). 자, 이제 힘껏 불기만 하면 된다. 택시를 잡는 데에도 연습이 필요한 법이다.

파파라치가 됐건 아니면 노동판의 인부가 됐건, 멋쟁이 요조숙녀라면 그들에게 쓸데 없는 흥분거리나 놀림거리를 제공하여 주위를 시끄럽게 만들어서는 안 될 것이다. 퇴장시의 인사 때, 최대한 다리를 많이 보이면서도 속옷은 거의 보여 주지 않았던 옛날 사교계 여성들에게서 힌트를 얻어 보자. 펜슬 스커트나 미니스커트를 입고 있을 때에 는 먼저 다리를 가지런히 모아 좌석에 엉덩이부터 밀어 넣어 앉은 다음, 모은 두 다리

를 스윙하듯 차 안으로 들여오면 된다. 차에서 내릴 때에는 좌석의 끝 쪽에 엉덩이를 걸치듯 앉은 다음, 먼저 핸드백을 늘어뜨리고 손으로 몸에 균형을 잡은 후 선회하듯 몸을 틀어 둔다. 일단 다리가 차 밖으로 나온 후에는 몸을 밀어내듯 한 번에 일으키도록 한다. 그렇게 하면, 누군가 차 바깥쪽에서 도움의 손길을 내미는 경우에도 기품을 잃지 않고 단번에 가볍게 일어설 수 있다.

여자들의 뾰족 구두란 종종 트러블 메이커가 되기도 한다. 당신도 그걸 신고 뛰는 방법을 미리 알아 두는 편이 좋을 것이다. 기차가 역을 빠져나가려고 할 때, 영화 〈Pepper in Police Woman〉에 나오는 앤지 딕킨슨(Angie Dickinson)처럼 발끝에 무게를 실어 구두 바퀴가 거의 날아가게끔 만들어 보자. 진저 로저(Ginger Roger)도 이와 비슷한 트릭을 쓰곤 했다. 모르긴 해도, 맨발인 상태에서도 결혼식장 안에서 그 높은 구두를 신고 신나게 춤을 추는 그녀를 따라잡기란 상당히 어렵게만 느껴질 것이다.

드라이브인 파티

파티란 때로는 감옥과도 같다. 파티장 안으로 들어가는 일은 쉽다. 그러나 그곳을 빠져나오기란 대단히 어려운 일이기 때문이다. 특히 당신이 다른 어떤 일로 인해 시간에 쫓기고 있는 경우에는 더욱 그렇다. 자신이 그 파티에 참석했었다는 사실을 다른 사람들의 뇌리에 박히게 하는 기술, 그것도 마치 꽤 오랜 시간 머물렀으며 아주 유쾌한 사람이었던 것처럼 보이는 기술은 분명 터득해 둘 만한 가치가 있다. 다음은 어느 파티광의 일기장 가운데서 일부를 발췌한 글이다.

　재빨리 코트를 벗은 후, 그 길로 곧장 파티를 연 안주인에게 다가간다. 출근부 도장도 찍기 전에 구석 쪽에 처박히게 될 수는 없지 않은가. 틈을 들이지 않고

"안녕하세요!" 인사를 건넨다. 들어오자마자 처음부터 "사실, 전 오늘 여기 오래는 못 있을 것 같아서……" 하는 식의 고백을 하는 건 어쩐지 좀 무례해 보인다. 가능한 한 많은 과자를 집어먹고 또 많은 손님들에게 인사를 건네 보는 거다. 어머, 저기 그리핀이 있네. 여기서 그를 다시 보게 되다니 무척 영광이긴 하지만, 그래도 시간이 없으니 간단하게 대충 마무리지어야 한다. 그가 우스갯소리를 하면 큰소리로 웃어 준 후, 저쪽 사람들에게도 이 재미있는 이야기를 전파해야겠다며 자연스럽게 자리를 옮겨 가는 거다.

흠, 어쩌다 보니 폴란드 영화에 대해 심각한 토론을 벌이고 있는 이 사람들 사이에 껴버렸네. 시선은 저편에 한가득 먹음직스럽게 쌓여 있는 치킨 쪽으로만 향하는데…… 아, 마침 시몬느가 지나간다. 마치 황급히 그녀를 부르는 양 서둘러 그 무리를 빠져나오는 데 성공! ……치킨은 역시 맛이 좋군. 저기 루이스와 그녀의 새 애인인 듯한 남자가 말다툼을 하는 게 보인다. 그들이 이번엔 또 누구 때문에 싸우는지 호기심을 참지 못하고 끼어들었다가 발목을 잡혀 버린 듯하다. 이번에는 아까처럼 대충 빠져나오기가 힘든 상황…… 긴급 상황 발생! 이럴 때에는 거짓 재채기를 한 번 크게 해주곤, "클리넥스가 필요해" 하고 말하는 듯한 보디랭귀지를 약간 오버해서 연기하며 슬그머니 자리를 옮기면 된다.

이런, 벌써 아홉 시네! 얼른 힐리를 찾아가자. "남자 친구분까지 잘 뵙고 가게 됐네요. 정말 핸섬하시던 걸요." 이럴 때에는 약간 디테일한 칭찬을 하는 편이 좋다. "이렇게 일찍 가시다니!" 파티를 개최한 힐리가 아쉽다는 듯이 말한다(이 정도면 순순히 내 갈 길을 가게 해줄 수준의 대답이다). 이때를 놓치지 말고 끝인사를 못박는 거다. "정말 즐거웠어요. 이렇게 초대해 주셔서 감사해요" 그러면서 주머니에 손을 넣어 아까 슬쩍한 피스타치오와 땅콩 한 줌을 꺼내 보이며 귀엽게 말해보자. "기념품으로 좀 가져갈게요." 버팔로 윙 몇 개를 더 권하는 그녀에게 한 번 더 활짝 웃어 보이고는 작별의 키스를 나눈다. 자, 이제 다음 코스를 향하여 씩씩하게 출발!

일찍 일어나는 새는 특별하다

멋쟁이란 '패셔너블하게 늦는' 것과 그냥 '지각하는' 일의 차이를 확실히 알고 있다. 많은 인간들이 모여 시끄럽게 웃고 떠들다 이제는 간만에 해후한 기쁨도 시들해져 갈 즈음 느지막이 나타나 그들에게 다시 화젯거리와 함께 활기를 제공해 주는 지각은 애교스럽다고 할 수 있다.

그렇지만 그 약속이 아주 특정하고 개인적인 것일 때, 이를테면 바에서 친구가 혼자 기다리고 있다거나 오븐 안에서 치킨을 구우며, 또는 모두가 쳐다보는 것만 같은 인파 속에서 당신이 오기만을 기다리는 사람이 있는 경우라면, 이때야말로 멋쟁이는 늑장을 부리지 않는 법이다. 이렇게 되면 늦잠을 잤다거나 입고 나갈 만한 옷이 없었다거나 하는 것도 모두 스타일 구겨지는 변명처럼 들릴 뿐이다. 그렇지만 그러한 긴급 상황(늦잠을 잤다거나 입고 나갈 옷이 없었다거나 하는 경우)을 대비해 다음 다섯 가지의 절박하고도 적절한 변명거리들을 미리 준비해 두는 것도 나쁘지는 않을 것이다.

1. "너한테 보여 줄 깜짝 선물을 준비하느라 늦었어. 지금은 물론 얘기해 줄 수 없지만…… 나중에 알게 되면 틀림없이 너도 좋아할 거야!"
2. "미안, 미안~. 글쎄, 엄청나게 좋은 일이 하나 생겨서 말이지! 난 이런 일에 징크스가 있어서 지금은 말 못 하지만, 날 믿어 봐. 이 일만 잘 되면 다른 사람은 몰라도 너한테만은 정말 크게 한 번 쓸 테니까!"
3. 다음과 같이 쓰여 있고 그 옆에 서명도 함께 되어 있는 쪽지를 항상 지니고 다니다 지각했을 때 귀염성 있게 살짝 꺼내 보인다. '택시 운전사 백.'
4. 뭔가 헷갈렸거나 착각을 했노라 박박 우겨 본다. 가령 저녁 식사 약속을 한 곳이 만일 '미탈리'였다면, 여러분은 분명 '비탈레'라고 알아듣고는 그 이름을 가진 식당을 찾아 그 주변을 엄청 헤매었노라며 침을 튀겨 보자.

밑 빠진 지갑?

신기하게도 남자들에게는 바지 뒷주머니에 쏙 들어갈 만한 크기의 작은 가죽 지갑 속에 자기들이 필요로 하는 것들을 모두 담는 재주가 있다. 그렇다면 우리 여성들이여, 이에 대해 잠깐 생각하는 시간을 가져 보자. 줄줄이 사탕통, 공업용으로나 씀직한 거대한 헤어 브러쉬, 깨진 선글라스, 취소된 수표, 각종 잡지, 채 뜯지도 않은 우편물들, 뚜껑도 없는 얼룩 제거 스틱, 전국 자판기 커피는 다 뽑고도 남을 만한 헤아릴 수 없이 많은 동전들…… 진정 여성들은 거대한 토트백 안에 이 많은 것들을 다 짊어지고 다니지 않으면 입 안에 가시라도 돋는단 말인가?

자, 이제 우리의 어깨를 가볍게 만들어 보자. 손에 들고 다닐 만큼 작지만 많은 자잘한 물건들을 넣고 다니기에 부족함이 없을 만한 4인치 정도의 귀여운 작은 가방으로 말이다. 사람들은 대체 그 조그만 가방 안에 무얼 얼마나 넣어 가지고 다닐 수 있겠느냐며 의아해할 지도 모른다. 그러면 그들 눈앞에, 자동차로 치자면 '폴크스바겐'만큼이나 실속 있는 그 가방 안에 얼마나 많은 물건이 들어갈 수 있는지를 자랑스럽게 보여 주는 거다.

신용카드, 명함, 운전면허증, 비디오 대여 카드. 반창고, 펜, 종잇장처럼 얇은 주소록, 가는 빗, 얇은 휴대용 계산기, 호텔에서 슬쩍해 온 휴대용 바느질 케이스, 귀걸이, 샘플용 향수, 아스피린 네 알, 립스틱, 각종 키, 고무줄, 집게 핀, 라이터, 챕스틱, 소형 구강 청정제, 미니 매니큐어, 민트, 작은 가위, 안경, 트위저, 소형 스크루드라이버, 손톱 줄, 나이프, 이쑤시게, 병따개…… (물론 끝에 말한 몇 가지는 스위스제 나이프 하나면 모두 커버할 수 있겠지!).

5. "내가 너 주려고 네가 제일 좋아하는 초콜릿 쿠키를 굽고 있었는데 말이
   지…… 글쎄, 그러다 깜박 실수로 집에 불을 낼 뻔했지 뭐니! 시끄러운 알람이
   울리고, 경비원이 뛰어오고…… 아주 난리도 아니었단다."

잠시 멈춰서 그 곳의 풍경을 만끽해 보자

당신에게는 다음과 같은 일이 일어나지 않도록 하자.

- 친 구: "세상에, 'Bob's Big Boy' 레스토랑을 부수고 새로운 건물 짓는다는
        소식 들었어? 거기 정말 괜찮았는데, 너무 아쉽지 않니? 전통도 있고,
        맛도 끝내 주었는데 말이야."
- 당 신: "응?"
- 친 구: "왜, 27가 모퉁이에 있잖니. 너희 사무실 바로 근처에 있는 거 말이야.
        너야말로 적어도 하루에 한두 번은 지나가게 될 텐데."
- 당 신: "으응, 그게…… 글쎄, 난 한 번도 못 본 것 같은데……"

매일매일 반복되는 지루한 출퇴근길, 당신은 자신도 모르게 정신적인 '자동 속도
조정 시스템' 안에 갇히게 된다. 매일 같은 시간 동안 똑같은 풍경 속에, 매일 똑
같아 보이는 사람들 사이를 왔다갔다 하면서 말이다. 변하는 것이라고는 어느 편
에 해가 떠 있느냐 하는 것뿐이다. 그렇지만 이번 주 내내 당신이 택할 수 있는
유일한 통근길은 이것뿐이다. 그렇다면, 이왕이면 이 길을 즐거운 소풍길로 만들
어 보는 것은 어떨까. 마치 앞으로 한 석 달 안에는 절대 가보지 못할 것만 같은
휴가처럼 적극적으로 활용해 보는 거다.
  자, 지금 당신은 이태리 중부의 어느 한가로운 휴양 도시에 서 있다고 상상해보
자. 오늘은 매일 듣던 라디오 프로그램을 잠시 꺼두고, 대신 멋진 이태리어가 흘

러나오는 칸초네나 멋진 오페라곡이 담긴 테이프를 들으며 길을 가보는 거다. 이태리 사람들처럼 금장식을 치렁치렁 달아 보기도 하고, 또 거품이 듬뿍 들어 있는 맛있는 카푸치노도 한 모금씩 들이켜면서 말이다. 이렇듯, 하루하루 자신이 거쳐 가야만 하는 길들이 있다면 그것들을 매일의 즐거운 여행길로 만들어 가보는 거다. 아침 일찍 일어나 목적지로 향해 나 있는 길들 가운데 되도록 먼 코스를 골라 보자. 가는 길에 마주치게 되는 모든 광경들에 시선을 돌리면서 말이다. 매일 그냥 지나치던 공원에 잠시 들러, 거기 있는 비둘기들에게 먹이를 주어 보자. 오늘은 늘 가던 휘트니스 센터 대신 골프 연습장에 가서 신나게 공을 날리자.

또 하나, 교통 수단을 바꿔 보는 것은 어떨지. 오늘은 칙칙한 지하철로부터 탈출해 목적지까지 한 번 걸어가 보는 거다. 작은 망원경 하나를 준비해, 길을 걸어갈 때 눈에 들어오는 빌딩의 꼭대기들도 한 번씩 체크해 가며 말이다. 한 주일 정도 멋진 컨버터블이나 소형 오픈 트럭을 렌트해 보는 것도 괜찮겠다. 꼭 출퇴근이 아니더라도 가끔씩은 그 길을 이용한 짧은 여행은 해봄직한 것이다. 섹스 심벌 '에바 가드너(Ava Gardner)'는 새벽녘에 집으로 돌아오면서 이브닝 가운을 입은 채로 쓰레기 트럭을 히치해 얻어 탔던 일화로 유명하다. 에바에 관한 한 가지 이야기를 덧붙이자면, 이 여배우는 〈이구아나의 밤Night of the Iguana〉이란 영화를 찍을 당시 상어가 득실거리는 물 위를 수상스키를 타고 유유히 지나온 일화로도 잘 알려져 있다. 다른 배우들이 모두 보트를 타고서도 겁을 내는 와중에 말이다.

여행자들을 위한 몇 가지 조언

다음번 짧은 여행을 계획할 때에는 '2주일간의 휴가 동안 나는 무엇을 했나'라는 제목으로 에세이를 한 편 쓴다는 과제를 스스로에게 내어보자. 어느 누구도 "나는 낡고 오래된 교회들을 많이 구경했다. 참으로 멋있었다. 끝!" 하는 식의 에세이를 남기고 싶지는 않을 것이다. "아담하고 소박했던 그 외딴 시골 바, 그리고 코스타리카 모텔에서의 아슬아슬했던 기억은 정말이지 아주 오랫동안 매력적이고도 소중한 추억으로 남을 것이다." 적어도 이 정도는 되야 하지 않을까. 똑같은 여행 관련 서적을 들고 다른 사람들과 똑같은 코스를 밟으며 똑같은 경험을 하기보다는, 독특한 혼자만의 패키지 투어를 계획해 보는 거다. 자신의 취향에 맞춰 방문해 볼만 하다고 생각되는 이색적인 장소들을 물색해 보자. 내 자신이 최대의 만족을 얻고 또 아주 신나게 즐길 수 있는 곳들을 말이다. 이를 돕기 위해 몇 가지 길잡이를 준비해 보았다.

알뜰살뜰한 여행을 원한다면

친한 친구 한 사람과 함께 길을 떠나면서 각자 가스(gas) 카드 하나와 100달러만으로 얼마나 많은 마일리지를 얻을 수 있는지를 알아내 보자. 잠시나마 스크루지 영감님

할머니와 로켓 발사

신시아 처음부터 그렇게 가족들 모두의 휴가로 만들려고 계획했던 건 아니었어. 어찌어찌 하다 보니 그렇게 큰 가족 이벤트가 되어 버렸지 뭐니. 어느 날 아침인가, 어딘가로 머리나 좀 식히러 떠나 볼까 해서 신문을 뒤적거리고 있었는데(이럴 땐 웬만한 가이드북들보다 신문 쪽이 훨씬 낫단다), 우연히 우주왕복선 발상에 대한 기사를 읽게 됐어. '흐음, 플로리다에서 발사되는 우주왕복선이라…… 플로리다 케이프 캐네버럴!' 난 즉시 NASA에 전화를 걸어 발사 일정을 확인했지. 근데 그 날짜들 중 하루가 우리 할머니 생신이랑 맞아떨어지는 게 아니겠니? 그래서 난 어떻게 할까 잠시 망설이다가 이내 전화를 걸어 할머니를 초대했단다. 그랬더니 소식을 들은 우리 친척들이 자기들도 참석하고 싶다며 난리가 났다는 거 아니겠니. 갑자기 모두 함께 어린 시절로 돌아간 것 같았지.

어찌 됐건, 그렇게 해서 결국엔 전부 마이애미로 비행기를 타고 하나 둘씩 속속 도착하기 시작했어. 우리는 커다란 밴(van)을 하나 렌트해서 케이크, 샴페인, 캐비아 등 생신 잔치를 위한 준비물들을 그 안에 가득 실었지. 우리는 차로 네 시간을 달려, 새벽 1시 발사 예정이었던 우주선 론치(launch)에 늦지 않게 도착할 수가 있었어. 그 발사 시각이란 게 한참 지연되었다는 점이 좀 문제가 되긴 했지만 말이야. 그 한밤중에, 우리는 바닷가에 주욱 모여 앉아서는 5분마다 커피와 아이스크림, 기념품들을 사나르고 서로 돌아가며 불침번을 서는 등 한바탕 난리를 피우며 로켓 발사 장면을 기다려야만 했지. 그러던 와중에 그날의 주인공이신 우리 할머니만이 결국 로켓이 발사된 시각인 새벽 네 시까지 잠시도 눈을 붙이지 않은 채 또렷한 얼굴로 계시다가, 마침내 발사 장면을 목격하게 되셨어. 그 순간, 우리 할머닌 이 한마디만을 남기셨단다. "세상에, 굉장하구나."

수준의 구두쇠가 되어 보도록 하는 거다. 무료 시식의 기회를 제공하는 곳들을 잘 물색하거나 각 레스토랑의 '해피 아워(할인 또는 무료 서비스를 제공하는 특정 시간)' 타임을 충분히 활용해 보자. 또, 라디오에서 나오는 방송들에 귀를 기울여 "여성분은 무료!"라고 광고하는 곳을 찾아다녀 보자. 전시회가 끝나 갈 무렵에 각종 아트 갤러리들

에 들러, 와인이나 간단한 다과를 즐기는 사람들이 있는지를 살짝 확인해 보는 것도
제법 쏠쏠하겠다.

세상은 넓고 갈 곳은 많다

여자라고 해서 꼭 샤도네이(Chardonnay) 같은 와인만 홀짝거리라는 법은 없다. 이
세상은 넓디 넓으며 먹거리 또한 그만큼 다양하고 풍부하다. 당신이 제일 좋아하는
사탕의 원산지를 한 번 찾아가 보는 것은 어떨까. 미네소타에 있는 '슈가 부시(Sugar

Bush)'에서는 메이플 시럽도 만들어 내는데, 이곳을 방문하는 이들에게 증류중인 수액을 만드는 과정에 직접 참여하고 또 맛도 볼 수 있게 해준다. 브루클린에 있는 유명한 양 고추냉이 공장(Gold's Horseradish)을 가보는 것 또한 꽤나 재미있을 것이다. 코네티컷 주 오렌지 카운티에 있는 페츠 약품 조제공장이나, 메릴랜드 찰스 카운티의 유명한 바비큐 오두막 투어에서도 제법 쏠쏠한 흥미를 느낄 수 있을 것이다. 시간이 있다면 켄터키 주의 잭 다니엘 주조공장도 한 번 찾아보시길.

시간을 거스른 여행을

쉐키 그린(Shecky Green)은 돌아가신 당신의 삼촌이 아주아주 좋아하던 코미디언이었다. 오랜만에 추억 속으로 여행을 떠나 보는 것은 어떨지. 예전에 유행했던 코미디나 드라마를 찾아 당신의 부모님과 함께 보면서 정다운 이야기를 꽃피워 보자. 지금 보면 조금은 어색하고 유치하지만 그때 그 시절 당신의 배꼽을 빠지게 했던, 또 당신의 눈가를 적셨던 잊혀진 기억들을 되살려 보는 거다. 보너스로 부모님과의 관계 또한 더욱 돈독히 할 수 있는 좋은 기회이다.

세계의 불가사의를 찾아서

원대한 인생의 목표를 하나 정하라. 이를테면 죽기 전까지 고대, 현대, 그리고 자연에서 일어난 세계의 7대 각 불가사의들을 모두 한 번씩 직접 확인해 보는 것 말이다. 모두 합하면 스물한 가지가 된다. '자신이 세상에서 가장 좋아하는 연예인 만나 보기' 목표까지 합한다면…….

공항에서도 눈에 띄는 멋쟁이 여행객

요즘 비행기 여행이란 종종 사람들 속에 감춰진 '피난민'의 면모를 바깥으로 유감없이 보여 주는 것 같아 아쉬운 감이 적지 않다. 너저분한 옷을 대충 걸쳐 입고 나오는 사람, 너무 많은 소지품을 쇼핑백에 쑤셔 넣고는 이리저리 돌아다니는 사람……. 비행기 안의 어느 자리에 앉든지 간에, 비행기를 타는 그 자체만으로도 '1등급' 의 고급스런 여행으로 간주되던 때는 이미 케케묵은 옛날 이야기가 되어버린 걸까.

  항공사 광고가 신선하고 근사하게만 느껴졌던 그 시절, 비행기의 출발과 도착은 신비로움과 호기심을 자극하는 왠지 모를 가능성들로 가득찬 하나의 멋진 장면들이었다. 비행기 속의 이름 모를 낯선 승객들, 이국적이고 신비스러운 외국인들, 고풍스럽고도 단정한 유니폼을 차려입은 어여쁜 스튜어디스들. 특히 여성들은 고운 여행용 정장을 신경써서 빼입고, 여행가방 또한 우아해 보이도록 파리 스타일로 '발리즈' 라고 부르던 그때…… 자, 이제 산더미만한 짐들일랑 잊어버리고 보다 스타일 있는 모습으로 움직이는 멋진 여행객이 되어 보자.

두꺼운 운동복일랑 집에 두고 떠나자

공항으로 향할 때, 보다 말쑥하게 차려입는 것은 출발의 첫 느낌부터 새롭게 만들어 줄 뿐 아니라 앞으로 부딪히게 될 새로운 사람들이나 모험에 대한 최소한의 준비 과정이라고도 할 수 있다. 닳아빠진 누더기 배낭 여러 개보다는 차라리 괜찮은 도마뱀 가죽 핸드백 하나를 제대로 구비해 두자. 다시 말해, 질 좋은 '명품' 한두 가지에 투자를 하자는 말이다. 좀더 말끔하게 차려입고, 캐주얼하면서도 세련되어 보이는 매무새를 갖춘다면 더 괜찮은 사람과 만나게 될 확률 또한 그만큼 높아지게 되는 것이다, 이코노미 클래스에서 비즈니스 또는 더 나아가 퍼스트 클래스로 말이다! 호텔에서도 마찬가지이다. 깔끔한 패킹에 세련되고 고급스러운 옷차림의 당신에게는 호텔 측의 대우 또한 몰라보게 다를 것이라는 사실을 명심하자.

멋쟁이의 가방 꾸리기

첫번째, 신발, 책, 테니스 라켓, 드라이어, 화장품 등등(화장품은 작은 방수용 백에 담아 혹시 그 중 뭔가가 새더라도 다른 물건들에까지 피해가 가지 않도록 한다)과 같은 무거운 짐들은 맨 아래쪽에 둔다.

그 위에 둘 것은 내의류, 수영복, 티셔츠, 진 종류 등의 구김이 덜 가는 의복들이다. 그 다음, 잘 구겨지거나 얇은 옷들을 위해서는 다음의 방법을 이용해 보자. 먼저 세탁소에서 드라이 클리닝을 하고 가져온 것과 똑같이 비닐을 씌운 채로 옷걸이에 건 다음, 반으로 접고서 옷걸이를 빼낸다. 그리고는 여행 목적지의 숙소에 도착하자마자 (미니바 안을 체크하는 것보다도 먼저!), 그대로 꺼내 샤워실에 잘 걸어 두면 스팀 효과로 주름을 방지할 수 있다(물이 튀거나 또는 습기로 인한 손상을 방지하기 위해 비닐은 그대로 입혀 두자).

적은 것이 아름답다!

행운의 쿠키 속에 들어 있는 쪽지 가운데 "자기의 짐 가방을 머리 위쪽의 짐칸에 실을 수 있는 여자는 분실물 센터를 찾을 필요가 없다"라고 적힌 것을 본 적이 있다. 여기서 '짐'이란 하나의 은유이다. 즉, 자신이 들고 다닐 수 있을 만큼의 짐만 가지고 다니라는 말이다. 꼭 필요한 기본 화장품이라면 소형의 휴대용으로 같은 세트를 하나 더 만들어 서랍 속에 넣어 두자.

여행을 떠나게 될 때 언제든지 가볍게 꺼내 갈 수 있도록 말이다. 여행 가방을 보다 가볍게 하기 위해 신발 또한 운동화나 납작한 단화 하나, 힐 구두 한 켤레(여름이라면 샌들 하나)로 최소화하도록 하자. 의복은 같은 것을 반복해서 입으면 된다. 옷을 매일매일 갈아입어야 한다는 생각은 여행을 떠나는 이에겐 꽤나 부담스러운 일이 아닐 수 없다. 그렇지만 더 넓은 세상을 구경하러 떠나는 것이니 만큼, 좀더 탁 트인 사고를 가지도록 하자(목적지가 그리 멀지 않은 거리일지라도 말이다). 지나가는 남자 아무나 붙잡고 질문해 보라. 똑같지만 깨끗한 블랙 드레스를 세 개의 각기 다른 도시에서 깔끔하게 입는 여자와, 물건 하나 필요할 때마다 남자로 하여금 각종 헤어용품으로 가득 찬 짐가방을 렌트카 트렁크에서 꺼냈다 넣었다 하게 만드는 여자 가운데 누가 더 매력적으로 느껴지는가를.

여행길의 델마와 루이스?

보니 & 클라이드 시대에는 누군가 항상 보초병의 역할을 해야 했었다. 자동차 앞자리의 조수석에 앉은 사람은 통행세나 주유소 가스비를 내는 것 이상의 중요한 역할을 한다.

네비게이터의 역할

지도를 접고 펴며 길을 찾아가는 전통적인 역할뿐만 아니라 신호등의 적신호에서는 언제든 용감히 뛰어내려 방향을 물어볼 수 있는 용기 또한 필요로 하는 캐릭터이다(만일 상황이 아주 절박해진 경우라면 혼잡한 길에서도 손을 흔들어 차를 멈출 정도의 큰 용기도 필요할 것이다. 잘 하면 경찰차의 호위를 받으며 가두행진을 하게 될 수도 있다). 길을 가르쳐 주는 사람들의 말을 경청하며 받아 적어 두는 습관을 가져야 함은 물론이다. 다 듣고 나서 "난 당연히 네가 듣고 있는 줄 알았지!" 하는 웃기는 상황을 연출하고 싶지 않다면 말이다.

심적인 도움을 주는 역할

조수석에 앉은 사람이 꾸벅꾸벅 조는 것은 운전자로서는 참으로 난감하고도 괴로운 일일 것이다. 그렇지만 그 사람이 단지 깨어 있다고 해서 그게 다는 아니다. 고속도로에서 원래 나가야 할 곳을 지나쳤다며 짜증을 내고 있다면, 차라리 잠이나 자는 편이 운전자를 돕는 길일 것이다. 어떻게 가든지, 언젠가는 목적지에 도착한다는 사실만은 분명하다. 그러니 이왕이면 그 목적지까지 즐거운 기분으로 갈 수 있도록 최선을 다하는 것이 진정한 여행의 재미가 아닐까. 일기장을 꺼내 재미있다고 생각되는 부분들을 소리내어 크게 읽어 주고, 사람들이 남긴 자동응답 전화기의 메시지들 가운데 가장 바보 같다거나 배꼽 빠지게 웃겼던 것들을 뽑아 들려주며, 간간이 간식거리를 꺼내 입 안에 넣어 주거나 선스크린을 발라 주고 모자나 민트 검을 챙겨 주는 세심한 조수가 되어 보자. 꽉 조이는 안전벨트로 인해 몹시 답답하고 짜증이 날 운전하는 친구의 마음을 한 편의 시 낭송으로 시원하게 만들어 주는 당신은 당연히 일등 조수석 감이다.

손에 기름때를 묻힐 줄 아는 멋쟁이

자동차로 인해 생기는 갖가지 트러블! 그 해결이 당신의 몫일 때, 방법은 두 가지이다. 첫번째, 치마를 살짝 들어올리거나 깜박이 등을 켜놓고 지나가는 다른 자동차들의 동정을 사는 방법. 두 번째, 손톱에 기름때가 끼는 것을 두려워하지 않고 몸소 수리에 나서는 방법. 지금 여기서 자동차 수리 매뉴얼을 A부터 Z까지 전부 알려 줄 수는 없지만, 그래도 배터리가 방전되었을 때 충전을 시킬 수 있을 정도의 한에서 몇 가지 정보를 제공해 주고자 한다.

과열시

바깥의 날씨는 화씨 102도가 훌쩍 넘고 보닛 밑으로부터 스팀이 지글지글 올라오고 있다면 우선 온도를 나타내는 계기판을 들여다 보라. 계기판이 H(hot) 부분을 가리키고 있다면 냉방장치를 끄고 창문을 연다. 그래도 바늘이 꿈쩍도 않는다면 셔츠를 벗고는 잠시 히터를 켜두자. 이는 냉각제가 엔진을 타고 잘 순환하도록 돕는다. 만일 극심한 교통 정체 속에 갇혀 있다면 엔진을 계속해서 움직이게 하는 것으로 문제를 해결해 보자. 기어를 중립에 놓고 엑셀을 살짝 밟아 주어 팬(환풍 장치)이 계속 돌아가게 함으로써 엔진을 식혀 준다. 이 가운데 어느 방법도 효과가 없다면 운동가방 안에 있는 물통을 꺼내 냉각장치인 라디에이터 안에 부어 주어야 한다. 차를 그늘진 곳에 대놓고 보닛을 연 다음 최소한 20분 이상 기다려 보자. 그런 다음, 뚜껑이 달린 작은 서류 가방같이 생긴 것을 찾아 손걸레를 이용해 그 뚜껑 부분을 잡고 세게 누른 후, 시계 반대 방향으로 아주아주 천천히(폭발을 방지하기 위해) 비틀어 열어 준다.

펑크난 타이어

이는 당신이 바싹 뒤쫓고 있던 빨간 재규어 스포츠카를 몰던 남자가 창문 밖으로 압정이 가득 든 상자를 내던졌을 경우를 대비한 것이다. 이제 당신의 펑크난 타이어만큼 평평한 곳으로 차를 굴려 가라. 앞으로 헤쳐 나가야 할 모험을 생각하며 우선 보닛이나 활짝 젖혀 두자. 이제 필요한 것은 잭과 스페어, 그리고 펑크난 타이어를 갈아 끼우는 데 필요한 몇 가지 기본 하드웨어들이다. 그렇지만 꼭 필요하면서도 트렁크에 잘 넣어 가지고 다니지 않는 것들 가운데에는 당신의 새로 산 바지와 모래주머니 사이에 끼워 받쳐둘 작은 담요나 두꺼운 장갑 한 쌍, 신문배달용 비닐 몇 개(양끝을 잘라 내고 팔에 끼워 소매에 기름이 묻지 않도록 방지하는 데 유용하다) 등이 있으니, 이를 유념해 평소에 잘 챙겨 넣어 둘 수 있도록 하자.

잭을 사용하는 위치는 트렁크 덮개 뚜껑에 표시되어 있다. 타이어 뒤에 커다란 바위나 쐐기(웨지)를 대각선 방향으로 비스듬히 끼워 넣어 차가 구르는 일이 없게끔 하자. 그런 다음, 지면으로부터 2~3인치 정도 차를 들어올려 러그 렌치(스패너)를 이용해 마법을 부려 본다면……. 자, 타이어 갈아 끼우기 완성! 다음은 모든 것을 제자리로 되돌려놓는 일. 실은 이것이야말로 앞서 행한 일들보다 더 어렵게 느껴지는 부분이다. 말하자면, 이는 마치 치약을 튜브 안으로 다시 밀어넣는 일만큼이나 쉽지 않은 일이다. 너무너무 세심하고 주의 깊은 사람이거나, 혹은 이것저것 기억하기가 귀찮게 느껴지는 사람이라면 폴라로이드를 차 안에 두고 다니면서 잭이 원래 있던 상태를 찍어 두어, 이럴 때 제자리 찾는 일을 손쉽게 만들 수도 있을 것이다.

즐거운 스키 여행, 때는 아침 7시. 아, 눈이 엄청 내리고 있네! 슬로프를 이용하려고 보니, 어, 내 차는 도대체 어디 있는 거지? 영차영차, 눈 속에 파묻힌 차를 겨우 꺼내 놓고 나니 문이 얼어붙어 열리지 않는다! ……당신이 가지고 있는 헤어드라이어 하나면 이 문제는 거뜬히 해결할 수 있다(물론 긴 전기선 또한 필요하겠지만). 잠금 장치가 꽉 걸려 있어 열기가 힘들다면 라이터 불로 차 키를 조금 달구어 보자. 이는 카뷰레터의 작동에도 효과가 있다.

지옥으로 향하는 길 역시 원래는 좋은 의도로 깨끗이 포장되었다. 당신이 57번 출구를 찾아 한 시간이 넘게 왔다갔다를 반복하며 헤매고 있는 이 길 또한 마찬가지이다. 야외 콘서트 표는 주머니 속에 잘 들어 있지만 시계를 보니 이미 막간 휴식 시간도 훨씬 넘었을 시간인 데다 고속도로는 아직도 로드러너 만화에 나오는 길처럼 한없이 황망해 보이기만 하다. 자, 이제 마음을 비우고 차 안테나에 흰 손수건을 매달자. 당신은 지금 길을 잃은 것이 분명하니까.

　콘서트는 당신이 없이도 아무 일 없는 듯 똑같이 진행된다는 현실을 겸허하게 받아들이자. 그리고 긴장과 후회, 자책일랑은 모두 길 위에 버려 두자. 그리고는 뜻하지 않은 사고를 만난 관광객이 느낄 수 있는 만큼의 자유를 마음껏 만끽해 보라. 오른쪽 조수석으로 고개를 돌려 "그래도 우리 둘이 함께 있으니 다행 아니니?"라고 속삭여 보는 거다(당신이 이 말을 건넬 때 조수석 쪽에 분명 누군가가 앉아 있기를 간절히 기도해 주고 싶다). 그런 다음, 당신이 도착한 미스터리한 장소의 이곳저곳을 모험해 보자. 세계적으로 유명한 대발견 중 몇몇은 바로 이와 비슷한 상황에서 이루어진 것임을 잊지 말자. 콜럼버스에서 커크 선장에 이르기까지 말이다.

제5장 제대로 놀 줄 아는 진짜 멋쟁이!

멋쟁이라면 절대 내뱉어선 안 되는 한마디, "나 심심해."

꼬맹이들은 그릇 안에 소복이 쌓여 있는 M&M's 초콜릿만 보아도 금방 신이 나 즉석에서 즐겁게 '막춤'을 추어대곤 한다. 아이들은 그때그때의 기분을 있는 그대로 표현할 뿐 그런 자기들의 모습이 남의 눈에 어떻게 비치든, 그런 것에는 전혀 신경을 쓰지 않는다. 남 앞에 자신의 멋지고 쿨한 모습만을 보이기 위해 지나치게 신경을 쓰는 것은 사람을 경직되게 만들 뿐이다. 진정한 멋쟁이 여성은 스스로를 만족시키고 삶의 활력을 찾기 위해서라면 남의 마이크를 빼앗는 일이나 하늘에서 풀쩍 뛰어내리는 스카이다이빙, 골프장에서의 헛 스윙질을 해대는 일 등에도 전혀 몸을 움츠리는 법이 없다. 주위 사람들이 고지식하거나 분위기가 구식일수록, 그에 도전하는 재미는 오히려 배가되는 것. 자, 이제 약간의 오버액션으로 나를, 또 내 주위 사람들을 세상에서 가장 즐거운 사람으로 만들어 보자.

과장된 연기를 펼쳐라

'무대 공포증'. 남자들이라면 혹 침대 안으로 들어가기 전에 이런 감정을 느낄는지도 모르겠다. 그렇지만 수많은 사람들 앞에 서게 되었을 때 보기 애처로울 정도로 당황하며 진땀을 뻘뻘 흘리기 시작하는 것은 역시 여자들 쪽이 많을 것이다. 자, 잔을 들어 건배를 하고 나름대로 농담을 건네 본다. 그러다 갑자기 사람들의 시선이 집중되기 시작하니, 마치 누군가 갑자기 내 몸에 있는 '소리 안 남' 버튼이라도 누른 양 말문이 꽉 막혀 오는 것 같다. ……그러나 몇 가지 간단한 트릭만 연습한다면 당신도 다른 재간꾼들처럼 주위 사람들을 울리고 웃기며 탄성을 지르게 만들 수 있을 것이다. 화려한 스포트라이트 아래, 당신이 보여 줄 수 있는 모든 것을 다 끄집어내어 관객들에게 선보이자. 누군가 무대 밖으로 당신을 끌어내리기 전에 말이다.

내 안에 숨어 있는 코미디언 기질을 끌어 내자

어떤 이유에서인지 몰라도, 여자들은 신입생 첫 미팅 때 신었던 양말 색깔은 기억하면서도 5분 전에 들은 웃긴 얘긴 전혀 기억하지 못하는 이상한 경향이 있다. 모두가 재미있는 이야기들을 하나씩 꺼내 들 때, 당신만 빈손으로 있는 건 어쩐지 좀 예의가 아닌 듯하다. 그렇다고 해서 진짜 개그맨처럼 오만가지 유머를 달달 외우고 있을 필요는 없다. 어떤 자리에서 처음 보는 상대와 자연스럽게 말문을 트거나, 아니면 까다로운 상사와 단둘이 한 차에 타게 되었을 때 그 서먹함을 깨기 위해 한 두 가지 조크만 제대로 알아 두면 되는 것이다.

다음번에 누군가로부터 진짜 배꼽 잡을 정도로 우스운 이야기를 듣게 되면 그걸 잘 외워 두었다가 가장 재미있는 부분이 뇌리에 꽉 박힐 때까지 기회가 닿을 때마다 주변 사람들에게 써먹도록 하자. 이때, 사람들 앞에서 "이게 재미있을지는 모르겠지만 그래도 한 번……" 하는 식의 괜한 사과 멘트로 이야기를 시작하는 것은 금하라. 또 혹 썰렁하게 만들지 모른다는 생각에 미리 주눅들지도 말자. 자, 여기 당신을 위한 커닝 페이퍼가 하나 있다.

병든 남편

어떤 부부가 의사를 찾아갔어. 남편이 좀 아팠거든.

(주의할 점 : 되도록 빨리빨리 넘어간다. '옛날에 어떤 부부가 있었는데 말이지, 그러던 어느 날……' 하는 식의 굼뜬 진행은 흥미를 반감시킨다. 또 쓸데없는 조사들도 삼간다)

남편은 거기서 온 ~ ~ 갖 종류의 종합 검진을 받게 되었지.

(가끔씩은 단어 하나에 유난히 힘을 주듯 얘기하거나 큰소리로 말해 본다. 이는 듣는 사람들이 주의를 기울이고 있는지 확인하기 위해서이다)

엑스레이 촬영, MRI, 내시경 검사 등등. 뭐 그런 복잡한 검사들 있잖니.

(리스팅을 할 때에는 세 가지를 늘어놓는 것이 리듬감을 살리기에 좋다. 또 하나, 글자에 따라 사람들 귀에 상대적으로 더 재미있게 들리는 것들이 있으니 그런 것들을 조사해 두면 제법 효과적이다)

일주일 후에 그 와이프 혼자만 병원으로 오라는 연락이 왔어. 의사가 침울한 얼굴로 이렇게 말하는 거야. "유감이지만 남편께서는 현재 극도로 희귀한 혈액병을 앓고 계십니다. 치료가 불가능한 상태지요."

(여기서 잠깐, 드라마틱한 효과를 연출하기 위해 잠시 말을 멈춰 본다)

와이프는 그 자리에서 막 흐느껴 울기 시작하는 거야. "약이나 물리치료법, 정말 아무런 방도도 없는 건가요?"

그때 의사가 약간 말끝을 흐리며 말했어. "뭐, 정 남편분을 살리고 싶다면 한 가지 방법이 있기는 한데……."

와이프는 놀란 얼굴로 물었지. "뭐든지 좋아요, 선생님. 그 방법이란 게 도대체 뭐죠?"

그랬더니 의사는 이렇게 말했어. "남편 되시는 분의 혈관 속에 있는 세라토닌(seratonin)이란 물질이 앞으로 일년 동안 계속해서 최대치를 유지하게끔 하시면 소생의 가능성도 있습니다. 그러려면 남편분의 기분을 최고로 행복하게 만들기 위해 부인께서 할 수 있는 일은 뭐든지 하셔야만 합니다. 남편이 제일 좋아하는 음식들을 신경써서 만들어 주시고, 항상 그를 칭찬해 주세요. 별로 웃기지 않은 얘기에도 크게 웃어 주시구요. 혹 그가 화장실 변기 뚜껑을 제대로 내려놓지 않더라도 너그럽게 용서해 주세요. 무슨 일이 있어도 절대 그에게 소리지르거나 화를 내시면 안 됩니다. 그리고 가장 중요한 건, 부인께서 적어도 하루에 세 번씩은 남편 되시는 분의 성적 욕구를 만족시켜 주셔야 한다는 겁니다."

(이쯤에서 사람들이 여러분 쪽으로 몸을 기울이고 있다면 이야기가 잘 들리지 않는다는 표시이다. 좀더 큰소리로 말해 보자!)

"그리고 남편의 모든 성적인 환상을 채워 주도록 하세요." 의사가 계속해서 이렇게 말하는 거야. "만일 예전에 사회 윤리에 어긋난다거나 지저분하고 수치스럽다는 이유로 하지 않은 것일지라도 이제는 남편을 살리기 위해 반드시 하셔야만 합니다."

(여기서 이에 관한 몇 가지 '지저분한' 예를 들어 주는 것도 좋겠다. 약간의 음담패설 정도는 편안하게 주고받을 수 있는 청중들이라면 말이다)

"이것이 남편분을 살릴 수 있는 유일한 길입니다."

와이프는 의사의 이야기를 진지하게 들은 다음 집으로 돌아갔지. 그날 저녁, 맛있는 음식들로 가득한 저녁 식사 테이블 앞에서 와이프는 조용히 말을 꺼냈지. "오늘 의사 선생님을 뵙고 왔어요."

남편은 놀라는 눈치였지.

"의사가 뭐래?" 그가 물었어. "내 상태가 어떻대?"

(긴장감이 돌도록 약간의 긴 포즈를 둔다. 그리고 매우 안타깝고 슬픈 표정을 지어보자)

"……당신, 곧 죽는대요."

만일 아무도 웃지 않는다면, 그들이 당신의 얘기를 듣지 못했거나—그러게 큰소리로 얘기하라고 아까 말하지 않았나!—아니면 얘기가 재미없다고 생각했거나 둘 중 하나일 것이다. 아무튼 어느 쪽이 되었건, 얼굴을 붉히거나 사과의 멘트를 날리는 일은 분위기를 더욱 썰렁하게 만들 뿐이니 주의할 것. 그럴 경우를 대비하여, 얼굴을 살릴 만한 뭔가 나름의 대책을 강구해 두자. 잘만 하면 이것으로 뒤늦게나마 사람들의 웃음을 자아낼 수도 있을 것이다.

몇 가지 예를 들자면, 마치 그들이 이야기를 듣지 못해서 웃을 수가 없었던 상황이었던 양, 마지막 펀치라인을 반복해서 말해 보는 거다. 유명한 토크쇼 진행자 '데이비드 레터맨(David Letterman)' 스타일로 말이다. 아니면, 조크를 알아듣지 못한 사람들을 위한 특별한 배려인 듯 이야기의 엔딩 부분을 알기 쉽게 풀어서 설명하는 척하는 방법도 있다. "……그러니까 말이지, 그 여자는 섹스를 세 번이나 연달아 하고 싶지는 않았던 거야. 그래서 그에게 이렇게 말한 거지. "저기…… 아니에요, 마음에 두지 말아요("Never mind." ; 여기에서는 이 말이 '별일 아니니 신경 쓰지 않아도 된다'는 것과 '그런 생각일랑 꿈에도 하지 말아라'는 두 가지의 뜻으로 해석될 수 있다)." 혹은 자기가 얘기를 해놓고는 본인 스스로 포복절도를 해버리는 방법도 있다. 웃음이란 건 가끔씩 전염성을 띠기도 하니까. 옛날 일본 무사들처럼 기다란 칼을 들고 할복하는 시늉을 해보는 건 어떨까. 귀엽게 봐주는 사람들이 생각보다 많을 것이다. 아니면 청중들을 향해 손을 흔들며 이렇게 말해 보자. "대단히 감사합니다, 여러분. 지금과 같은 웃음이 필요하신 분은 언제든지 절 찾아 주세요!"

집안의 마술사가?

어린 시절, 갑자기 당신의 귀 뒤에서 없어진 동전을 만들어 내던 삼촌의 신비하기만 한 마술이 그 뒤로도 당신을 얼마나 오랫동안 매료시켰는지 기억하는가. 자, 이제는 당신이 그 마술사가 되어 볼 차례이다. 약간은 유치하지만 사랑스러운 이 전통을 사라지게 만들지 말라. 인기가 있는 이모, 고모나 대모, 또는 보모가 되고 싶은 여성이라면 누구나 자기 앞으로 모여든 아이들을 흥미롭게 만들 몇 가지 트릭 정도는 연습해 두어야 할 것이다. 이는 어른들에게도 효력을 발휘하곤 한다.

손수건을 이용한 마술

방금 다림질한 듯한 깨끗한 손수건을 꺼내 들고는 손수건의 중앙 부분을 손가락으로 집어 올린다. 집었던 손가락을 놓은 후에도 그것은 놀랍게도 당신의 손위에 꼿꼿한 모양을 유지하며 서 있게 된다. 도대체 어찌 된 일일까?

마술의 세계에서 이 정도는 식은 죽 먹기. 먼저 꼭 쥔 왼쪽 주먹 위에 손수건을 걸쳐 둔다. 이 주먹 안에는 아주 작은 줄자 하나를 숨겨 두고 말이다. 손수건 위에 끈 따위는 없다는 걸 보여 주기 위해 다른 쪽 손을 손수건 위로 왔다갔다 흔들어 보이면서 한편으로는 쥐었던 주먹을 돌려 점차 펴도록 한다. 그런 다음, 손수건을 집어 올리는 척하면서 동시에 줄자 또한 함께 끌어올리는 거다. 손수건은 마치 소형 텐트처럼 손바닥 위에 꼿꼿이 서 있을 것이다! "마치 남편들의 아침 인사 같지요?" 또는 "제 주위의 남자들은 어찌나 이런 마술을 자주 보여 주는지, 원……" 하는 식의 멘트를 살짝 집어넣으면 어른들을 위한 성인전용 마술쇼로 둔갑시켜 볼 수도 있다.

신기한 카드 마술쇼

당신의 희생양이 되어 줄 사람을 한 명 골라낸 다음, 상대에게 카드 다섯 장을 꺼내 보여 주며 그 중 하나만 집중해서 보도록 지시한다. 카드를 주머니에 집어넣는다. 상대가 선택한 카드가 무엇인지, 종이 위에 당신이 보이지 않도록 적어 넣은 후 몇 번이고 접어 테이블 위에 올려놓도록 한다. 그런 다음, 당신은 주머니 안에서 카드 네 장을 차례로 꺼내 앞면이 아래를 향하게끔 해서 접어 둔 종이 옆에 나란히 놓는다. 그리고는 상대에게 이렇게 말한다. "네가 고른 카드는 지금 내 주머니 안에 있단다." 곧이어 접어 두었던 종이를 펼치게 한다. 종이 위에는 '9, 클로버'라고 씌어 있다. 상대는 테이블 위에 놓인 카드들을 하나씩 뒤집는다. 역시 클로버 9 카드는 테이블 위에 있지 않다. 이때, 당신은 살짝 미소를 지으며 주머니 안에 손을 넣어 문제의 그 카드를 정확히 꺼내 든다! ……도대체 어떻게? 오늘의 타깃이 된 우리의 주인공이 자신이 고른 카드가 무엇인지 종이 위에 적고 있을 때, 당신은 태연히 휘파람을 불며 그 카드들을 부채 모양으로 펼쳐 들고는 자연스레 그것들을 번호순으로(5, 6, 7, 8, 9 하는 식으로) 챙겨 둔다. 그런 다음, 미리 주머니 속에 숨겨 두었던 네 장의 다른 카드 밑으로 이 카드들을 밀어 넣는다(물론 관중은 당신의 주머니에 5장의 카드만 들어 있다고 생각할 것이다).

상대가 꼭꼭 접은 종이를 테이블 위에 올려놓은 후, 당신은 처음부터 주머니 속에 들어 있던 네 장의 속임수용 카드를 꺼내어 앞면이 아래쪽을 향하게끔 그 종이 옆에 차례로 놓는다. 그러면서 상대가 고른 카드는 바로 당신의 주머니 안에 있다고 자신있게 말한다. 상대로 하여금 테이블 위의 카드들을 들춰보도록 하여 자신이 고른 카드가 그곳에 없다는 사실을 확인하게 한다. 상대가 종이를 펼쳐 자신이 선택했던 카드가 무엇이었는지를 말하는 순간, 당신은 주머니 속에 손을 집어넣어 조용히 문제의 그 카드를 골라내는 것이다. ……5, 6, 7, 8, ……원하는 숫자의 카드가 몇 번째에 놓여 있는지 이미 알고 있으니 그것을 골라내는 것쯤이야 식은 죽 먹기! 그런 다음 과장된 몸짓을 보이며 문제의 카드를 홱! 꺼내 들어 관중에게 자랑스레 내보이는 거다. 수리수리 마수리 – 얍!

내가 외치는 건배!

디저트가 날라져 나오고, 이제 즐거운 회합의 자리도 거의 다 마무리되어 가는

분위기이다. 당신 생각에 '이때쯤 누군가 나서서 뭐라고 한마디 해줬으면……' 싶어진다. 그럴 때, 바로 당신이 그 '누군가'가 되어 보는 것은 어떨까. 단, 이런 경우 한 가지 주의할 점은, 이 자리는 '즉석 연설'을 위한 시간이 아니라는 것이다. 이때쯤이면 아마도 당신은 조금 아까 홀짝거린 와인으로 인해 살짝 취기가 올라 있거나 여러 가지 감정들로 정신이 산만해 있을 가능성이 크다. 또는 초등학교 2학년 때 회색곰에 대해 발표하고 난 이후로는 많은 사람들 앞에서 연설하는 일을 매우 꺼리게 되었을지도 모른다.

이때 당신은 누구누구는 아주 훌륭한 사람이고 또한 아무개는 큰 행운을 타고난 사람이라는 식의 상투적인 인사말들을 떠벌리는 대신, 뭔가 '준비된' 연설자가 되어 보는 거다. 축배를 들 때 던질 짤막한 연설문을 맑은 정신일 때 미리미리 준비해 두자. 이런 때야말로 '즉흥적인 자연스러움'이란 것이 예행연습을 거쳐야 하는 유일한 시간이라고 하겠다.

먼저 그 파티나 모임을 주최한 사람에게 감사의 뜻을 표한다. 그리고 나서 스스로를 소개한 다음, 사람들의 흥미를 끌 만한 한 가지 일화를 소개한다. 단, 자신에 대한 이야기가 아닐 것. 또한, 마지막에 뭔가 완결되는 듯한 느낌을 주도록 하는 것. 이 두 가지에 주의해서 말이다. 뭔가에 대한 주의 깊은 관찰을 통해 얻어진 얘기라면, 아무리 작고 사소한 것이라도 당신이 축배를 들 때 던지는 인사말에 골격을 제공할 만한 탄탄한 주제로 발전시켜 볼 수 있다.

현재 열리고 있는 모임의 분위기와 조금이라도 관련이 있거나 사람들의 시선을 모을 만한 것이라면, 스스로 꾸며 낸 주제나 이야기라도 괜찮다. "그들은 그 슈퍼마켓의 농산물 판매 코너에서 우연히 만나게 되었죠. 제일 좋아하는 과일 멜론을 고르다가 말이죠. 그러다 그 두 사람은 서로가 우디 앨런(Woody Allen) 영화의 열렬한 매니아라는 사실을 알게 되었고요. 자, 지금 그 남자는 턱시도를 입고 교회 안에 이렇게 서 있고요. 이제 그들은 곧 꿈같은 허니문을 떠나게 된답니다. 그게 어딘지 혹 아시는 분이 있나요? ……네, 바로 맞혔습니다, 바로 멜론이 가장 많이 생산되는 나라지요! ⋯⋯그런데, 저 두 사람은 과연 자기들의 허니문에 우디 앨런도 초대했을까요?"⋯⋯

연설은 되도록 짤막하게 하자. 시작한 지 약 5분이 넘어가려 한다면 그쯤에서 대충 마무리를 짓도록 하라. 이야기 중간에 반전을 넣는다면 연설의 완성도 또한 충실해질 것이다. 시종일관 웃음으로 가득한 축배의 인사였다면 그 마지막은 사람들의 예민한 감성을 자극할 만한 아쉬운 송별 인사로 장식해 보자. 반대로, 조금은 슬프고 우울한 분위기의 인사말이었다면 끝머리에 작은 유머 한마디를 첨가해 일순간 분위기를 쇄신해 보는 것도 좋다. 이는 시트콤 작가들이 자주 애용하는, 약간은 감상적인 스토리의 말미에 극중 등장인물이 던지는 재미있는 조크 한마디로 전체적인 반전의 효과를 노리는 방법을 살짝 벤치마킹해 본 것이다.

미처 준비하지 못한 인사말

연설이란 것에 대해 어느 정도 일가견이 있었던 윈스턴 처칠(Winston Churchill)은 이따금 거울 앞에 서서는 이런 말을 반복해 연습하곤 했다. "오늘 이렇게 여러분 앞에서 연설을 하게 될 줄은 미처 몰랐군요……." 당신도 처칠 경에게서 이러한 전법을 전수받아 보자. 마이크 앞에 다가가 인사말을 작성할 만한 시간이 없었노라고, 그래서 대신 방금 대충 쪽지를 하나 준비했노라며, 뭔가를 대충 흘려 쓴 듯한 종이 쪼가리 몇 장을 펼쳐 드는 거다.

간단한 연설을 위해 준비할 수 있는 가장 손쉬운 형식은 역시 '리스트'를 작성하는 것이다. 무슨 일에 있어서든 완벽주의자로 유명한 제인 고모님의 50세 생신 잔치라면, 그 고모님의 좋은 점만을 적은 리스트를 준비했노라고 크게 말하고 나서, 곧 아주 기다란 종이 뭉치를 펼쳐 들어 보자. 이 리스트 가운데 몇 가지를 줄줄 읽고 나서는 "너무 긴 관계로 이 정도쯤에서 그만하겠다"며 종이 뭉치를 접고, 이번에는 고모님의 나쁜 점에 대한 리스트를 발표하겠노라고 공표한다. 제일 작은 사이즈의 포스트잇을, 그것도 앙증맞게 반 토막 정도만 꺼내 보이면서 말이다. 연설을 쉽게 이끌어 가기 위한 또 다른 방법은 문서를 위조하는 것이다. 예전의 러브레터, 새해를 맞이하는 각오를 적어 둔 글 등을 우연히 발견하게 되었노라고 주장하면서 멋있게 읽어 내려간다. 거기에 시적인 감성을 불어넣으면서. 글의 내용이 더 드라마틱할수록, 축배의 잔은 더욱 높이 들어올려질 것이니…….

웨딩 싱어

내 마음속의 말들을 끄집어내 써내려간 글을 상대에게 보다 효과적으로 전달하는 방법은 그것을 노래로 만들어 부르거나 혹은 다른 사람의 노래를 약간 고쳐서 사용하는 일이다. 어린 시절 즐겨 불렀던 동요나 자장가, 또는 유명 시트콤의 주제가 등을 골라 내가 쓴 나만의 가사를 거기에 옮겨 심는 작업에 착수해 보자. 이왕이면 대상에 알맞거나 어울릴 만한 재미있는 노래를 잘 고르도록 한다. 이를테면 파리에서 만나 사랑에 빠진 커다란 프랑스 남자와의 결혼을 앞둔 친구 수지에게 는 〈프레르 자크 Frère Jacque, 불어로 된 유명한 동요 – 옮긴이 주〉를 선사하 는 거다. "파리의 카페에서 그를 보았을 때 / 그녀의 마음은 카망베르 치즈처럼 녹아들었네……"로 시작하여, 그들의 로맨스에 있어 핵심이라고 부를 만한 이야 기 몇 가지를 가사 속에 집어넣어 보자. 이 노래 선물의 좋은 점이라면 그저 대충 의 힌트만으로도 사람들의 웃음을 끄집어낼 수 있으므로, 내용을 아주 재미있게 만들기 위해 크게 애쓸 필요가 없다는 점이다. 만일 당신이 무대 공포증이라면, 자기만큼이나 준비가 덜 된 친구를 하나 찾아 앞으로 끌고 나와 듀엣으로 그 어설 픈 노래를 불러 보는 거다.

자, 분위기를 좀 바꿔 볼까나?

〈그린 에이커 Green Acres〉에 나오는 에바 가보(Eva Gabor)나 루시 리카르도 (Lucy Ricardo), 〈나는 꿈꾼다 I Dream of..〉의 지니(Jeannie). 이들은 흔히 있 는 평범한 오후를 기발한 에피소드로 바꿔 놓는 특별한 재능을 지닌 가정주부들 이었다. 한 가지, 그들의 정신없고 때론 무모하기까지 한 그 난리 부르스는 대개 어떤 우연한 사고나 실수에서 기인했다는 것이다. 당신은 그것을 어떤 '목적의 식'을 가지고 행해 볼 수 있다. 집에서나 일터에서나, 지루하고 단조로운 또 다른 하루를 맞이하게 될 때, 주변에 놓여 있는 물건들을 이용해 비슷한 하루하루를 보다 재미있고 즐거운 것으로 만들어 보자. 찬거리를 사러 슈퍼에 갈 때 지난번 에 산 엽기 원더 브라를 착용하는 일 따위는 별다른 수고가 뒤따르는 것도 아니지 않은가(멜론 파는 곳 주변을 기웃거리며 누군가 이 풍만한 가슴의 비밀을 눈치채는지 를 살펴보자). 언제나 괴롭고 찌뿌둥한 월요일 아침, 앙증맞은 장난으로 사무실 분위기를 바꾸어 보자. 초콜릿이며 사탕 껍질 한 무더기를 사무실 동료의 휴지통 안에 살짝 버려 두는 거다. 그런 다음, 그가 자긴 절대로 그 많은 과자들을 혼자 다 먹지 않았노라며 변명하며 당황해 할 때, 순진한 얼굴로 그를 향해 "그렇게 안 봤는데…… 먹는 거 가지고 치사하네"를 연발해 보자. 머릿속에 떠오르는 것들 중 뭔가 재미난 거리가 있다면 약간 바보 같은 짓이라도 일단 행동으로 옮겨 보자. 연습만 충분히 한다면, 당신의 그 우스운 행동 하나로 많은 이들의 박수갈채를 받게 될지도 모른다.

재미있는 행사는 재미있게, 신나는 이벤트는 더욱 신나게

당신이 지금 약간 딱딱한 공식적인 모임이나 파티에 와 있다고 해서 재미있는 시간을 보내지 말란 법은 없다. 깊은 잠에 빠져 있는 즐거운 축하 전통을 흔들어 깨울 수 있는 방법들을 찾아보자(멍하니 앉아 나오미 이모가 자랑하는, 하나같이 다 똑같이 생긴 목조각 컬렉션이나 쳐다보고 싶지 않다면 말이다).

세미 서프라이즈 파티

캄캄한 방 안에서 소파 뒤에 숨어 있던 사람들이 갑자기 튀어나와 "생일 축하해!"를 외쳐 생일을 맞이한 주인공을 거의 기절할 만큼 놀라게 하는 깜짝 파티. 그렇지만 한두 사람도 아니고 그 많은 사람이 하나같이 절친한 친구의 생일을 깜박 잊어버렸다고 주장하는 데에는 어쩐지 어색한 구석이 없지 않다. 그런 커다란 난리굿을 벌이지 않고도 '깜짝' 파티의 본질적인 요소를 그대로 살릴 수 있는 방법을 찾아보자. 생일을 맞은 주인공에게 언제, 어디서 파티가 벌어진다는 정도의 정보는 선심 쓰듯 제공해 주자. 단, 파티에 초대된 손님 '미스터 미스터리'에 관해서는 그 파티 날까지 꾸욱 참는 거다. 자, 이 날의 손님은 놀랍게도 고등학교 시절 교내에서 유일하게 쿨~하셨던 인기 절정의 총각 선생님! ……뭐, 이런 귀한 손님을 모셔 오려면 주변 친구들이 고생 꽤나 하겠지만 말이다.

간만에 한 번씩 돌아오는 친척들과의 회합이 진심으로 즐거울 것이라는 것은 믿어 마지않는다. 그렇지만 그놈의 승진에 대한 똑같은 축하 인사를 열다섯 번째 듣고 있는 자신을 발견했을 때에는, 정말이지 그러한 즐거움이 싹 달아나 버릴 만큼 지긋지긋하기만 할 것이다. 휴우, 이럴 때 비디오처럼 '즉시 재생' 버튼을 한 번씩 눌러 줄 수만 있다면 좋으련만! ……그렇다, 다음번 친척들이 다 함께 모이게 될 때에는 지난 모임 이후로 일어났던 내 이야기들을 충분히 업데이트시킨 비디오 카메라를 들고 가보는 거다. '비행기 안에서 앞 파치노 옆에 앉았었던 역사적인 사건' 부분을 빨리 돌려 넘기고 '지난해에 데이트하던 그 매너 만점의 의사에겐 무슨 일이 생겼나' 하는 부분을 천천히 재생시켜 보여 주고 싶다면, 비디오테이프에 시간이나 소제목 등을 보기 쉽게 표시해 두자.

팝콘을 먹고, 크리스마스 트리를 손질하고, 캐롤을 따라 부르고…… 사람들의 기대란 모두 비슷비슷한 경향을 띠는 법인지라, 이번 크리스마스도 그저 적당히 안정적이고 적당히 즐겁기를 바라게 되곤 한다. 마치 매해 연말이면 어김없이 반복해서 방송되는, 인기 스타들이 총출연하는 버라이어티 쇼처럼 말이다. 그렇지만 아무리 매년 똑같은 출연진들에 비슷비슷한 내용이라고 할지라도, 적어도 그 출연진들의 옷 색깔 정도는 바뀌어야 하는 법. 이와 같이 당신 또한 매년 반복되는 전통에 어느 정도 충실하면서도, 가족들의 회합이 또 다른 재방송분처럼 느껴지지 않도록 만들어 볼 수 있다.

  앞으로 돌아오는 크리스마스 때마다 뭔가 새로운 것을 한 가지씩 시도해 보자. 그렇지 않으면 잊혀졌던 옛것을 다시 한 번 재현해 볼 수도 있다. 여느 크리스마스 때처럼 아침이 밝으면 으레 크리스마스 트리 앞으로 우르르 몰려가 각자의 선물을 뜯어보는 오랜 관례는 잠시 쉬고, 집 안팎에 선물들을 숨겨 두고 서로서로 찾아보게 하는 19세기 식 전통을 한 번 빌려와 보는 거다. 마치 부활절 달걀을 찾아다니는 행사처럼 말이다. 어른들도 물론 이 즐거운 선물 찾기 게임에 함께 참여하게 된다. 이렇게 하면 선물들은 하루 종일 여기저기에서 나타나게 된다. 테이블 위 캔디가 잔뜩 담긴 커다란 유리 그릇 안에서도 발견될 수 있고, 또 가짜 휘핑 크림을 가득 얹은 채 나온 디저트를 덜어 먹다 그 속에 들어 있는 선물의 주인공으로 당첨되는 행운을 안을 수도 있고 말이다.

혹, 아이들이 특히나 바라던 '화이트 크리스마스'의 꿈이 깨졌다면 눈 없이도 탈 수 있는 썰매놀이로 그들의 마음을 달래 주자. 골프 코스나 안전한 내리막길을 골라 상자로 만든 썰매를 태워 신나게 달려 보는 거다. 물론 한쪽에는 〈화이트 크리스마스〉 노래를 크게 틀어 놓고 말이다. 풋볼을 좋아하는 가족들이라면 기분전환용으로 '비누거품 풋볼 토너먼트'를 한 번 열어 보는 것이 어떨까. 두 개의 의자 위에 천을 두른 판을 하나 올려놓고 나무젓가락을 꽂아 골포스트를 만들자. 그런 다음…… 무조건 힘껏 불어 보는 거다. 거품을 상대편 결승점까지 먼저 굴려가 골인시키는 것이 게임의 포인트. 어떤 종류의 휴일이 되었건 새로운 의상을 만들어 입어 보자. 추수감사절에는 성직자들이 쓰는 모자를 쓰고, 인디언 머리 장식을 하고선 눈을 가리고 칠면조 머리에 핀 꽂기 놀이를 해보는 거다.

광란의 처녀파티

최근 결혼을 앞둔 예비 신부들 가운데서는 남자들의 특권(?)처럼 여겨지던 '총각파티'와 거의 동등하다 싶을 정도의 파티를 벌이는 이들도 적지 않다고 한다. 그네들은 남자들처럼 곤드레만드레 취하기도 하고 스트리퍼들을 데려다 놓고는 남자들 못지않게 방탕(?)하게 놀기도 하며, 몹시 흥분한 채 싸구려 성인쇼의 무희들처럼 막대를 붙잡고 빙빙 돌거나 혹은 캔디로 만든 목걸이를 걸고는 처음 보는 남자들로 하여금 그것을 입으로 까먹게 하기도 한단다. 어떻게 보면 어느 정도의 '의무적인 재미'를 누리기 위해 지나치게 오버하는 것이겠지만 그것으로 인해 심신이 지치기도 하는 것이다.

　그렇지만 남자들의 '총각파티'에 비견될 만한 이러한 여자들만의 '처녀파티'가 진정 '결혼을 해서 안정된 가정을 꾸리기 전에 마지막으로 한 번쯤 저질러 보는 약간 정신나간 짓거리'라고 정의 내려진다면, 이를 좀더 의미있게 활용하는 편이 좋지 않을까? 이 파티를 지금까지 해보지 못했던, 그리고 결혼 후에는 시도하기 어려울 듯한 새로운 경험에 도전하는 시간으로 이용해 보자! 대담하고 위험스러운 뭔가에 도전해 보고 싶다? 그렇다면 같은 목적이라도 보다 '의미 있는' 일을 시도해 보자.

　저 하늘 위 15,000피트 상공에서 뛰어내려 멋지게 낙하산을 펼쳐 보는 새로운 느낌을 경험해 보는 것은 어떨까. 아니면 오늘의 처녀파티 주인공에게 돼지 저금통을 가져오게 하고는 함께 경마장에 가서, 우승 가능성이 높은 훌륭한 종마에게 베팅하는 법에 대해 몇 가지 가르쳐 주는 것은 어떨지. 하룻밤쯤 무아지경에 빠져 미친 듯이 한바탕 신나게 노는 것도 좋지만, 먼 훗날 뒤돌아 생각해 볼 때 참으로 즐겁고도 의미 있는 자리였다고 기억될 수 있다면 그 얼마나 멋진 일인가.

저녁 식사 시간에 활기를

식사가 다 끝나 갈 무렵, 사람들 사이의 시들해진 대화는 식어 버린 스파게티보다도 생기 없이 느껴진다. "요즘 뭐, 재미있는 책 읽은 거 있으세요?" 하는 식상한 대사는 빼고, 분위기를 살릴 만한 따끈따끈한 뭔가를 준비해야 할 때이다. 침체된 분위기에 신선한 활력소가 되어 줄 질문들 몇 가지 정도는 미리 준비해 두도록 하자. '어렸을 때 한 번도 받아 보지 못한 선물이 있다면 그건 뭐죠?' 혹은 지갑으로 알아보는 간단한 성격 테스트도 좋겠다. 각자의 지갑을 꺼내 보고 그에 대한 가벼운 분석을 시도해 보면 된다. 즉, 오래된 영수증 뭉치들과 기한이 지난 비디오 대여 카드를 가지고 있는 사람은 과거에 집착하는 타입이라고 할 수 있다. 지갑 속이 지나치게 깔끔하거나 정리정돈이 잘된 스타일은 자신의 삶에 있어서도 마치 그 지갑의 안쪽처럼 다른 사람이 들어와 자리를 차지할 여지를 두지 않는 편이라고 볼 수 있다.

만일 당신이 사람들을 즐겁게 하기 위해 최선을 다했음에도 불구하고 별다른
반응도 없이 그저 시큰둥한 분위기라면, 그때는 또 아무도 거부할 수 없는 다음
과 같은 몇 가지 제안들로 분위기를 띄워 볼 수 있으니 너무 걱정하지 말라. 여기
소개하려는 것들은 돈을 목적으로 하지 않는 친근한 내기나 손쉬운 놀이, 게임,
혹은 트릭들이다. 뭐, 주머니 사정이 그리 궁색한 처지만 아니라면 말이다.

와인 마시기 트릭

옆에 있는 사람 옆구리를 쿡쿡 찔러 '개봉도 하지 않은 새 와인 병을 하나 놓고, 과연
이 코르크 마개를 열지 않고도 저 병에서 와인을 한 잔 따라 마실 수 있을까' 하는 문
제를 놓고 내기를 걸어 보자. 해결법? 문제의 와인 병을 뒤집어 세운 다음, 밑바닥 쪽
의 움푹 팬 부분에 다른 와인을 따라 채운 후 쭈욱 들이켠다!

마술의 냅킨 매듭 만들기

냅킨 한 장의 양끝을 잡은 다음, (냅킨을 잡은) 손을 놓지 않고도 그 냅킨을 꼬아 매듭
을 만들 수 있을까? 해결법은 간단! 먼저 혼자 팔짱을 낀 다음, 그 상태에서 냅킨의
양쪽 끝을 붙잡는다. 그런 다음 팔짱을 꼈던 팔을 풀면 짜자잔~. 신기하고 사랑스러운
냅킨 매듭이 생긴다!

8개의 동전이 직각을 이루며 놓여져 있다. 즉, 한쪽 줄에는 동전 5개가, 다른쪽 줄에는 4개가 늘어선 채로 말이다. 사람들로 하여금 그 중 단 한 개의 동전만을 움직여 두 줄 모두에 동전이 다섯 개씩 놓이게 만들도록 해보자. 해결법? 다섯 개 짜리 줄에서 마지막에 있는 동전을 집어들어 그것을 각의 코너, 즉 직각으로 구부러지는 곳에 위치한 동전 위에 겹쳐 놓으면 된다.

'접시를 움직이지 않고도 접시에 담긴 물을 유리컵 안으로 옮길 수 있다 없다' 에 내기를 걸자. 해답은 이렇다. 불을 붙인 성냥을 유리컵 밑에 대고 몇 초간 있어 본다. 그런 다음 유리컵을 거꾸로 뒤집어 접시 안에 넣으면, 놀랍게도 물이 그 안으로 빨려 들어오는 모습을 볼 수가 있다!

그에게 생선 눈알을

일렌느 언젠가 한 스무 명쯤 되는 사람들과 같이 퀸즈(Queens)에 있는 유명한 그리스 레스토랑에 간 적이 있었어. 뭐, 그렇게 친한 사람들은 아니고, 모두 그냥 안면이 있는 정도의 사람들이었지. 다들 그리스산 렛시나(Retsina) 포도주 맛에 얼큰히 취해 가고 있을 때쯤, 세상에! 문득 난 지갑을 깜박 잊고 왔다는 걸 깨달았어. 돈을 빌리기도 뭣한 상황인 데다, 거한 저녁을 들면서 괜히 잘 알지도 못하는 사람들에게 빈대붙기는 더욱 그렇고…… 난 테이블 정중앙에 올라와 있는 커다란 생선 요리를 바라보며 나름대로 고심을 하고 있었지. 커다란 눈알을 희번덕거리며 잘 구워진 채 누워 있는 그 생선을 보고 있자니, 저런 징그러운 눈알을 먹는 사람도 있을까 하는 생각이 들더군. 갑자기 아이디어가 번뜩인 건 바로 그때였어. 그 생각이 들자마자, 난 내 왼편에 앉아 있는 약간 소심해 보이는 변호사에게 고개를 돌렸지.

"이봐요, 에디. 저 생선 눈알 좀 봐요. 으, 너무 징그럽지 않아요?"

"흠, 솔직히 좀 그렇군요." 그는 생선을 자세히 들여다보며 동의하듯 그렇게 대답했어.

"어때요, 난 당신이 먹지 못한다는 쪽에 내기를 걸어 볼래요."

"뭘…… 먹는다구요?"

"저 생선 눈알이요!" 나는 테이블에 있는 사람들이 모두 우리의 내기에 대해 들을 수 있도록 일부러 목소리를 조금 높여 말했다. "당신이 저 생선 눈을 먹는다면 오늘밤 에디 당신의 식사 값은 제가 내도록 하죠. 제가 저녁을 사겠다구요."

그는 얼굴을 찡그렸지. 그리곤…… 고맙게도 즉각 내가 원하던 반응을 보였던 거야! "일렌느, 차라리 당신이 드시는 쪽이 어때요? 제가 오늘 저녁을 책임지는 걸로 하죠. 만일 저 생선 눈알을 드신다면 말이에요!" ……흐음, 다행히 맛도 그리 나쁘지만은 않았다구!

당신의 친구가 혼자서는 코트를 입지 못할 거라는 쪽에 내기를 걸어 보자. 결과? 친구가 코트를 입으려 할 때마다 당신도 똑같이 코트를 입어 주는 거다. 그러면 친구는 아무리 해도 '혼자서는' 코트를 절대로 입지 못할 것이다. 하하!

올해의 플레이 메이트

세상의 규칙들 가운데 어떤 것들은 절대 깨지지 않도록 만들어지기도 한다. 어느 누구도 포커 테이블에서 빨갛고 긴 손톱으로 카드를 집어내 자신의 손안으로 사라지게 만드는 도박의 여왕과는 같은 테이블에서 게임하고 싶어하지 않을 것이다. 그녀는 테이블 위로 프로 도박사처럼 카드를 쫙 펼쳤다가는 곧바로 가슴께에 그 카드를 숨길 수도 있을 것이다. 어떻게 하는 것인지, 그 방법만 안다면 말이다. 여기, 초보자들을 게임의 세계로 초대하는 의미에서 몇 가지 유용한 정보들을 제공하고자 한다.

21세기 클럽

하우스(카지노)를 이기려 하거나 대박을 터뜨리고자 하는, 또는 카드 카운팅(숫자를 읽거나 암기하는 치팅cheating의 한 방법 – 옮긴이 주)을 시도하고자 하는 생각이 있다면 그냥 접어 버려라. 블랙잭 테이블에 처음 앉아본 사람들의 첫번째 목표는 우선 적을 만들지 않는 것이다.

라스베이거스에서는 딜러가 두 장의 카드를 페이스 업(face-up, 앞면이 위로 오도록 카드를 놓는 것 – 옮긴이 주)으로 주며, 이 카드들은 당신이 건드릴 수 없도록 되어 있다. 르노(Reno)에서는 당신에게 두 개의 카드를 페이스 다운 (face-down, 앞면이 아래를 보도록, 즉 카드 앞면이 보이지 않게 카드를 놓는 것 – 옮긴이 주)으로 준다. 이때 주의할 것은 그 카드를 집을 때에는 한쪽 손만 사용하라는 것이다(그렇지 않으면 오버헤드 카메라로 영업장 구석구석을 지켜보고 있는 카지노 측에서는 당신이 뭔가 사기 치려 한다고 판단할 것이다).

블랙잭 테이블에 당신 이외 다른 사람이 앉아 있다 하더라도 당신은 오직 한 명, 그 테이블의 딜러를 상대로 베팅하게 되는 것이다. 딜러는 누구의 카드 숫자가 합쳐 21이 되었는지, 아니면 21을 넘지 않는 범위 내에서 21에 가장 가까운지 살피게 된다(딜러나 고객이나 카드 숫자의 합이 21을 넘으면 버스트bust되어 게임에서 지게 된다 - 옮긴이 주). 페이스 카드(King, Queen, Jack 등 그림이 그려진 카드 - 옮긴이 주)는 10으로 계산한다. 에이스는 1 또는 11로 계산한다(어느 쪽으로 계산하는 지는 당신에게 달려 있다). 'Hit'(카드를 더 받는 것)을 하기 위해서는 집게 손가락으로 테이블을 톡톡 두드리거나, 만일 카드를 쥐고 있는 상태라면 카드를 자신의 앞쪽으로 가져오는 시늉을 해라. 'Stay' 혹은 'Stick'(카드를 더 이상 받지 않는 것)을 하려거든 카드 위로 손을 좌우로 흔드는 시늉을 하거나 칩(chips) 밑으로 카드를 밀어 넣는 것으로 'No'라는 의사를 표시하면 된다.

카드는 자기가 원하는 만큼 취해도 좋다. 그러나 테이블의 다른 사람들이 당신을 주시하고 있다는 사실을 항시 명심해라. 초보자들의 어설픈 게임 방식은 자칫하면 하드코어 플레이어, 즉 진짜 도박사들을 화나게 만들 수가 있다. 그런 사람들은 대개 미신을 믿는 편이기 때문에, 게임에 미숙한 당신 같은 사람이 취해서는 안 될 카드를 쓸데없이 취하거나 또는 반대로 취해야 할 카드를 취하지 않는 멍청한(!) 행동을 함으로써 그 판의 운세뿐 아니라 자기들의 핸드(플레이어 각자의 베팅 구좌 - 옮긴이 주)를 엉망으로 망쳐 버린다고 생각하곤 한다. 이런 미운 오리새끼가 되고 싶지 않다면 다음의 규칙들을 잘 숙지해 두도록 하자.

• 만약 딜러가 6 또는 6보다 낮은 (숫자의) 카드를 가지고 여러분은 13 또는 그보다 높은 카드를 가지고 있다면, 카드를 더 받지 말고 그냥 스테이(stay) 해라.

왜냐하면 규칙상 딜러는 자신이 가진 카드의 합이 16 이상이 될 때까지는 계속해서 카드를 받아야 하므로, 그 과정에서 21을 넘어 버스트 해버릴 가능성이 매우 높기 때문이다. 진짜 꾼들은 딜러가 7 또는 그보다 높은 카드를 가지고 있을 때, 16을 가진 상태에서도 hit을 하기도 한다. 이들의 이런 배짱은 딜러의 다운 카드 (down card; 아직 열어 보지 않은 카드 – 옮긴이 주)가 10 이상일 것이란 계산하에서 나오는 것이다(게임에서 카드 한 덱이 사용될 때 출연 빈도, 즉 나타날 확률이 가장 높은 것이 바로 이 10카드이기 때문이다. 위에서 언급했듯이, 페이스 카드들 또한 모두 10카드로 계산된다 – 옮긴이 주).

- 카드를 스플리팅(Splitting, 똑같은 숫자가 나오면 카드를 둘로 나누는 것 – 옮긴이 주)하는 것은 약간 복잡한 일이긴 하다. 그렇지만 만일 당신이 8이나 에이스(1) 카드를 스플리팅하지 않는다면 주위 사람들은 당신을 비웃거나, 그렇지 않으면 약간 이상하게 생각할 것이다(예를 들어 16은 카드를 더 받기에는 버스트의 위험이 있고 안 받기에는 모자란, 약간 대책 없는 숫자인데 반해 스플리팅을 하면 두 개의 '8'이 생기므로 카드를 더 받기에도 아주 좋고 그에 따라 이길 확률도 훨씬 높아지기 때문이다 – 옮긴이 주) 카드를 나란히 나누어 놓은 다음에는, 두 번째 핸드 앞에 다시 베팅을 시작하면 된다.
- 11을 받았을 때는 항상 더블 다운(double down)하거나 베팅액을 두 배로 올려라. 추가 칩스는 오리지널 베팅액(원래 베팅했던 칩스) 옆에 놓으면 된다.

딜러의 바로 오른쪽에 위치한 테이블의 맨 끝자리에 앉는 것은 상당히 위험한 일이다. 왜냐하면 이는 딜러가 자신의 카드를 드로잉하기 전 맨 마지막으로 상대하는 자리이기 때문이다. 예를 들어, 당신이 판단을 잘못하여 받지 않아야 했을 10을 더 받아서 버스트해 그냥 죽어 버렸다고 가정해 보자. 사람들은 만일 당신이 그 카드만 받지 않았어도 그 10이 딜러에게로 넘어가 딜러가 버스트로 지게 되었을 거라고 생각할 것이다. 당신이 고의적으로 잘못한 일이 아니라 할지라도 테이블 사람들은 당신을 확 두들겨 패주고 싶다는 생각이 들 것이 뻔한 일이다. 그만큼 어려운 자리이니 초보자라면 더욱더 주의하는 편이 좋겠다.

필드에서 유쾌한 시간을

프로 골퍼가 아닌 대부분의 골퍼들의 실력은—그 가운데 항상 골프를 치는 사람들조차도—사실 대개는 '별 볼일 없는' 수준이다. 그들 가운데 85퍼센트 정도는 모두 100을 깨지도 못하는 사람들인 것이다. 게임이 무르익어 갈수록 점점 숨막히는 접전이 펼쳐지지만 그것이야말로 바로 골프가 가지는 매력이자 유혹이다. 한 번이라도 정말로 멋진 '굿 샷'을 날려 본 사람이라면 그런 샷을 다시 한 번 날리기 위해 평생을 바치게 될지도 모를 일이다. 자기 스스로를 '수준 이하'라고 생각하거나 골퍼의 자질이 없는 듯 보여도 '필드나 한 번 나갈까' 하는 전화가 걸려오면 일단 오케이 하자. 다음의 세 가지만 잘 기억해 둔다면 모두가 유쾌한 시간을 보낼 수 있을 것이다.

첫째, 능장을 부리거나 게임 진행에 방해가 될 만큼 시간을 끌지 말라. 둘째, 다른 플레이어들에게 방해가 되지 않도록 주의하라. 셋째, 마치 프로 골퍼처럼 이것저것 전문 용어를 써가며 재미있고 즐거운 시간을 만들어 보자.
티 오프(tee-off)시, 다른 플레이어들에 앞서 먼저 치려는 것은 피해라. 그리고 다른 플레이어가 공을 치려고 할 때 뭐라고 떠들거나 말을 거는 일은 '금지' 사항이다. 그리고 절대로 다른 플레이어의 뒤에 바싹 붙어 서 있지 않도록 한다. 만약 공이 왼쪽으로 휘었다면, 여러분은 훅(hook)을 친 것이다. 만약 공이 오른쪽으로 휘었다면, 그것은 슬라이스(slice) 또는 바나나(banana)라고 불린다. 티를 좀처럼 벗어나지 못하는 공은 웜 버너(worm burner)라고도 한다. 시합이 아닌 친목도모 목적의 게임에서는 '멀리간(mulligan)'이라는 것을 하나 얻을 수 있다.

이는 큰 이변이 없는 한, 누구라도 쳐서 넣을 수 있는 거리에 공이 놓여 있을 때에는 그것을 일부러 꼭 실제로 쳐서 넣지 않고도 그대로 한 타 인정해 주는 것을 말한다.

플레이어가 스쿠트를 할 때, 페어웨이를 따라 잔디만 겨우 넘을 정도로 쳤다면, 이럴 때에는 가벼운 농담으로 상대를 놀려 보는 것도 쏠쏠한 재미를 선사한다. "에이, 계집애같이 소심하긴." 또는 "어머, 네 남편, 골프를 치긴 치는 거니?" 하는 식으로 말이다(대부분의 골프 유머들은 여자들을 비웃거나 꺼리는 듯한 이상한 성향을 가진다. 그러니 자책감 따위는 갖지 말고 그에 동참해 보시라).

페어웨이에서는 항상 당신이 친 디보트(divot, 클럽에 맞아 뜯겨 나간 잔디 덩어리 – 옮긴이 주)를 제자리에 가져다 놓도록 한다. 골프란 한마디로 '매너' 게임이므로, 자기 때문에 생긴 흠집은 다음번 사람을 위해 원래대로 만들어 놓는 것이 중요하다. 만약 당신이 친 공이 벙커에 빠졌다면, 그 안에 들어가기 전 갈퀴를 준비하라. 그리하여 벙커에서 나올 때, 공이 빠졌던 주위와 당신의 발자국들을 갈퀴를 이용해 전처럼 다시 평평하게 만들어 놓도록 한다.

그린에 가까워졌을 때에는, 그린보다 높이 자란 주위의 잔디에서부터 공을 치기 위해 피칭 웨지(pitching wedge)와 퍼터(putter)가 필요할 것이다. 퍼팅을 할 때는 홀에 공을 넣기 위해 뽑아서 에이프론(apron, 그린 주위의 잔디)에 가져다 두게 되는 핀(pin, 깃발) 옆에다 웨지를 함께 놓아두도록 한다. 홀을 마친 후 여러분의 귀중한 웨지를 잊어버리고 싶지 않다면 이 방법이 가장 확실하고 안전할 것이다(깃발을 다시 꽂아 두는 걸 깜박하는 일은 거의 없을 테니 말이다). 깜박한 웨지를 가지러 홀로 다시 돌아가야 한다면 플레이어들로서는 정말 짜증나는 일이 아닐 수 없다. 또 하나, 그린 위에는 가방을 던져 둔다거나 혹은 다른 플레이어의 공과 컵(홀 구멍) 사이의 라인을 가로질러 가거나 하는 일을 해서는 안 된다(그린의 땅은 상당히 부드럽고 예민하므로, 당신이 낸 발자국이 다른 사람의 퍼팅을 망칠 수도 있다). 만약 자신의 공이 다른 사람이 플레이하는 선상에 놓여 있어 방해가 된다면, 자기 차례가 돌아올 때까지는 그 자리에 동전으로 대신 마킹(marking)을 해두도록 한다.

필드에서는 게임을 너무 심각한 것으로 생각하지 않도록 노력하자. 만약 퍼팅이 조금 약했다면. 마지막 스트로크는 '김미(gimme, 다시 한 번 칠 수 있도록 한 타 물러주는 것)'로 처리하면 된다(홀 컵에서 반경 약 30센티미터 안에서 일어난 것이면 무엇이든 그렇게 한다 – 옮긴이 주). 만약 다섯 샷을 치고 난 후에도 여전히 페어웨이에 서 있다면 볼을 쥐고 "피킹 업(picking up)!"이라고 외쳐라.

만약 당신 스스로가 플레이를 너무 굼뜨게 하고 있어, 뒤에 기다리는 다른 플레이어들의 성난 숨결이 여러분의 목덜미에서 느껴지는 것 같다면, 그린에서 내려왔을 때 그들에게 손짓을 하며 '먼저 하시라'는 표시를 하도록 한다(그러면 여러분이 공을 씻거나 음료를 마시고, 또 골프와 관련된 쓸데없는 우스갯소리를 늘어놓는 동안 그들은 먼저 플레이를 할 수 있다).

미네소타 팻? 미네소타 슬림!

영화 속에서 당구 테이블에 비스듬히 기대어 에로틱한 자태를 뽐내는 요염한 여자의 모습은 상당히 멋있어 보인다. 그렇지만 현실 세계에서 진정 당구를 사랑하는 사람들은 고수의 균형 잡힌 스탠스, 편안하고 안정되게 벌어진 다리 자세, 큐대를 향해 깊게 숙인 머리, 엄지와 중지 그리고 집게손가락으로 부드럽게 큐대를 감아쥔 그림과 같은 멋진 폼에서 더욱 깊은 감명을 받게 되는 법이다. 팔은 바닥과 수직을 이루어야 시계추와 같은 부드러운 스윙을 할 수 있게 된다. 큐대를 잡지 않은 손의 손가락은 다리(교각) 모양을 이루어야 수구(큐볼)를 가격하는 큐대를 보다 안정되게 감쌀 수 있다. 당구 테이블과 맞닿는 중지와 약지 그리고 새끼손가락과 손목 끝 부분은 단단히 고정되어야 하고, 큐대를 에워싸는 원을 이루는 엄지와 집게손가락도 안정된 자세를 유지해야 한다. 큐대와 흰 수구와는 보통 8인치 정도의 간격을 두는 것이 좋다.

자, 이제 부드럽게, 그러면서도 강하게 수구를 가격해 볼 차례이다. 이때, 당점(수구의 가격 위치)에 따라 수구가 어떤 회전을 먹을지, 그리고 테이블의 어느 위치에서 그 회전을 멈출지가 결정된다. 직선 방향의 강한 타격—수구와 격구(맞는 공)의 접촉—을 위해서는 수구의 정 가운데를 치는 것이 적당하다. 수구의 윗 부분을 가격하면(즉, 당점이 위쪽 부분에 형성되면), 수구는 격구와의 접촉 후에도 진행된 방향으로 좀더 멀리 굴러가게 되고, 이때 회전은 계속하게 된다. 반면, 당점이 아래쪽에 형성되면(다시 말해, 수구의 아랫부분을 가격하면) 수구는 멈추어 서거나 되돌아오게 된다. '틀어치기(English)'는 수구의 좌측 또는 우측 회전을 주기 위해 당점을 왼쪽이나 오른쪽으로 주는 것을 말한다. '걸어치기(Bank, 공이 벽면부터 맞는 것 – 옮긴이 주)'는 쿠션(벽)을 이용하여 수구를 진행시키고자 할 때 필요한 샷이다.

다음으로, 초크질은 왜 필요할까? 큐는 손톱을 다듬을 때 쓰는 손톱줄과도 같은 것이다. 한 시간 정도 큐를 사용하고 나면 큐의 끝 부분은 무디어지고, 마찰력 또한 잃게 된다. 초크질은 큐의 마찰력을 강화시켜, 큐 미스(수구의 빗맞음, 미끄러짐)를 방지하는 역할을 한다. 큐 미스가 일어나면 수구는 멀리 가지 못할 뿐 아니라 원하는 방향으로도 진행시킬 수 없다(당구는 요행으로 승리를 얻지 못하는 게임이기 때문이다).

대개 바 뒤편에 자리해 맥주나 포켓볼만큼이나 사람들의 사랑을 받는 이 게임은, 1896년 한 목수가 발명한 것으로 랭커셔에 있는 한 작은 술집에서 처음 시작되었다고 한다. 주로 주말에 나타나 다트판 주위를 어슬렁거리며 괜히 폼을 잡는 다트 게임의 동네 전사(?)들에게 지레 겁먹을 필요는 없다. 챔피언에게 도전을 하기 위해서는 다트판 주변에 있는 작은 칠판 위에 자신의 이름을 적어 넣기만 하면 된다. 그리고 이제 여러분의 차례가 돌아오면, 바닥에 그어져 있는 줄을 넘지 않도록 잘 밟고 서서는 과녁의 정중앙을 향해 발사(!)하는 일만 남게 된다. 플레이어들은 각자 한 번씩 다트를 던져, 그 가운데 중앙에 있는 과녁에 가장 근접하게 던진 사람이 1번 타자가 된다. 다트에 관련된 애매모호한 전문용어들을 많이 안다고 해서 첫 타자가 되는 것은 절대 아니다.

다트는 우선 네 부분으로 나누어진다. 뾰족한 화촉 부분, 몸통(그립이 있는 놋쇠 부분), 자루(화살대), 그리고 플라이트(flight, 진짜 혹은 가짜 깃털을 이용한다)가 그것이다. 다트를 쥘 때에는 연필을 쥐는 것처럼 꽉 잡는 것이 아니라 엄지와 검지 그리고 중지를 이용해 약간 윗부분을 가볍게 잡아 주면 된다. 이때 팔꿈치는 여러분의 피벗, 즉 중심축이 되어 준다. 다트는 팔을 완전히 쭉 펴기 바로 직전에 손안에서 빠져나가도록 한다. 그렇지 않으면 다트는 아래로 뚝 떨어져 버리고 만다. 이는 모두 손목의 움직임에 달린 것이다.

다트판은 대개 8피트(약 2.4미터) 정도의 거리를 두게 되며, 숫자가 새겨진 파이 모양의 20개 조각으로 나뉘어 있다. 그 중 '20'이 탑(top)이며, 윗부분은 위층(upstairs), 아랫부분은 아래층(downstairs)이라 불린다. 그리고 어떤 이유에서인지 몰라도, 다트판의 왼쪽 절반 부분은 '유부남의 면'이라 불린다(오른편 절반에 대한 애칭은 없다). 각 플레이어에게는 다트를 던질 세 번의 기회가 주어지고, 다트판에 있는 1~20까지의 숫자 중 하나를 맞추게 된다. 바깥쪽 원 안을 맞추게 되면 스코어는 더블이 된다. 안쪽 원은 트리플(3배)로 계산한다. 맨 가운데 과녁(bull's eye)을 맞추면 50포인트를 받게 되고, 그 바로 바깥쪽 부분은 25점으로 계산된다. 다트판의 정중앙에 당신의 다트가 정확히 명중했다면, 다른 동료 플레이어들을 돌아보며 코믹한 투로 이렇게 말해 보자. "정말 신나겠지? ……에, 그렇지 않아요?"

크랩스 – 주사위를 따라 분위기도 구른다

가방 안에 주사위 두어 개만 넣어 가지고 다니기만 하면 언제 어디서라도 액션을 펼칠 수 있는 게임! 이 '크랩스'란 일종의 베팅 게임이라고 할 수 있다. 이는 카지노, 교도소, 빈민가 뒷골목 등에서 행해질 뿐 아니라 바로 당신의 뒷마당에서도 할 수 있다. 플레이어가 많을수록 게임은 더더욱 흥미롭게 진행된다. 꾼들이 많이 모여들수록 판(!)은 더욱 커지기 때문이다.

법적인 허가를 받지 않은 장소에서 돈을 걸어 놓고 게임을 행하는 것은 물론 불법이다. 그렇지만 이 문제는 약간의 안전장치를 세팅하는 것으로 간단히 해결할 수 있다. 예를 들어, 시리얼 상자 같은 것도 괜찮다(시리얼 상자의 사용을 제재하는 법 조항은 없으니까). 이것으로 당신은 당신만의 주사위 판을 갖게 되는 것이다. 오랜 옛날에는 주사위를 뼈나 상아로 만들어 사용했다고 한다. 그런 다음, 맨 먼저 슈터(주사위를 던지는 플레이어 – 옮긴이 주)가 베팅을 한다. "난 다섯 개를 걸겠어." 그리고 이렇게 외쳐 보자. "나한테 도전할 사람?" 이는 슈터가 자신이 베팅할 숫자에 5달러를, 아니 5개의 사탕(!)을 걸며, 다른 이들로 하여금 자신이 걸지 않은 곳에 베팅할 것을 권하는 의미이다. 그러면 다른 플레이어들도 도전 의사를 밝히며 5달러, 아니 5개 또는 원하는 개수의 사탕(우리 모두 도박꾼이 되지 맙시다!)을 걸게 되고, 슈터는 주사위를 굴리게 된다. 목표는 물론 '크랩 아웃' 당하지 않는 것!

슈터가 주사위를 굴려 7이나 11이 나오게 되면, 이를 내추럴(natural)이라 부르며 자동적으로 승리하게 된다. 만일 2(스네이크 아이즈, snake eyes)나 3, 또는 12(박스 카, box cars)를 굴렸다면 그녀는 크랩 아웃되어 건 돈(아차, 사탕!)을 잃게 되며, 이제는 주사위를 넘기거나 새롭게 베팅을 하고 다시 시도할 기회를 가지게 된다. 만일 그녀가 주사위를 굴려 앞서 말한 숫자들(이기거나 지게 되는) 이외의 숫자가 나오게 되면 이는 그녀의 '포인트(point)'가 되는 것이다. 그때부터는 포인트를 얻어 승리하기 위해서 7이 나오기 전에 그 숫자를 다시 나오게끔 만들어야 한다(포인트가 정해진 후 7이 나오면 플레이어는 베팅액을 잃게 된다). 그러면 승리한 플레이어는 자기가 딴 액수만큼 다른 라운드에 걸거나 혹은 주사위를 다른 플레이어에게 넘길 수 있다. 슈터는 포인트를 내지 못하거나 베팅을 포기할 때에만 주사위를 잃게 된다.

이 크랩 게임은 초반의 승세에 있어서는 당신 쪽에 매우 유리하다. 7이란 가장 빈번하게 나타나는 숫자의 조합이기 때문이다. 그렇지만 처음에 7을 만들지 못하는 경우에는 차선책으로 하는 수 없이 말 그대로 '하드웨이(hard way, 주사위의 합이 4·6·8·10일 경우에만 해당하며, 하드4·하드6·하드8·하드10에 베팅을 하면 각각 2·3·5의 페어가 나올 경우에만 승리한다 – 옮긴이 주)'를 택해야 하고, 이렇게 되면 판도는 이제 당신에게 불리한 쪽으로 돌아서게 되는 것이다. 뭐, 이 때부터는 당신도 주사위를 굴리며 "제발!"을 외치며 기도하거나 주사위에 행운을

비는 키스를 살짝 날리기도 하고, 괜스레 주사위를 오랫동안 만지작거리기도 하며, 그러다 원치 않는 숫자가 나왔을 때에는 주사위에 대고 거친 말을 퍼붓기 시작하게 된다. 모쪼록 오늘 밤, 다들 행운이 함께 하시길!

낚시밥을 내 손으로!

그 매력이 무엇인지는 알 수 없지만 거기에 '미친' 몇몇 남자들을 보면 궁금증에 한 번쯤 따라가 보고 싶은 마음도 드는 것이 바로 이 '낚시'이다. 뭐, 여차저차 하다 보니 그 낚시란 것을 하는 데 따라가게 되었다면, 이번 기회에 한번 그놈의 징그러운 벌레를 내 손으로 직접 매달아 보는 것도 색다른(?) 경험이 될 것이다. 낚시 밑밥이 든 깡통 안으로 손을 넣어 그 징그러운 놈을 여러분 손으로 직접 쥐어 보는 거다. 어찌 되었건 배고픈 물고기의 눈에는 낚싯바늘에 걸려 있는 이 미끼들이 아직 살아 꿈틀거리는 것으로 보여야 한다. 그러므로 바늘에 벌레를 달 때 앞뒤로 여러 번 꿰매어 떨어지지 않고 바늘에 온전히 잘 달리게 하면서, 한편으로는 미끼 특유의 구부러진 스타일(?)을 잘 살리도록 하는 것이 중요하다. 그리고 낚싯바늘 밑쪽으로는 약간의 여유를 두도록 하자. 그렇다고 미끼를 지나치게 끝에 매달면 물고기들이 낚싯바늘에 살짝 키스만 남기고는 이 맛난 요리를 쓱싹 해 갈 위험도 있으니 조심할 것!

야영지에서의 커피 한 잔

산에 함께 놀러 간 다른 이들이 텐트를 치고 불쏘시개를 구하느라 정신이 없을 때, 고생하고 있는 그들에게 커피라도 한 잔씩 대접할 수 있는 '센스 있는' 여성이 되어 보자. 이때 커피를 끓이는 최선의 방법은 돌과 진흙을 이용해 세 면이 둘러진 스토브를 만들고, 맨 위에는 가장 납작한 돌을 찾아 올려놓는 것이다. 불꽃보다 약 6인치(약 15센티미터)쯤 높게 벽을 쌓아, 중앙의 작은 불꽃 주변에 충분한 여유 공간을 주도록 하자. 돌이 달구어지면 주전자를 돌의 가장 위쪽에 올려 놓도록 한다. 불꽃 바로 위에서 끓이면 커피에서 연기 내음이 배인 듯한 맛이 날 수도 있는데, 이렇게 하면 그것을 방지할 수 있기 때문이다. 참고로 등산시 유의할 점 한 가지. 산으로 하이킹을 갔을 때에는 아무리 소변이 급한 경우라 할지라도 하이킹 트랙에서 적어도 60피트(약 20미터) 이상 떨어진 곳에서 일을 보도록 하자. 그 냄새를 맡고 몰려드는 곰들과 맞닥뜨리고 싶지 않다면 말이다.

놀면서도 휴식의 여유를 아는 진짜 멋쟁이 !

강철 같은 체력과 지칠 줄 모르는 열정으로 보다 풍부한 인생을 즐기기 위해 언제나 두 눈을 반짝이며 신나는 인생을 추구하는 모습은 분명 멋지고 쿨한 것임에 틀림없다. 그러나 스물네 시간 풀가동(!)으로 쉴 새 없이 항상 시끌벅적 시끄럽고 수선스러운 사람은 자칫하면 주변 사람들에게 있어 '가까이하기엔 너무 피곤한 당신'이 되어 버릴 수도 있는 법이다. 활기차고 재미난 친구만큼이나 좋은 것이 있다면, 그것은 바로 무엇 하나 크게 잘하는 것은 없지만 저녁 식사 후에 그저 함께 뒹굴뒹굴 게으름을 떨어 주거나 모닥불 앞에 앉아 레모네이드를 마시면서 날아다니는 풀벌레들을 조용히 구경할 수 있고, 대화를 나눌 때에도 어색한 시간을 메우기 위해 일부러 수선을 떠는 대신 마치 자장가를 부르듯 그저 간간이 편안한 대화를 나눌 수 있는, 그런 친구인 것이다. 자, 그러니 오늘은 남자 친구를 불러 함께 달콤한 낮잠을 자는 시간을 갖는, 그런 느긋한 데이트를 한 번 해보는 것이 어떨까. 아니면 지금 이 순간, 곧바로 폭신하고 편안한 저 소파 위로 기어올라가 버리든가…… 쿨쿨…… Zzz……zz……z

제6장 행운을 낚아채는 현명한 그대

행운과 맞닥뜨렸을 때, 진정한 멋쟁이는 그저 운에 맡기지 않는다

행운은 스스로 만들어 가는 것!

인생이란 어찌 보면 불행의 연속인 것 같다. 좀생이 같은 상사들은 끊임없이 잔소리만 해대질 않나, 제일 아끼던 귀걸이를 잃어버리질 않나, 또 가방 속에 넣어 둔 펜이 줄줄 흘러버리질 않나…… 항상 뭔가 우울한 일 하나씩은 꼭 일어나는 것만 같다. 그렇지만 그렇게 인생의 어두운 면만을 바라보고 있는 건 너무 우울하지 않은가!

자, 그런 기분에서 멋지게 탈출해 보자. 옷을 잘 입는다거나 술을 잘 마신다는 소릴 듣는 것만이 멋쟁이 여성이 되는 전부는 아닐 것이다. 진정 멋을 아는 여성이란 항상 자신의 기분을 컨트롤할 줄 알며 밝은 분위기를 연출하고 유지할 줄 아는 사람이다. 즉, 언제나 명랑하고 기운찬 모습을 보일 수 있는 사람인 것이다. 우리는 그런 정신을 '병적인 낙천주의'라고도 부른다.

어찌 되었건, 중요한 것은 그런 유치한 이름을 갖다 붙이는 것이 아니라 바로 그런 정신을 가지려고 노력하는 마음가짐일 것이다. 꿀꿀한 순간들을 기분 좋은 순간들로 바꾸고, 그 좋은 시간은 평생 잊지 못할 시간으로 만드는 테크닉, 바로 이것이 멋쟁이들이 삶을 살아가는 기술이다.

지금까지 타로 카드점이나 점쟁이의 말이 얼마나 자주 들어 맞았던가? 바로 지금 이 시간, 이 자리에서 자신의 운명을 읽을 수 있는 재능을 발전시켜 보자. 운명의 여신이 당신에게 미소 지을 때, 그에 대한 답례로 웃어 보이지 않는 것은 예의에 어긋난 일이다. 그러니 좋지 못한 일에 부딪혔다면 그 일을 나름대로의 주관을 가지고 근사하게 풀이해 보는 거다. 거기에는 물론 '창조적이고 개성적인 해석'이라는 부가적인 노력이 조금은 필요하겠지만 말이다. ……지갑을 잃어버렸다? 그렇지 않아도 면허증 사진이 마음에 들지 않아 새로 찍고 싶었는데 어찌 보면 잘된 일이 아닌가! 혹은, 유명 심야 토크쇼에 게스트로 초대되었다가 예기치 않게 망신살이 뻗쳤다면, 그럴 때에는……?

세상은 온통 행운투성이!

주사위를 던져 자신의 운을 시험해 보는 것은 결코 해로운 일이 아니다. 노벨상을 수상한 저명한 물리학자들조차도 연구실 문에 토끼발(외국에서 행운의 부적 삼아 가지고 다니는 토끼의 왼쪽 뒷발)을 달아 놓는다고 하니 말이다. 그런데 그보다 한 발짝 더 나아가 그러한 전통적인 미신을 우리만의 마법의 공식들과 적당히 섞어 보는 것은 어떨까.

흰 고양이가 여러분이 걷고 있는 길을 가로질러 가면 행운을 의미한다고 여겨 보자. 검은 고양이가 불길한 것의 징조로 여겨지고 있으니, 흰 고양이가 좋은 징조로 여겨지면 안 될 이유 또한 없는 것이다. 우리에게 전해 오는 미신이란 그것을 어떻게 해석하느냐에 달려 있다. 흔히들 많이 가지고 있는 '13'이란 숫자에 대한 공포증 또한 그렇다. 대부분의 사람들은 그 숫자가 너무도 불길하기 때문에

엘리베이터에도 잘 쓰이지 않는 것이라고 믿어 버린다. 그렇지만 1776년도의 식
민지에게는 이 13이란 숫자가 대단한 행운의 숫자였지 않은가(물론, 그 반대로 영
국 사람에겐 썩 좋지 않은 운을 가져다 준 숫자였겠지만 말이다)!

신시아 어느 날 글쎄, '데이비드 레터맨 쇼'에서 내게 갑자기 방송 의뢰가 들어온 거야. 세상에! 정말 믿어지지 않는 일이었
지. 너무 꿈같은 일이라, 어쩐지 이상한 예감마저 들더라고. 그 쇼에서 그때까지 디자이너를 초대한 예는 한 번도 없었거든.
아무튼 그쪽 PD가 나한테 방송할 만한 '거리'가 있는지 궁금해하더군. 내게 뭐 좀 좋은 소재들이 있느냐고 재차 물었어(설마
내게 면이나 모, 비단 같은 '소재'들을 물었던 건 아니었겠지?). 난 생각나는 대로 주절주절 내 이야기들을 늘어놓았지. 걸스
카우트 시절에 일어났던 황당했던 사건들을 비롯해서 내 일급 비밀(예를 들자면 내가 사랑하는 연인들을 위해 발명한 양쪽으
로 솔이 달린 혁신적인 '커플용 양날개 칫솔' 같은 것들 말이야)에 이르기까지, 많은 얘기들을 정말 열심히 떠들어댔다구.

자, 드디어 그날이 온거야. 대기실에 앉아 내 차례를 기다리는데 어쩌나 흥분이 되고 으슬으슬 떨리던지! 대기실 에어컨이
너무 빵빵하게 틀어져 있어서 그랬는지도 모르겠지만. 아무튼 난 거기 앉아 그 유명한 'Top 10 리스트'와 보조 호스트인 폴
셰퍼(Paul Shaffer)의 목소리, 그리고 다른 게스트들의 이야기들을 차례로 듣고 있었지. 그런데 그날의 게스트였던 소문난
재담꾼 데이비드 브레너(David Brenner)가 자기 아들의 성인식 날 있었던 해프닝에 관해 신나게 떠들어대고 있을 무렵이었
지. 우리의 호스트 데이비드 씨께서 글쎄, 시간이 별로 남지 않아 애석하지만 다음 게스트인 '신세니아 크롤리(세상에!)'씨를
모시지 못하겠다는 사죄 및 작별의 멘트를 난데없이 날렸던 거야! 완전히 '새된' 상황이었지, 뭐.

모두들 내가 너무 망신살이 뻗친 나머지 어딘가 숨어 쥐구멍이라도 찾고 있을 것으로 생각하고 있었어. 그렇지만 난 좀 달
리 생각했지. '아, 정말 다행인걸!' 마치, 시험 준비를 덜 한 상태에서 당일날 그 시험이 갑자기 연기된 것처럼 말이야. "다음
번에 이런 기회가 온다면 이번처럼 긴장하지는 않을 거야." 난 스스로에게 이렇게 중얼거렸지.

몇 달 뒤, 미스터 레터맨과 잠깐 동안 대화를 나눌 기회가 생겼어. 물론 이번에는 난 아주 준비가 잘 되어 있는 상태였지(비
록 그가 내 발명품 따위에 대해서는 한마디도 묻지 않았지만 말이야). 그는 패션에 대해 몇 가지 알고 싶어했어. 그는 '디자
이너들은 도대체 왜 아무도 입을 것 같지 않은 우스꽝스런 옷들을 모델들에게 입혀대는가'에 대해 자못 심각하게 질문해 왔
어. 이를테면 '등뒤에 티타늄으로 만든 커다란 날개가 달린 드레스' 같은 옷을 말이지. 마치 그가 갑자기 엘자 클렌치(Elsa
Klensch, CNN의 유명한 스타일 에디터 – 옮긴이 주)처럼 느껴질 정도였지. 난 거기서 나름대로 열심히 디자이너들을 옹호
하는 주장을 펼쳤던 것 같아. 그날 내가 도대체 뭐라고 결론을 맺었었는지는 잘 기억나지 않지만, 그래도 이번엔 긴 팔 옷(그
리고 브래지어도!)을 준비해 입고 갔으니 적어도 전보다는 한 단계 발전했다고 할 수 있었지. 덕분에 긴장으로 인해 엄청 돋은
닭살을 감쪽같이 감출 수 있었으니 말이야!

행운의 부적에 관한 짧은 강좌

말편자

여자들은 대개 말을 좋아하는 법이다. 그러니 매일 침대에 기어올라갈 때, 이보다 더 좋은 행운의 심벌도 없을 것이다. 단, 주의할 것은 오픈된 면이 위로 오도록 걸어야 한다는 점이다. 그렇지 않으면 행운이 달아나 버린다고들 하니까. 당신이 혹시 말을 키우고 있다면 아예 한 마리를 통째로 달아 놓는 것은 어떨까.

네 잎 클로버

어느 전설에 따르면 이는 우리의 이브가 에덴의 동산에서 가지고 온 유일한 녹색의 물건이라 한다. 때로 행운은 자신의 깊은 믿음으로 탄생된 부적으로부터 오기도 하는 법이다. 자신이 천국이라 느끼는 장소에서 기념이 될 만한 부적을 취해 오는 것도 좋은 아이디어가 될 수 있다. 아름다운 카리브 해안에서 가져온 작은 산호 조각, 리스본 해변에 있는 작은 바에서 기념 삼아 슬쩍해 온 작은 푸딩 숟가락, 어느 파티에서 주운 작은 병마개 등.

　세상의 어느 것도 내 믿음과 생각에 따라 행운을 가져다 주는 나만의 부적이 될 수 있다. 다음번 여러분이 파티를 열게 될 때에는 다른 이들을 위해 보다 많은 '부적'들을 준비해 보는 건 어떨지.

동전과 관련된 행운

동전은 앞면이 위를 향해 있을 때 집어드는 것이 좋다고 믿어져 왔다. 그런데 만일 두 면이 모두 앞면이라면 행운을 몰고 오는 일이 좀더 수월해지지 않겠는가? 그러니, 동전 두 개를 접착제로 붙여 앞면만 두 개가 있는 행운의 동전을 만들어 지갑 안에 지니고 다녀보자. 그리고 남에게 지갑을 선물할 때에는 반드시 동전이나 지폐 하나씩을 넣어 주어 상대의 재복을 빌어 주는 것이 오랜 관습임을 잊지 말자. 칼을 선물하게 되는 경우에도 서로 동전을 교환하는 일을 잊지 않도록 한다. 그렇지 않으면 그 칼을 선물 받는 상대방과의 관계가 매우 냉랭해질 위험이 있다고 한다. 만일 휴가가 끝난 뒤, 만나던 남자를 차버릴 생각이라면 크리스마스 선물로 그에게 줄 작은 주머니칼을 산 다음 그 잔돈을 지니고 있도록 하자.

침대 곁에 해골을!

전해 오는 이야기에 따르면, 귀신을 쫓아내기 위해서는 우선 그 귀신의 눈을 똑바로 바라보며 대담하게 "원하는 게 뭐냐?"고 물어야 한단다. 자신이 가장 무서워하는 것을 무조건 피하고 멀리하는 대신, 우선 그것들이 친근해지게끔 만드는 것이 진정한 멋쟁이가 취하는 행동일 것이다. 어린 시절, 버스 사고로 크게 다쳐 일생을 고통스러운 대수술을 수없이 많이 받아야만 했던 멕시코의 예술가 프리다 카알로(Frida Kahlo)는, 그녀의 침대 옆에 해골을 가져다 두고는 아침에 눈을 뜰 때마다 그것을 향해 손을 흔들며 "Hola, mana(안녕, 시스터!)"라고 인사를 했다지 않은가.

보석

보석이란 시중에서 거래되는 '시가' 그 이상의 가치를 가지고 있다. 자수정은 술에 취하지 않도록 도와주고 루비는 마음의 평화를 가져다주며, 사파이어는 숙면을 돕고 에머랄드는 기억력의 증진을 돕는다고 한다.

도토리

강인함의 상징인 떡갈나무로부터 정기(!)를 받은 토템으로 생각되어온 까닭에 사람들이 집안 창가에 상징물로서 자주 놓아두곤 한다. 그들은 이것이 자신들의 집을 폭풍우로부터 지켜준다고 믿는다.

할아버지의 경찰 뱃지

당신이 생각하기에 참으로 좋은 감성과 품성을 가졌다고 생각된다거나 특별히 아끼고 좋아하는 사람들로부터 작은 기념품들을 취해보자. 플로라 이모의 오래된 담배 케이스, 나의 아이돌 야구선수의 베이스볼 카드, 사랑하는 친구 에이미나 어린 시절 언제나 나를 지켜주었던 오래된 우리 집 개의 포켓용 사진 따위들을 말이다.

'저 사람은 정말 특별한 행운을 타고난 사람'이라 여겨지는 유명인들 중에는 바로 '선택적인 기억 능력'을 가진 사람들이 많다. 그때 그때의 상황들을 진정 '기억에 남을 만한' 것으로 만들 수 있다면, 당신도 이런 행운을 누릴 수가 있다. 살면서 어느 순간, 아, 지금은 정말 모든 일이 순조롭게 진행되는 행복한 시기로구나 하고 깨닫게 되었다면, 그 순간만은 잠시 모든 것을 멈추고 '정신적인 스냅 사진'을 하나 찍어보도록 하자. 다시 말해, 평생 추억할 만한 이야깃거리를 머릿속에 아름다운 영상으로 저장해두는 것이다. 이렇게 함으로써 나만의 귀중한 행운의 전설들을 차곡차곡 쌓아올려 나갈 수 있다.

"이제껏 난, 내가 이 세상에 태어난 바로 그 날부터 어떤 커다란 힘이 끊임없이 나를 지켜주고 있다는 생각을 한시도 잊은 적이 없었다네. 왜냐하면, 지금까지 무엇을 하든 난 반드시 옳은 판단을 내릴 수가 있었거든." 프랭크 시나트라는 언젠가 이렇게 공언한 바 있다. 좀더 구체적으로 말하자면, 그의 이 말은 '토미 도시 밴드(Tommy Dorsey Band)'를 떠나 독립함으로써 전세계적인 유명 팝스타로 발돋움하게 된 계기를 마련하게 되었던 자신의 결정에 대해서 얘기하고 있는 것이다.

그런데, 그의 첫 여정길에서 시나트라를 자기들의 하찮은 샌드백 정도로 여겼던 두 명의 트럭 운전수들이 끼어 있던 '호보큰 포(The Hoboken Four)' 시절이나, 또 시골구석에 처박힌 조그만 라디오 방송국에서 공짜로 노래를 불러주며 집에 갈 차비조차 벌지 못해 쩔쩔 매던 시절, 도대체 그의 수호천사는 어디서 뭘 하고 있던 것일까?! …시나트라에 따르면 그런 원망은 다 무의미한 것이었다. 프랭크 자신에게 있어서는 스스로를 그 시대를 대표하는 가장 대단한 스타로 만들어준 그 움직임 하나가, 그 이외의 좋지 못했던 다른 모든 기억들을 말끔히 씻어 내려준 것이다.

　　머리 속으로 내 인생을 조심스레 조명해보는 나만의 홈 무비를 찍는 동안은 바로 당신 자신이 그 영화의 감독이며, 또한 모든 것은 감독의 편집기술에 달린 것이다. 같은 자전적 소재라도 감독의 짜집기 능력에 따라 저녁 6시 뉴스에나 나오는 끔찍한 사건 사고 소식이 될 수도 있고, 또 거기에 약간의 스필버그식 상상력만 가미한다면 많은 팝콘을 팔아치울 수 있는 커다란 블록버스터가 되기도 하니까 말이다.

제7장 탐닉의 즐거움

최고의 것은 모두 대가를 치러야 얻을 수 있는 법!

인생에 있어서 최고의 것들은 대부분 모두 비싼 값을 치러야만 얻을 수 있는 것들이다. 그것들은 대부분 우리에게 돈이나 칼로리, 시간의 소비를 요하지만 그런 만큼 그만한 가치를 지니는 것도 사실이다. 아무것도 하지 않고 가만히 앉아 있는 것은 그리 길지 않은 우리네 삶을 즐겁게 만들어 주는 수많은 기쁨과 쾌락을 접할 수 있는 기회를 놓치는 일이라고밖에 달리 해석하기 어렵다. 자, 이제 지루한 일상으로부터 탈출하라. 설령 집안에 꿀꿀하게 처박혀 있을 때라 할지라도 룸서비스의 사치를 한껏 누려 보는 거다. 캐비아를 주문하고 샴페인을 터뜨리자. 술집에서 친구들과 함께 야단법석을 떨며 신나게 노는 중이라면? 값비싼 트뤼플을 좀더 시켜 보자! 지금은 인생을 한껏 즐길 시간……. 그 값은 나중에 지불해도 늦지 않다.

현대의 매력적인 아가씨란 하얗게 화장을 하고 고운 자태로 앉아 우아하게 샐러드나 조금씩 찍어 먹고 있는 여자가 아니다. 진정한 매력의 소유자란, 저녁 식사 전에 알맞은 굴소스를 주문할 줄 알고 싱글 몰트 스카치는 어떤 방법으로 증류되는지 정도는 상식으로 알고 있으며, 또한 맛있는 디저트를 제대로 고르는 법을 터득하고 있는 사람이다.

샴페인

인생에 있어서 샴페인처럼 매혹적이면서 동시에 이처럼 실없어 보이는 것이 또 있을까? 샴페인은 우리의 코를 간질이고 웃음을 자아낸다(거품으로부터 나온 이산화탄소가 알코올로 하여금 우리의 혈관 속으로 더욱 빨리 스며들도록 돕기 때문이다). 심지어 17세기에 이 샴페인이란 음료를 처음 발견했던 돔 페리뇽(Dom Perignon ; 최고급 와인 - 옮긴이 주)조차 자신의 동료 수도사에게 다급히 달려가 이 사실을 알릴 때 혀가 약간 꼬부라진 상태였다고 하니까. "어쉬들 와보라구 - (딸꾹!) 내가 쥐금 엄청난 놈을 마쉬고 있다니깐 - (딸꾹!)"

그런데 놀랍게도 이 돔 페리뇽은 가장 비싸고 고급인 동시에 가장 밋밋한 샴페인이기도 하다. 다시 말해 거품이 샴페인의 전부가 아니란 말이다. 정의에 의하면, 진정한 샴페인이란 프랑스 동북부의 샹파뉴(Champagne) 지방에서 자란 포도로 만든 것이라고 한다. 그 이외의 것들은 단지 스파클링 와인이라고 할 수 있다. 샴페인의 품질은 당도와 거품에 의해 평가된다. 좋은 샴페인일수록 거품의 크기는 작고 그 수는 많다. 일반적으로 드라이할수록 더 좋은 샴페인이라고 할 수 있으며, 이는 상대적으로 두통을 덜 일으킨다고 한다.

브루트(Brut)는 당도 2퍼센트 이하의 매우 드라이한 상태를 말한다. 그 다음은 엑스트라 세크(Extra sec, sec은 불어로 'dry'의 뜻), 세크(sec), 드미 세크(demi sec), 그리고 두(doux, 당도가 매우 높은 디저트용 와인) 등으로 나뉜다. 좋은 샴페인을 최고의 상태에서 즐기려면 마시기 약 2시간 전에 냉장고에 넣어 두었다가 꺼내어 서빙하면 된다. 그보다 더 오래 두면 향이 약해지게 되는데, 바로 이것이 싸구려 샴페인이 절대로 아주 차가운 상태에서 서빙되지 못하는 이유이다. 20분 안에 병을 신속하게 냉각시키려면 물과 얼음을 채운 통 안에 샴페인 병을 담가 두면 된다(이는 냉각된 공기나 얼음보다 차가운 기운을 더 효과적으로 전도시키기 때문이다). 마지막 5분 동안은 병을 거꾸로 해서 넣어 두도록 한다. 서빙할 때 가장 중요한 포인트는, 최대한 요란하게 마개를 따되, 흘리는 샴페인의 양은 최소로 하며, 또한 거기 모인 사람들에게 피해를 주어서는 안 된다는 것이다. 그 코르크 마개 밑에는 약 70파운드 정도의 압력이 존재하므로 절대 흔들지 않도록 한다. 코르크 마개가 아닌 샴페인 병 자체를 천천히 돌려 엄지로 살살 따보자.

자, 다음은 글라스에 따를 차례. 눈물샘을 자극할 만한 남녀의 찡한 사랑을 다룬 흑백영화에서 흔히 볼 수 있는 샴페인 잔은 마리 앙투아네트(Marie Antoinette)의 가슴 모양을 모델로 하여 만든 것이다. 이 잔은 모양이 예쁘기는 하지만 플루트 모양의 길쭉한 잔이나 튤립 모양의 잔에 비해 거품을 오래 간직하지는 못한다.

아무튼 어떤 잔을 사용하건 간에 샴페인을 따를 때에는 비행기 승무원처럼 따라 보자. 우선 샴페인 잔 안을 1인치 정도만 먼저 따라 채우도록 한다. 그런 다음, 약간의 시간을 두고 다시 잔의 테두리에 닿을 듯 말 듯한 상태에서 테두리를 따라 돌아가듯 잔을 채운다. 남은 샴페인이 있다면 계속해서 마셔 주자. 비상시에는 바늘이나 핀을 병 안에 떨어뜨린 다음, 고무풍선으로 잔을 덮은 후 고무줄로 잘 묶어 둔다. 그러면 이 샴페인은 당신이 주말 여행에서 돌아올 때까지 얌전한 강아지처럼 잘 기다리고 있을 것이다.

캐 비 아

최음제 및 숙취를 없애는 맛있는 치료제의 역할을 하는 것 외에도 캐비아는 분위기를 대단히 고급스럽고 세련되 보이게 하는 데 큰 몫을 한다. 하지만 이 진미의 전통적 공급원이었던 구 소련 연방의 붕괴 이후, 캐비아의 세계는 혼란 속으로 빠져 들었다. 이란, 중국, 카자흐스탄, 프랑스, 미국 등이 모두 캐비아 생산을 위한 액션을 취하기 시작했다. 그렇지만 어느 나라에서 어업을 하든지 간에, 캐비아에는 항상 다음에 소개되는 세 가지 기본 타입이 있다.

벨루가

캐비아의 대모격이라 할 수 있다. 은빛이 도는 진주알 크기의 이 엄청난 고가의 캐비아 벨루가(Beluga)는, 다 자란 크기가 거의 20피트(약 6미터)에 이르고 무게가 1톤에 육박하며 생존 기간이 무려 150년이나 된 철갑상어로부터 얻어지는 것이다. 카스피해로부터 싣고 오는 것들은 대부분 즙이 상당히 많고 은근한 맛을 지닌다.

오세트라

자동차 세단만한 크기의 철갑상어는, 많게는 3파운드에 이르는 골든 브라운 빛의 알들을 낳기도 한다. 어떤 요리사들은 풍부한 맛을 낸다는, 비교적 알이 작은 이 오세트라(Osetra) 쪽을 더 선호하기도 하는데, 그것은 가격 면에서 훨씬 더 고가인 벨루가보다 이것이 견고하고 단단하기 때문이다.

세브르가

검은 빛깔에 가까운 색을 지니며 알이 아주 작고 반짝거리는 캐비아 세브루가(Sevruga)는 깊은 바닷물 속의 짠맛을 그대로 지닌다. 지금까지 말한 이 세 가지의 캐비아들을 언급할 때, 찾아보아야 할 것이 있다면 그것은 '말로솔(malossol)' 이란 단어일 것이다. 이는 러시아 어로 '소금에 약하게 절인, 짭짤한' 의 뜻을 지니며, 어획 선박의 상위 등급을 가리킨다. 럼프피시 캐비아(북대서양산 성대류의 물고기 알을 염장한 것 옮긴이 주)는 잊어버려라. 물들인 색이 마치 마스카라처럼 번지니 말이다.

  캐비아를 보다 깔끔하게 취하려면 얇은 검은 빵이나 크래커 위에 펴 발라 레몬 등을 뿌려 먹으면 된다. 이때, 차가운 보드카나 샴페인은 마음껏 마셔도 좋다. 왜냐하면 캐비아가 지니는 또 다른 마법 같은 효력이 바로 아세틸콜린 성분이며, 이것이 알코올을 흡수해 주기 때문이다.

새해를 맞이하는 파티 등에 캐비아가 나오면 평범한 테이블도 고급스럽고 화려한 것으로 한 단계 업그레이드되곤 한다. 브런치 테이블에는 멜바 토스트나 한 입 크기의 블리니(blini, 메밀로 만든 팬케이크)와 함께 내간 후, 손님들로 하여금 이 위에 캐비아를 얹고 사워 크림 등을 발라 동그랗게 말아먹을 수 있도록 하자. 손님들의 입맛을 자극할 파스타 요리를 선보이려면 올리브 오일을 뿌린 신선한 링귀니에 페스토를 아주 조금만 넣은 다음, 마지막에 캐비아 알을 조심스레 얹어 대접해 보자. 이것은 치킨류보다도 더 잘 부서지므로 주의해야 한다.

캐비아를 접시에 옮겨 담을 때에는 은수저나 금속으로 만든 포크 등은 사용하지 않도록 한다. 이는 알을 산화시키므로 맛을 볼 때 철과 비슷한 맛이 느껴질 수도 있다. 이때에는 진주나 자개, 유리, 플라스틱으로 된 것들을 이용하면 된다. 캐비아는 부패 속도 또한 매우 빠르기 때문에 항상 낮은 온도의 냉장 상태로 보관해야 한다. 이상적인 저장 온도는 화씨 28도(섭씨 1~3도)이며, 얼음이 담긴 비닐봉지에 넣어 냉장고에 보관하도록 한다. 밀폐된 상태에서는 한달 정도 보관이 가능하다. 일단 개봉된 상태라면 3일을 넘기기 힘들다는 사실을 기억하자.

캐비아를 고를 때에는 그 맛에 대해 이것저것 묻는 등 보다 적극적이 되는 것이 필요하다. 가까이 들여다보며 알이 싱싱한 상태인지를 세심히 체크하도록 하자. 조금이라도 으깨진 상태라면 대개 한번 냉각시켰던 것이거나 제대로 취급되지 못한 것일 가능성이 높다. 알들을 한번 훅 하고 불어 보거나 냄새를 맡아 보자. 이때 생선 비린내가 나지 않아야 좋은 상태의 것이다. 그런 다음, 입천장을 이용해 캐비아를 살짝 으깨어 보면서 구리 맛이나 짭짜름한 정도 등 여러 가지 복합적인 맛들을 음미해 보자. 캐비아의 맛에 심취해 진정 그 향미를 음미하는 듯한 표정을 하며, 괜히 조금이라도 더 집어먹어 보는 것도 좋다. 아무튼 캐비아는 쉽사리 먹어볼 수 없는 엄청난 고가의 식품인 건 확실하니까!

알코올류

웨이트리스가 당신을 주시하고 있다. 다음은 또 뭘 주문할 거지? 하는 얼굴로 말이다. 이젠 집에 가서 침대에 몸을 눕힐 시간도 되었건만…… 배가 터질 정도로 부른 상태인 당신은 거의 무의식적으로 "여기 진토닉 한 잔!"을 외쳐 본다. 사실, 다른 술 이름 따위는 잘 떠오르지도 않기 때문이다. 이곳은 분명 자유 국가이므로 무엇을 주문하건 그건 그 사람 마음이긴 하지만, 식후에 언제나 진토닉을 시키는 것은 너무 판에 박힌 구시대적인 선택이 아닐지. 사실 이것은 당신 자신도, 또 다른 이들도 모두 암묵적으로 인정하는 사실임에도 불구하고 어째서 이렇게 진토닉만을 고집하는 건지 정말 답답한 노릇이 아닐 수 없다. 그런 의미에서, 여기 다양한 종류의 주류와 관련된 짧은 여행을 떠나 보자. 여러 갈래로 나뉜 길에 도달했을 때에는 보다 낯선 이름의 알코올 쪽으로 발걸음을 옮겨 가면서 말이다.

알코올 도수가 낮은 술 누너

핌스 No.1

영국인은 온천욕을 하거나 윔블던 경기를 관전하면서 아로마테라피에 많이 쓰이는 향이 좋은 이 술 몇 잔을 가볍게 즐기곤 한다. 핌스 컵(Pimm's Cup)이라고도 불리는 이 술은 주로 오이와 소다를 곁들여 먹으며, 알코올 도수가 높지 않아 유난히 긴 영국의 오후 시간을 보트의 갑판 위 같은 장소에서 크로켓 따위의 흥미진진한 스포츠 이벤트를 관전하며 가볍게 즐기기에 안성맞춤이다(키니네는 배 멀미를 방지해 주니, 갑판 위에 오를 때 참고하시길!).

캄파리

거품이 예쁘게 이는 이 핑크 빛의 갈증 해소용 음료는 소다와 섞어 마시면 마치 한적하고 아름다운 휴양지에 온 듯한 느낌을 선사한다. 잠깐 쇼핑을 갔다가 이태리제 구두에 눈이 뒤집힌 나머지, 그만 계획에 없던 충동구매를 하고는 집에 돌아와 괜한 과소비에 대한 죄책감으로 인해 속이 몹시 쓰린 상태라면? 캄파리는 이런 때 아주 잘 어울리는 알코올이라 할 수 있다. 남미 기나나무(cinchona tree) 껍질의 추출 성분이 자아내는 이 쓴맛이 당신의 씁쓸한 뱃속을 어느 정도 편안하게 달래 줄 것이다.

페르노

압상트(absinthe, 프랑스산의 매우 독한 술 – 옮긴이 주)의 좀 순하고 부드러운 버전이라 할 수 있는 이 페르노(Pernod)는, 반 고흐(Van Gogh)로 하여금 자신의 귀를 자르게 만들었을 뿐 아니라 수많은 유명 예술가들을 광기로 몰아넣거나 일찍 삶을 마감하게 만들었다는 이야기로 악명이 높은 알코올이다.

감초향을 내는 흥분제인 이 알코올은 1920년대, 고국을 등지고 파리에 거주하던 미국인들에게 특히 인기가 많았다. 이는 젤다 피츠제럴드(Zelda Fitzgerald)와 같은 문인이 프랑스식 카페 안에 앉아 미친 듯이 글을 써내려 갈 때나 또는 괜히 한번 그런 식의 우쭐함에 빠지고 싶어질 때, 소다와 섞거나 언더 락으로 마시기에 적당한 술이라고 하겠다.

자극적인 술, 브레이서

페어 윌리암스

과일즙에서 증류해 낸 무색의 브랜디 페어 윌리암스(Pear williams)는 오드비(eau-de-vie, 고급 브랜디)의 멤버 가운데 하나이다. 과일 꽃에서 정제한 향과 함께 불같이 톡 쏘는 끝맛은 까망베르(Camenbert) 치즈와 같은 느끼한 음식 뒤에 마시면 개운하며, 잠자리에 들기 전에 마시는 한 잔 술로도 잘 어울린다. 비슷한 종류의 알코올로는 커쉬(kirsch)라는 버찌술이 있는데, 이는 체리 맛이 약간 나며 가파른 암벽을 오를 때 수통에 넣어 가기에 어울리는 음료라 할 수 있다. 그라파(grappa)는 포도 짜는 기구에서 나온 포도 껍질과 줄기 찌꺼기를 증류시켜 만든 술이다.

셰리

세기의 호색가 돈 후안(Don Juan)이 자기 전이나 늦은 밤 체스 게임을 할 때 즐겨 마셨다는 이 셰리(Sherry)는, 매우 스페인적이기도 하지만(스페인에서 생산되니까) 그와 동시에 매우 영국적인 술이기도 하다(영국인들이 수입하니까). 어느 때 즐겨도 잘 어울리지만, 특히 오후 3시경 가벼운 스낵과 함께 하거나 늦게 먹는 저녁 식사 시간, 또는 그보다 더 늦은 밤에 마시기에 아주 좋다. 대개 와인의 알코올 도수가 10도 전후인데 반해, 셰리는 와인을 증류하여 얻은 브랜디를 첨가해 알코올을 18~20도 정도로 높이고 또 산소와 접촉시켜 오크통에 보관하게 되므로 보다 특별한 향과 맛, 빛깔을 띠게 된다. 스페인의 남부 지방에서 만들어진 이 셰리 와인은 알코올이 강화된 와인으로, 주로 아페리티프나 디저트용으로 많은 사랑을 받고 있다. 진정한 투우사를 자청하는 사람들은 만자닐라(Manzanilla), 피노(Fino), 아몬틸라도(Amontillado), 올로로소(Oloroso) 등 주로 드라이한 종류를 즐겨 마신다.

풍부한 포도의 맛을 느낄 수 있는 이 유명한 포트(Port) 와인은, 쉽게 말하면 '어른들을 위한 웰치스(Welch's)' 라고도 할 수 있다. 프랑스 인(포트 와인을 식전에 즐기는)들과 영국인(포트 와인을 식후에 즐기는)들은 이를 매우 고급스럽고 귀족적인 주류로 생각하는 경향이 있다. 원래 포르투갈이 원산지인 포트 와인은 셰리와 마찬가지로 일반 와인에 일정량의 브랜디를 첨가하여 알코올 함량을 높인 고전적인 알코올 강화 와인이다. 알코올이 강한 이 달콤한 술은, 작은 잔으로 한 모금씩 마셔 주는 것이 좋다.

때에 따른 음료 만들어 먹기, 레이서스

가끔 뭔가를 마시고 싶어질 때가 있다. 줄기차게 음료를 마셔대기엔 좀 부담스럽고, 아무튼 소량이라도 뭔가로 목을 축이고 싶은 기분이 들 때 말이다. 그럴 때에는 가볍게 커피 한 잔 정도면 괜찮을 것이다.

그렇지만 그것만으론 약간 심심한 감이 없지 않으니, 여기에 삼부카(sambuca, 감초향의 커피 리큐어 - 옮긴이 주)나 티아 마리아(Tia Maria, 럼에 커피 및 기타 향료 등을 배합하여 만든 술. 자마이카산 블루 마운틴 커피를 이용하며, '마리아 아줌마' 라는 뜻이다 - 옮긴이 주), 또는 프라 안젤리코(Fra Angelico, 베리 · 꽃 · 개암 등으로 만든 리큐어 - 옮긴이 주) 등을 살짝 넣어 마셔 보는 것은 어떨까. 코감기 증세가 비친다면 뜨거운 물과 레몬, 꿀 그리고 위스키 한 샷을 넣은 뜨거운 타디

(toddy)를 만들어 쭈욱 들이켜 보자. 추운 스키장에 있는 숙소나 산장이라면 칼루아를 약간 넣은 따뜻한 코코아를 마셔 보자. 또 다른 제안은 이를 슈냅스(Schnapps, 네덜란드식 독한 진 – 옮긴이 주)처럼 만들어 마셔 보라는 것이다. 꽁꽁 얼어 있는 몸을 따뜻하게 녹이는 데 큰 도움이 되어 줄 테니까.

다이아몬드

다이아몬드란 당신의 가장 절친한 친구 가운데 하나여야 한다고 모두들 생각한다. 그렇지만 이 '친구'에 대해 과연 당신은 진정 얼마나 많은 것을 알고 있는지? 그리고 이 친구를 잘 알려면 왜 꼭 약혼이나 결혼까지 기다려야 하는지에 대해 생각해 본 적이 있는지? 이제 그런 관습을 깨고 귀걸이나 펜던트 목걸이의 형태 등으로 먼저 이 고급스러운 친구와 안면을 트고 좀더 일찍 친해지려는 노력을 기울여 보자.

당신이 아끼는 차를 일급 정비사에게 믿고 맡기듯, 그만큼 신뢰할 수 있는 보석세공사를 찾아보자. 상술에 아주 밝은 세공사라면 아마 다이아몬드가 그림이면, 세팅은 그 그림을 끼워 넣는 틀이나 액자와 같이 중요한 것이라고 떠들어댈 것이다. 물론 아주 틀린 말은 아니지만, 그래도 세팅에 돈을 지나치게 낭비하지 않도록 주의해야 할 것이다.

또한 그 보석세공사는 크다고 해서 꼭 좋은 것만은 아니라고 말할 것이다. 물론 다이아몬드가 무게에 따라, 또 캐럿(5carat = 1그램)에 따라 측정되며 십진법(예를 들어 1.25캐럿 정도면 상당히 훌륭한 보석에 들어간다)으로 표현된다는 것은 모두가 알고 있는 사실일 것이다. 그렇지만 캐딜락이 주차공간을 많이 차지한다고 해서 마세라티(이태리 고급 스포츠카 – 옮긴이 주)보다 더 좋아 보인다는 뜻은 아니지 않은가. 중요한 것은 그 스타일이 개인에게 어울리느냐 하는 것과 루페 렌즈 밑에서도 얼마나 반짝거릴 수 있느냐 하는 것이다. 루페(loupe)란 다이아몬드를 확대해 보는 도구로서, 10배 정도까지 확대가 가능하며 다이아몬드의 투명도나 완벽도를 측정하는 데 쓰인다. 그리고 흠집 따위에 너무 연연하지 마라. 육안으로는 잘 보이지도 않는 작은 흠집이 물론 그 다이아몬드의 가치나 희귀성을 결정짓는 데 영향을 미칠 수는 있으나, 그렇다고 그것이 가지는 개성이나 특성에까지 영향을 주는 것은 아니다. 다만, 당신이 스스로를 위해 다이아몬드를 하나 구입하려고 할 때에는 이런 두 가지 모두를 고려 대상에 넣어야 할 것이다.

컬러를 예로 들자면, 다이아몬드가 보다 희고, 또 색깔이 없고 투명할수록 그것은 더 귀하고 고가의 것으로 쳐준다. 그것들은 D(색깔이 거의 없고 투명에 가까움)등급에서 Z등급(노란색 계열에 가까움)까지의 문자들로 그 등급을 분류하여 표시한다. 그런데 노란색을 띠는 다이아몬드는 보다 생동감이 있어 보이며, 특히 세팅이 정교하게 잘 되었을 때에는 더욱 그렇다.

다이아몬드를 고르는 데 있어 절대 놓치면 안 되는 것이 있다면, 그것은 커팅의 문제이다. 커팅된 면이 거친 것은 절대 훌륭한 다이아몬드라고 할 수 없다. 다이아몬드가 지니고 있는 숨겨진 아름다움을 밖으로 표출시키는 것은 그것을 커팅과 광택, 가공을 맡은 다이아몬드 커터의 능력에 달린 것이다.

컷은 이상적인 비례와의 차에 의하여 평가되므로, 무엇보다도 그 비율이 정확한지를 살펴보는 것이 중요하다. 루페를 집어 들고 커팅된 면이나 라운드 부분, 원석 등이 훌륭한 상태인지를 체크해 보라. 원석의 꼭지가 경사져 있는지, 테두리가 한 부분에서 더 두꺼운지, 바닥 쪽 포인트 부분이 얇게 커팅되어 있는지 등을 꼼꼼히 살피도록 한다. 물론 아주 팬시한 형태로 다듬은 고가의 다이아몬드들—서양배 모양, 달걀꼴의 다면체, 장방형의 바게트 형태, 에메랄드 형태 등의 경우에는 커팅의 질을 판단하는 것이 보다 주관적이 되기도 한다. 아무튼 면면이 빛나는 정도가 균일한지, 혹은 데드 스팟(dead spot, 원석의 중앙부를 가로지르는 거뭇거뭇한 짙은 부분)이 있는지와 같은 부분 등은 잊지 말고 꼼꼼히 체크해 두도록 하자. 어떤 다이아몬드가 당신의 숨을 콱 막히게 만드는가? 어떤 다이아몬드가 당신의 눈을 부시게 만드는가?

꽃

고양이보다 값싸고 화분을 돌보는 것보다 손이 덜 가는 것이 바로 꽃을 키우는 일이다. 당신이 혹 살아 있는 것에 대한 특별한 생각이나 관점이 없다 하더라도, 꽃은 그런저런 생각이 없이도 언제든지 가까이할 수 있다는 것이 커다란 장점일 것이다. 그렇지만 예쁜 것들이 정해진 것보다 너무 일찍 죽어 가는 모습을 지켜보는 일만큼 우울한 일도 없을 것이다. 그러므로 몇 가지 간단한 치료법을 익히고 부엌 서랍 안에 있는 간단한 기구들의 사용법을 효과적으로 알아 두는 것으로, 그들을 최대한 오랫동안 예쁘게 키워갈 수 있도록 해보자.

꽃을 꺾는 것이 그들에게 커다란 상처를 입히는 일이란 것은 너무도 당연하다. 당신 또한 그들에게 예전의 행복했던 상태를 되돌려 주기를 원할 것이다. 물을 듬뿍 줄수록 좋다는 건 모두가 아는 사실. 맨 먼저, 꽃을 꽃병에 담갔을 때 잠기는 줄기 부분의 잎과 싹들을 깨끗이 없애 주도록 하자. 이렇게 함으로써 꽃들로 하여금 물을 보다 더 잘 흡수하게끔 만들고, 또한 물도 더욱 깨끗해질 수 있기 때문이다.

대부분의 꽃들은 아랫줄기 부분을 비스듬하게 한 번씩 더 잘라 주는 것이 좋지만, 아네모네와 튤립, 수선화와 같이 관을 가진 꽃들은 예외다. 이와 같은 꽃들은 비스듬하지 않게 줄기와 수직을 이루도록 똑바로 절단해 주어야 한다. 이렇게 가

위질을 하고 난 꽃들은 바로 물에 꽂아 주어야 한다. 공기가 이 꽃들의 기공을 막아버릴 수도 있기 때문이다. 물은 매일매일 갈아 주도록 한다. 꽃들이 언제나 풍부하고 생기 있어 보이게 하기 위해서는 여러분의 머리에 들이는 만큼의 손질과 컨디셔닝이 필요하다. 꽃들에게 '스타일링'을 해주기 전에, 다음의 몇 가지 오버나이트 트리트먼트 방법들을 익혀 두도록 하자.

장미

아랫부분의 잎과 가시들을 깨끗이 제거하도록 한다. 소량의 끓는 물에 일부러 담가두면 싹을 피게 만들고 꽃을 보다 오래가도록 할 수가 있다. 그런 다음, 미지근한 물(소금 2 테이블 스푼이나 크리살 파우더(Chrysal powder)를 담은 작은 향낭을 넣은 물 1갤런)에 첫번째 가시나 잎이 달린 부분까지 물에 잠기도록 담가 둔다. 줄기의 끝 부분을 녹은 봉랍에 담갔다 빼면 물 밖으로 꽃을 꺼내 놓아도 몇 시간 정도는 거뜬히 싱싱함을 유지하는 듯 보일 것이다.

튤립

설탕 반 티스푼을 넣은 따뜻한 물 1쿼트(약 0.95리터, 물 2컵 분량) 안에 담가 두자. 줄기가 휘는 것을 막기 위해서는 젖은 신문지로 돌돌 말아 꽃봉오리 바로 아래쪽까지 잠기도록 차가운 물에 담가 두도록 한다.

아이리스 & 데이지

1쿼트의 물에 페퍼민트 오일 3방울을 떨어뜨려 관리한다.

라일락

가지 밑 부분의 껍질을 벗겨 낸 후, 끝 부분을 망치로 두드리고 문질러서 크리살 파우더(chrysal powder)를 넣은 찬 물에 담가 두도록 하자.

백합

물 1갤런에 식초 1/2컵을 넣어 담가 둔다.

보기에 좋은 것이 먹기도 좋다!

튀긴 서양호박꽃 요리

이태리의 여름철 별미로서, 어린 참나리처럼 생긴 이 밝은 오렌지빛 호박꽃이 매우 연약하여 부서지기 쉽기 때문에 재료를 구하는 데 약간의 어려움이 있을 수도 있다. 그러므로 야채 시장에 갔다가 이것들을 보게 된다면 살 수 있는 만큼 다 사도록 하자. 또, 남의 텃밭에서 자라고 있는 탐스러운 호박들을 발견했다면 당장 힘껏 브레이크를 밟아 멈춰 선 후, 할 수만 있다면 최대한 많이 훔쳐(!) 오자. 일단 집에 도착했다면, 우선 호박꽃잎들을 탈탈 털어 벌레들을 떼어 내고 가운데 부분에 모차렐라 치즈나 앤초비를 뿌려 둔다. 그런 다음 밀가루와 우유를 섞어 얇은 반죽을 만들고, 준비한 호박꽃을 여기에 담갔다가 뜨거운 기름에 살짝 튀겨 소테(sauté)를 만들어 먹으면 된다. 호박꽃 절도 혐의로 감옥에 끌려가게 되더라도 후회하지 않을 만한 맛임을 자신한다!

'보드카 정물화'

게르트루드 슈타인(Gertrude stein)의 친구이자 언제나 인생에서의 즐거움을 추구하며 살았던 앨리스 토클라스(Alice B. Toklas)는 매혹적인 허브뿐만 아니라 꽃을 가지고 여러 가지 실험을 하는 것을 좋아했다. 보드카 1쿼트를 담은 작은 단지 안에 1파운드 정도 되는 카네이션잎, 제비꽃잎, 그리고 오렌지꽃잎들을 말린 정향나무 가루와 시나몬 스틱(계피로 만든 막대기 - 옮긴이 주)과 함께 재어 둔다. 이를 한달 정도 그대로 놓아두어 꽃잎 향을 진하게 우려낸 다음, 커피필터를 이용해 걸러 낸다. 마지막으로 설탕이나 꿀을 넣어, 꽃잎의 향기가 그윽하게 배인 이 기분 좋은 음료를 음미해 보자.

굴

껍질에 붙어 있는 굴을 후루룩 소리를 내며 한 입에 빨아들이는 것은 사람들이 바

글대는 레스토랑 안에서 섹스를 하는 것과 같은 기분을 선사하기도 한다. 어쨌거나 그럴 마음을 먹었다면, 마음속에 자리한 금기를 무시하고 무조건 달려들어 보는 거다. 그렇지만 언제나 안전한 길을 택하는 것이 중요! 여기 소개하는 굴에 대한 약간의 지식들만 알아 두어도 건강을 위협하는 요소들에서 벗어나는 한편, 만족감 또한 극대화시킬 수 있을 것이다.

참고로, 〈플랜드 오이스터후드 Planned Oysterhood〉에서 발간하는 팸플릿을 잘 살펴보도록 하자. 굴의 기원, 굴에 관련된 사실들, 그리고 갑각류와 같은 이런 류의 음식에 관심이 많은 여성들이라면 알아 두어 도움이 될 만한 이야기들로 가득하니까 말이다.

굴은 당신에게 좋아요! 또 좋지 않아요!

싱싱하지 못한 굴을 먹는 것은 겨울철 비바람 속에서 허우적대는 것보다도 훨씬 더 최악의 상황으로 몰아갈 것이다. 신선한 굴은 통통하게 살이 올라 있고(신선한 놈은 적어도 바람 빠진 타이어처럼 보이지는 않는다), '리커(liquor)'라 불리는 짭짜름한 소금기와 달콤한 향을 지니며 신선한 색을 띠게 된다. '바다의 우유'라고 불리는 굴은 또한 인, 철, 구리, 요오드, 그리고 성적인 욕구를 증대시킨다는 비타민 D 등을 더할 나위 없이 풍부하게 함유한 비타민과 미네랄의 보고라고 할 수 있다.

굴은 사랑의 미약!

아직 이것이 과학적으로 증명된 바는 없지만, 카사노바(Casanova)는 굴을 하루에 50개씩 먹었다고 전해진다. 그는 분명 굴의 효능에 대해 뭔가를 깨닫고 있었던 것이 틀림없는 것 같다.

굴은 알파벳 R이란 글자가 들어가 있는 달(즉, 연중 5월에서 9월까지를 제외한 기간) 동안에만 먹을 수 있다. 이렇듯 여름에는 굴을 먹지 말라는 경고성 짙은 분위기는 바로 1920년대 자원 보호론자들로부터 시작되었다고 한다. 그들은 굴이 알을 낳는 5~9월까지의 기간 동안 사람들이 굴을 잡는 것을 꺼려했기 때문이다. 아무튼 굳이 그러한 이유를 대지 않더라도, 이 기간 동안은 다른 때에 비해 육질에 탄력이 없고 끈적거리며, 한쪽으로 치우치거나 물기가 많으므로 그다지 추천할 것이 못 된다.

하지만 굴이 찜통 같은 부엌이나 쨍쨍 내리쬐는 뜨거운 햇볕 아래 장시간 노출된 것만 아니라면 언제든 주문해도 좋다. 보관이나 요리 방식이 믿을 만하다고 판단된다면, 위에서 언급한 시기에 따른 맛의 변화 정도는 취급상의 부주의에 따른 변화에 비하면 그리 대수롭지 않기 때문이다.

프랑스 파리 풍의 어떤 레스토랑은 껍질과 몸체를 잇는 근육 부분을 일부러 자르지 않은 채로 서빙하여, 고객들로 하여금 신선한 레몬 즙이나 후추를 뿌렸을 때 굴이 몸을 움츠리는 모습을 직접 볼 수 있게 하기도 한다.

그렇지만 오늘날 미국의 대부분의 식당에서는 굴을 보다 보기 좋고 먹음직스럽게 보이기 위해 근육 부분을 커팅한 뒤 껍질 안에 얌전히 뉘어 놓기 때문에, 이러한 신선도 테스트도 통하지 않는다는 아쉬움이 있다.

모든 굴은 동등하게 태어났다?

웨이터가 블루 포인트(Blue Points)니, 체사피크(Chesapeakes)니, 말페크(Malpeques)니 하는 이름들을 주워 섬기며 주르륵 늘어놓으면, 아마도 당신은 그것들이 도대체 어떻게, 얼마나 다른 것인지 몰라 땀만 연신 훔치는 사람 중의 하나일 수도 있겠다. 간단히 말해, 그것은 그 굴을 길러낸 바다의 차이라고 할 수 있다. 지중해와 아틀란틱 해, 체사피크 만(Chesapeak Bay)과 멕시코 만(Gulf of Mexico)등과 같이 말이다.

여러 종류의 굴을 간단히 소개하자면……

- **말페크(Malpeques)**: 작고 소화하기 쉬워, 굴 요리에 익숙하지 않은 사람들에게 적합하다. 프린스 에드워드 섬(Prince Edward Island)에서 자라며, 상추처럼 약간 쌉쓸하면서도 괜찮은 맛을 내며 장방형의 끝이 뾰족한 껍데기에 싸여 있다.

- **벨론(Belons)**: 굴의 제왕이라 부를 만한 것. 전통적으로 유럽에서 나지만 오늘날에는 세계 도처에서 볼 수 있다. 달콤하면서도 짭짤하고 매우 강렬한 맛으로 유명하다. 껍데기는 둥글고 납작한 모양이다.

- **웰플릿(Wellfleet)**: 웰플릿(Wellfleet)과 케이프 코드(Cape Cod, 미 매사추세츠 주의 반도)에서 생산된다. 기분 좋을 정도로 짭짜름하며 바다 특유의 시원하고 깔끔한 맛을 느끼게 한다. 타원형의 껍데기.

- **구마모또(Kumamoto)**: 초록빛을 띠는 빛깔 때문에 지레 겁먹을 필요는 없다. 이 볼품없어 보이는 자그마한 굴은 원래 일본이 그 원산지이지만 지금은 캘리포니아에서 많이 재배된다. 과일 맛이 나며 육질이 아기살만큼이나 부드럽다.

- **포르투갈 오이스터(Portuguese oysters)**: 1920년대 헤밍웨이가 파리의 카페에서 즐겨 먹었던 이 종류는 오늘날 밴쿠버 등 태평양 서북부 연안에서 널리 맛볼 수 있다. 이 종류는 크기가 비교적 크고 씹히는 맛이 있으며, 요리를 해 먹는 편이 더욱 맛이 좋다. 괜스레 남성다움을 과시하고 싶어하는 이가 있다면 주름진 녹색 껍질에 들어 있는 이 굴을 날것으로 주문해 먹도록 권해 보자.

- **블루 포인트(Blue Points)**: 한때 뉴욕의 독특한 굴로써 각광을 받았으나, 오늘날에는 더 이상 생산되지 않는다. 이제 이 이름은 대서양에서 자라는 부드러운 보통 굴들을 지칭하는 용어로 쓰이고 있다.

굴 먹는 모습은 어쩐지 좀 바보처럼 보인다?

그것은 당신이 굴을 먹는 기술(!)을 제대로 익히지 않았을 경우에만 그러한 것이다. 생선용 포크를 칵테일 소스에 담갔다가 그것을 굴 위에 두드리듯 살짝 발라 주자. 고급스런 장소에서는 한 손으로 껍데기를 들고 다른 손으로 석화에 포크질을 하면 된다. 그렇지 않으면, 껍데기의 넓은 쪽 끝 부분을 입술까지 올려대고는 굴과 즙 전부를 '마시듯이' 빨아들인다. 샷 잔을 가져다 굴을 원샷하듯 마셔 버리는 것은 마치 부엌 바닥에서 그렇게 하는 것과 같다. 굴만 싱싱하고 좋은 것이라면야 굴을 완전히 소화시키기 위해서 반드시 최고급 화이트 와인이 필요한 것은 아니다. 이는 잘못하면 무스카데(muscadet)와 무스카텔(muscatel) 수준의 와인과 함께 굴을 먹는 즐거움을 망칠 수도 있기 때문이다. 영국인들은 샴페인과 흑맥주를 섞어서 그것과 함께 굴을 삼킨다. 그렇지만 위스키나 브랜디 또는 그 밖의 독한 종류와는 섞어 마시지 않는다. 왜냐하면 굴이 독한 술과 함께 위장에 들어가게 되면 그 안에서 '상당히 이상하고 불쾌한 반응'을 내보이기 때문이다. 그 구체적인 내용을 나열하자면 꽤나 지저분해질 수 있으므로, 그저 원래 굴의 효력과는 반대로 '오히려 정욕을 감퇴시키게 한다'는 정도로만 마무리하도록 하자.

싱글 몰트 스카치

고급스런 향기, 참나무의 그윽함과 더불어 강하고 짭잘하고 쌉싸름하면서도 부드러운 맛, 나무 향내음과 다양함, 그리고 풍부한 뒷맛." 이제 사람들은 와인광들이 와인에 대한 예찬론을 펼치는 것과도 같이 스카치 위스키에 대해 이야기하며, 한 잔의 스카치를 마시기 위해 이태리산 적포도주 한 병의 값을 거리낌없이 낸다. 우리는 지금 소다와 함께 주문하는 싸구려 스카치에 대해 얘기하고 있는 것이 아니다. 그것은 블랜딩한 스카치일 뿐, 여기서 말하고자 하는 '싱글 몰트 스카치'란 전혀 다른 세계의 이야기인 것이다.

스코틀랜드에는 프랑스 보르도 지방에 있는 포도농장의 수만큼이나 많은 증류소들이 있는데, 이들이 혼합주 제조업자들에게 밀리지 않는 것이 있다면, 그것은 정말 좋은 원료만을 소량 생산하여 유지한다는 점이다. 그것이 싱글 몰트가 되기 위해서는, 순수한 증류소에서 생산된 100퍼센트 맥아 보리(곡물로 만든 위스키가 전혀 섞이지 않은)로 만들어지고, 그런 다음 자신만의 제조 노하우를 고집스러울 정도로 고집하며, 그것을 평생의 자랑으로 여기는 울 모자를 쓴 키 작은 스코틀랜드 노인에 의해 3년~25년 동안 참나무통에서 숙성되어 만들어지는 것이다.

맛을 내는 데 영향을 끼치는 것에는 정말로 많은 종류가 있다. 맥아가 마시며 자란 봄비에서부터 증류기의 크기, 모양, 그리고 상태뿐 아니라 그들 호수에 산다는 요정과 괴물들에 이르기까지 말이다.

메뉴를 보며 스카치를 주문한다는 것은 이상한 발음을 내는 과정을 거쳐야 한다는 것을 의미한다. 스카치의 이름은 대개 지명에서 따오게 되는 것이 많으며, 이는 그 스카치의 맛이 어떨 것인지에 대한 힌트가 되어 주기도 한다. 리버 스페이(River Spey)를 한 번 골라 보는 것은 어떨까. 이는 하이랜드(Highlands)를 가로지르며 흐르는 강에서 유래한 이름으로, 그곳은 토양이 비옥한 만큼 스카치 또한 토탄질이 풍부하게 함유되어 있을 것이다.

- 스페이사이드(Speyside): 달고 가벼운 맥아를 생산하는 증류소를 가진 빽빽한 계곡에서 유래.
- 리벳(Livet): 스페이(Spey) 스카치의 약간 다른 버전, 글렌리벳의 고향, 첫 번째 위스키, 모든 '글렌' 위스키들의 대장격(민감한 기품에 섬세한 향, 그리고 쌉싸름한 토탄질 맛이 그리 많이 나지는 않는다).
- 아일레이(Islay): 스카치 가운데서도 쌉싸름한 토탄질의 맛이 대단히 많이 함유되어 있고, 자극적이며 가장 중량감 있는 것으로 악명 높은 서부 해안가에 있는 섬 이름에서 유래했다.

이것들은 모두 최소한 40퍼센트 이상의 알코올을 함유하고 있으므로 천천히 삼키도록 하자. 그리고 입 안에서 술을 돌리는 것은 삼가자.

트뤼플

각각 화이트 트뤼플(송로버섯의 일종)과 블랙 트뤼플의 모국이라 할 수 있는 이태리와 프랑스에서 트뤼플의 짧은 한 시즌 동안 그쪽 사람들이 벌이는 행동들을 보게 된다면, 여러분은 분명 그 짧고 뭉툭한 버섯이 그쪽 나라들에서는 불법인 게 틀림없다고 생각하게 될 것이다. 그들은 차 뒤에서 트뤼플을 매매하곤 한다. 알바(Alba)에 있는 유명한 트뤼플 시장은 마치 마약 특판장을 연상케 한다. 트뤼플을 파는 상인들은 가지고 있는 '상품'들을 눈금 저울로 재어 팔고, 또 제일 좋은 품질은 주머니 속에 넣어 두었다가 가장 많은 돈을 건네는 트뤼플 중독자들에게 팔기 때문이다. 밀수에 대한 유혹에 더해, 트뤼플들은 요즘도 그 향이 가장 강한 한밤중에 비밀리에 채집되고 있다고 한다. 손전등과 '자페타(zappeta)'라 불리는 특별 곡괭이로 무장한 트뤼플 사냥꾼들은 20피트 밖에서도 12인치 깊이에 박혀 있는 트뤼플의 냄새를 맡을 수 있는 개나 돼지를 데리고 그것들이 자라고 뿌리를 내리는 어린 참나무 밑을 찾아다닌다.

타락이나 무절제와 자주 연관되어 생각되곤 하는 이 트뤼플은 로마 시대에 금지를 당하기도 했지만, 일부 무허가 술집 등에서 그 시대의 멋쟁이들에 의해 비밀스럽게 소비되곤 했다. 지금은 이것들이 합법적인 것이므로, 이 귀하고 중독성마저 있는 엄청나게 맛있는 음식을 충분히 취해 보자. 이 버섯이 풍기는 사향 내음은 마늘이나 치즈, 그리고 아직 준비가 덜 된 침대 등과 비교되어 왔다(남성의 섹스 호르몬과 비슷한 물질인 테스토스테라즈(Testosterase)가 트뤼플이 내는 그 섹시한 향을 만들어 주는 것이다). 이러한 강도 높은 경험은 트뤼플 리조토(risotto, 이태리의 스튜 요리 - 옮긴이 주) 한 접시에 거의 한 달 집세만큼의 돈을 지불해야 하는 레스토랑에서는 어울리지 않는 것 같다. 그곳에서는 조막 만한 버섯 몇 개만 달랑 담아 내올 것이고, 당신은 오직 '조금만 더 주지!' 하는 생각밖에 들지 않을 것이다. 진정으로 이 트뤼플의 향연에 빠져 들고 싶은 사람이라면 이를 집에서 즐기는 방법밖에는 없을 것이다. 집에서라면 같은 값으로도 더 많은 트뤼플을 즐길 수 있으니까.

가을에는 검은 종류의 트뤼플을 사도록 하라. 이때는 습할수록 더 좋은 품질을 얻을 수 있다. 그 가운데 뛰어난 것은 단연 페리고르(Perigord)이다. 이는 프랑스 남서부에 있는 지명에서 따온 이름으로, 사람들은 이를 '검은 다이아몬드(Black Diamonds)라고 불렀다. 이는 주로 요리용으로 쓰이며, 쌀과 함께 팩으로 판매되기도 한다. 잘게 조각낸 버섯은 치킨 속을 채우거나 으깬 감자 요리를 더 감칠맛 나게 만드는 재료로 쓰이기도 한다. 이태리산 흰 트뤼플은 11월까지가 먹기에 좋은 시기이며, 보통 날것으로 먹는다. 만돌린으로 종잇장처럼 얇게 깎아 내어 샐러드나 파스타 등에 버터와 함께 넣어 먹어 보자. 자르는 방법이 어떻든지 간에, 트뤼플이 들어감으로써 평범한 요리가 보기만 해도 침이 꿀꺽 넘어가는 훌륭한 요리로 바뀔 수 있는 것이다. 이 특별한 음식물은 사람을 자극해 열정적인 꿈을 도발한다고 하니 조심들 하시라. 혹은 그것들 자체가 꿈일런가?

와인

자기만 뭘 좀 안다는 듯 거만을 떠는 소믈리에(sommelier, 레스토랑의 포도주 담당 안내원)에게 보여 줄 수 있는 최고의 대응법은 이쪽도 역시 프로라는 듯 멋지

라벨을 읽어라

와인 병에 붙은 라벨은 포도주를 만들어 파는 사람이 자기 상품에 대한 자랑이나 광고를 할 수 있는 게시판과도 같다. 즉, 그 상인의 이력서와도 같은 것이 바로 이 라벨인 것이다. 따라서 자랑할 것이 많을수록, 병 위에는 더 많은 정보들이 빽빽이 들어차는 것이다. 만일 병에 '카베르네 소비뇽(Cabernet Sauvignon, 캐버네이 소비뇽)'이라고만 씌어 있다면, 이는 유명 브랜드명에 편승한 이름 없는 상품일 가능성이 크다. 그렇지만 'Château Saint Papillon(샤토 생 빠삐용). Premier cru(프르미에르 크뤼), Mise en bouteille au château(미즈 앙 부테이으 오 샤토). Bordeaux(보르도)'라고 씌어 있다면, 이는 그 와인이 그저 그런 보통 와인이 아니라 유명한 보르도 포도주의 원산지인 생 빠삐용 고장에서 생산되었으며, 그뿐 아니라 그 생산 농장 내의 포도원에서 병에 담는 과정까지 직접 담당했음을 자랑스레 알려 주고 있는 것이다. 그러한 것이 많을수록, 여러분은 그 와인을 생산·판매하는 사람의 소소하고 비밀스런(?) 정보에 보다 가까이 다가가게 되는 것이다.

그러기 위해 알아 두면 좋은 몇 가지 용어들: 'Premier Cru(프리미에르 크뤼)'란 '첫번째 재배품'을 뜻하며 가장 오래되었음을 의미하므로, 그만큼 좋은 와인이라는 의미이다. 'Grand Cru(그랑 크뤼)'는 '더할 나위없이 좋음'을 의미한다. 'Château(샤토)' 혹은 'Reserve(레제르브)'는 대개 그 포도원에서 생산한 와인들 가운데 나머지보다 품질이 한 단계 앞서는 것을 지칭한다. 'Les(레)'나 'Clos(클로)'가 붙은 말들도 한 번쯤 찾아보아야 할 단어들이다. 마지막으로, 병 어느 구석에서건 'Baron de Rothschild'란 이름을 발견했다면, 그것이 얼마이든 간에 무조건 사들이도록 하라.

- 와인 잔(glasses): 잔이 투명할수록 와인의 색을 좀더 잘 살필 수가 있다. 잔을 들고 그 뒤에 메뉴판을 세워 보는 것으로써 레드 와인(적포도주)이 괜찮은 상태인지를 알 수가 있기 때문에, 이때 이런 잔의 투명도가 도움이 되는 것이다. 레드 와인은 숙성할수록 색깔이 엷어지기 때문에, 만일 여러분이 마시려는 비노(vino, 이태리산 저가의 적포도주 – 옮긴이 주) 잔을 통해 메뉴판에 있는 글자를 읽는 게 가능하다면, 이는 괜찮은 와인이라고 판단할 수 있다. 와인 잔은 향을 머금고 있기 위해 가장자리 부분이 곡선을 그리듯 동그랗게 굽어져 있어야 한다. 그렇지만 테이블 와인일 경우, 주스 잔도 무난하다. 이태리의 식당에 와 있는 듯한 묘한 흥취를 맛볼 수 있기 때문이다.
- 차갑게 만들기(냉각): 샴페인과 마찬가지로, 와인을 차갑게 하는 가장 효율적인 방법은 바로 얼음물을 이용하는 것이다(8분 정도만 담가 두면 화씨 65도의 와인을 55도 정도로 낮출 수 있다). 여행 중에 빠른 냉각을 원하는 경우에는 젖은 천이나 신문지로 병을 싼 후, 자동차의 열린 창문 밖으로 들고 있도록 하자.

게 최고의 포도주를 골라내는 일일 것이다. 소믈리에가 포도주의 라벨을 보여 주고 시음용으로 약간의 포도주를 따라 주면, 여러분은 잔 아래쪽 대를 잡고 잔을 올려 작은 소용돌이를 그리듯 살짝 돌린 다음(와인의 향이 일어나도록 하기 위해), 향을 음미하듯 깊게 들이마신다. 그리고 나서 웨이터를 보며 향이 괜찮다는 듯 만족스러운 표정으로 고개를 끄덕여 보이며 "훌륭하네요(Magnifique!)"라는 말을 남기자. 세계적인 와인 감별사들도 그 많은 와인들을 전부 다 맛볼 수가 없기 때문에 이런 식으로 코로 향을 맡아 보는 테스트를 하곤 한다. 만약 유황이나 곰

팡이 비슷한 냄새가 나거나 샐러드 위에나 뿌리는 소스 향이 난다면, 그것은 약간 변질된 것일 가능성도 있다. 이런 것이 서빙되어 온 와인을 '정당하게' 되돌려 보낼 수 있는 유일한 경우이다.

마음먹고 새롭게 도전해 본 와인에서 마치 벌목공의 스킨 로션 같은 냄새가 느껴진다 하더라도, 그건 당신 자신의 문제일 뿐이다. 그런 경우는 그냥 와인에 대해 좋은 공부를 한 셈 치도록 하자. 와인 애호가로서, 당신은 스스로의 시음 능력에 대해 배워 가는 학생인 것이다. 좋은 와인이란 단지 자신이 어떤 것을 좋아하고 또 좋아하지 않고의 문제이다. 스스로의 미각을 연구하고 공부하라. 시음할 와인을 입 안에 담고 잠시 동안 두어 보자. 혀 양옆의 약간 얼얼한 듯한 느낌은 산으로 인해 느껴지는 신맛이며, 단맛은 혀끝으로 느낄 수 있다. 타닌산은 혀의 윗부분을 드라이하게 만든다. 포도주를 삼키기 전, 이런 모든 맛들이 어우러져 전체적인 맛으로 느껴지는 데까지는 약 45초가 걸린다고 한다.

이런 맛 테스트는 언제든 응용해 볼 수가 있다. 그러면 만일 캘리포니아 샤도네이(California chardonnay)를 싫어하는 사람이 당신 혼자뿐일 때, 그 이유는 참나무통 안에서 와인을 숙성시킬 때 생긴 타닌산 때문이란 걸 곧 알 수 있게 될 것이다(아니면 보다 오래 숙성된 와인인 것처럼 보이기 위해 넣은 인공 첨가물 때문이든지). 만일 당신이 피노 누와르(Pinot Noir)를 그보다 훨씬 더 비싼 메를로(Merlots)보다도 더 좋아한다면, 그것은 당신이 산이나 과일의 맛을 타닌산보다 좋아하기 때문일 것이다.

사탕나라 여행

당신은 다음의 이미지가 그려지는가? 한창 꽃다운 나이에 버려진 불쌍한 어린 아가씨가 어둠 속에 홀로 앉아 슬픔과 낙담의 수렁 속에서 초콜릿이 마구 묻어나는 더블 초코바를 먹으며, 한 편에는 땅콩이 든 브라우니를 겹겹이 쌓아 두고 다른 쪽에는 설탕을 잔뜩 입힌 케이크를 늘어놓은 모습을 말이다. 죄를 지었을 때의 죄책감이나 실연 후의 우울증, 혹은 불쾌하거나 침체된 기분 상태가 초콜릿의 어두운 동반자가 되었을 때가 있었을까? 자, 이 항우울제와도 같은 효능을 가진 식품에 대한 우리의 관계를 한 번 재평가해 보자.

초콜릿에는 우리가 사랑에 빠졌을 때나 학교 수업을 땡땡이칠 때 우리의 뇌에서 분비되는 엔돌핀 반응을 촉진하는 페닐레틸라민(phenylethylamine)이라는 화학물질이 함유되어 있다. 25파운드 이상의 초콜릿을 먹으면 마리화나와 맞먹는 효과를 나타내기도 한다. 그렇다고 해서 기분이 엄청나게 우울할 때나 무지하게 열받았을 때에만 이용하라는 의미는 아니다. 아무 생각 없이 즐겁고 유쾌하게 먹어대던 젊은 시절로 되돌아갈 수는 없을까? 길모퉁이 가게에서 산 '초코바' 한 개로 긴긴 오후가 한없는 기쁨과 가능성으로 빛나던 그 시절을 떠올려 보자.

초콜릿 종이 위의 스크래치를 긁어 작은 경품에 당첨되었다고 신나하던 어릴 적 일을 생각해 보자. 그리고 '친구네 개가 새로 아기 강아지를 낳은 날'이라든가 '남자 친구가 너무 말라 보이는 주간' 등의 핑곗거리(!)들을 붙여 뭔가 달콤한 것들을 먹는 이벤트를 만들어 보는 거다. 이를 위해서는 파라핀 종이나 양피지, 커다란 이중 냄비 등에 대한 두려움을 극복하는 것이 필요하다. 휘트먼 견본에다 이상하고 신기한 맛이 나는 단 사탕류라면 원하는 것은 무엇이든 넣어 함께 섞어 보자. 메이플 시럽이나 한번 깨물었다 맛이 없어 다시 뱉은 것들만 제외하곤 뭐든 넣어 섞어서 눈물나게 단 먹거리를 만들어 보는 거다.

캔디를 특히 좋아했던 예전의 전천후 엔터테이너 새미 데이비스 주니어(Sammy Davis Jr.)가 하늘나라에 있는 캔디랜드에서 내려다보며 그의 유명한 노래를 들려줄 것이다. "⋯⋯유년시절의 소망에 대해 말해 보세요~ 그때는 접시도 깨물어 먹을 수 있었죠······."

초콜릿을 마치 금덩이를 다루듯 해보자. 그것을 녹여 뭔가 새로운 것으로 만들어 보는 거다. 냉장고 안에 처박아 둔 먹다 만 초콜릿이나 지난번 발렌타인데이에 선물로 받은 예쁜 초콜릿들, 허쉬 초콜릿, 민트향 초코바 등을 커다란 냄비 안에 함께 넣어 약한 불 위에 올려놓거나 또는 금속으로 만든 그릇 안에 이것들을 넣고 끓는 물 속에 넣어 뭉글뭉글 녹여 보자. 불꽃을 직접 가하면 타버리게 되므로 주의하자. 너무 찐득거리면 크리스코(Crisco)를 넣어 희석시켜 주자.

단, 버터나 마아가린, 특히 물은 '절대' 넣지 않아야 한다. 물은 초콜릿에 잘 활성화되지 않으므로, 단 몇 방울만 떨어뜨려도 곧 굳어져 버리게 된다. 일단 그렇게 되면, 그 어떤 것도 초콜릿의 부드러운 질감을 되살릴 수 없다. 버리고 다시 새롭게 시작하는 수밖에! 초콜릿 4온스당 1테이블스푼의 쇼트닝을 첨가하자.

이제는 원하는 먹거리들을 '담을' 차례. 체리나 프레젤 너겟, 갖가지 모양의 젤리들, 캐러멜, 말린 살구, 커피를 저을 조그만 스푼의 머리 부분, 링 모양 과자, 아삭아삭한 쌀 과자, 갓난아기용 고무 젖꼭지, 팝콘, 비스켓 조각들, 중국 식당에서 식사 후에 주는 행운의 쿠키······ 그 달콤함을 한 입에 넣어 보고 싶은 것이면 그 어떤 것이라도 좋다.

〈윌리 윙커와 초콜릿 공장〉이라는 영화의 남자 주인공 윌리는 여주인공 찰리에게 이렇게 말한다. "······그렇지만 찰리, 어느 날 갑자기 세상의 모든 것을 얻게 된 소년에게 무슨 일이 일어났는지 당신도 잘 알고 있잖아." "소년에게 무슨 일이 일어났는데요?" 윌리는 이렇게 대답한다. "그후로도 오랫동안 행복하게 잘 살았다지." 세상의 맛있는 것을 모두 얻은 멋쟁이 나라의 '그녀들' 또한 그후로도 오랫동안 아주 행복하게 잘 먹고 잘 살았답니다.

제8장 얼렁뚱땅 파티 속에서 더욱 빛을 발하는 그대
부족하지만 사랑할 수밖에 없는 그녀!

파티를 '연다' 거나 잔치를 '벌인다' 라고 표현하는 데에는 나름대로 그럴 만한 이유가 있는 법. 여기저기서 물건들이 깨지고 부서지며, 예기치 않게 일어날 온갖 일들에 대해 마음의 준비를 단단히 해두어야만 한다. 일찌감치 와서 준비하는 것을 돕기로 철석같이 약속한 요리사는 시간이 지나도록 코빼기도 보이지 않고, 초대도 하지 않은 인간들은 불쑥불쑥 쳐들어오고…… 믿을 만한 것이라곤 오직 스스로의 '위기관리 능력' 이랄까, 뭐 그런 유의 반짝이는 임기응변뿐이다. 그렇지만 이것은 엄청난 진수성찬 또는 완벽하고 멋진 연회를 준비해야 한다는 의미와는 거리가 멀다. 요즘같이 바쁜 세상에 과연 누가 그럴 만한 시간을 그리 쉽게 낼 수 있겠는가.

진짜 '쿨' 하고 멋진 파티란 대개 막판에 가서 뚝딱뚝딱, 때로는 얼렁뚱땅 준비하게 되는 파티가 아닌가 싶다. 이때야말로 창조적이고 신선한 아이디어들이 봇물처럼 쏟아지는 시기이기 때문이다. 번뜩이는 영감, 자연발생적으로 마구 튀어나오는 갖가지 대처 능력 등등. 여기서 말하는 파티란, 당신의 아파트에서 열리는 작은 피크닉이 될 수도 있다. 무더운 7월이라 해서 크리스마스 전구들을 켜지

내 결혼식을 빛내 준 수많은 컵케이크들

신시아 어떤 스타일로 자리 배치를 하고 또 어떻게 식을 진행할 것인가에 대해선 대충 정리가 다 된 상태였지. 문제는 '어디서' 이 뜻깊은 식을 올리느냐 하는 것이었어. 그날만 해도 벌써 새 신랑 신부들을 한 다스는 족히 생산, 배출해 냈을 그런 지루하고 재미없는 호텔 식장에서만은 정말이지 절대로 웨딩마치를 울리고 싶지 않았거든. 우리는 우리 두 사람에게 꼭 어울릴 만한 '우리만의' 장소를 찾고 싶었다고. 신나는 놀이공원은 어떨까. 아니면, 엠파이어 스테이트 빌딩은? (나이 드신 우리 아그네스 이모한테 고소공포증만 없었더라면 여기도 꽤 훌륭한 장소였는데……) 볼링장에서 올리는 식은 어떨지? (조명이 썩 마음에 들지 않는 게 흠이었지). 그렇지만 가장 중요한 것은 내가 이 남자랑 결혼식을 올리고, 또 우리가 초대한 사람들 모두가 아주 즐겁고 유쾌한 시간을 보내는 것이었어. 그러다가 문득 생각했지. '그래, 시청은 어떨까?

그런데, 시청이라고 하면 아무래도 좀 진부하게 들리는 감이 없지 않겠어? 그래서 우린 거기에 나름의 변화를 주기로 했지. 그쪽 관계자 분들을 열심히 설득한 끝에, 우린 2층 창문 밖으로 '신시아와 빌이 영원하길(Cynthia and Bill 4Ever)!'이란 커다란 현수막을 내걸도록 하는 데 성공했지. 빌의 삼촌이 아코디언으로 우리의 웨딩마치를 울려 주실 수 있도록 하고 말이야. 그리고 우린 '방금 결혼했음'이란 말을 매단 체커 캡을 타고 브루클린에 있는 활주로까지 신나게 달렸지. 그곳은 빌의 아버지 (즉, 우리 시아버님이 되실 분이지!)가 예전에 특별 경찰의 임무를 완수할 때 헬리콥터를 타고 내리시던 곳이기도 했어. 웨딩홀로부터 40년대 이후론 사용된 적이 없는 4만 평방 피트나 되는 이 거대한 격납고까지 오는 길은 정말 기나긴 여정이라고 할 수 있었지. 게다가 몇 가지 문제점들도 있었고 말이야. 이를테면 전기도 들어오지 않고 소화관이나 가스관도 없을뿐더러 창공으로 멋있게 훨훨 날아올라줄 비둘기 떼도 없었지. 그렇지만 넓은 격납고 안의 DC3를 중앙 장식으로 사용할 수 있는 기회가 일생에 몇 번이나 되겠어?

사실, 생각해 보면 좀 황량하다고 할 수도 있는 곳이긴 했지만, 아무튼 우리는 우리 나름대로 그 장소를 꾸미기 시작했지. 우리는 그곳에 도착하는 하객들에게 배치된 좌석을 알리는 예쁜 '탑승권'을 나눠 주었어. 우리의 축하연장에는 화려한 화환이나 아름다운 여러 가지 꽃다발 따위는 없었지만 한 가지, 해바라기만은 엄청나게 많이 준비했었단다. 해바라기는 우리 둘에게 있어서는 더없이 뜻깊은 꽃이었지. 그것들은 빌이 내게 **프로포즈**를 했던 이태리의 노천 벼룩시장의 해바라기 꽃가게를 떠오르게 만들거든. 중앙부에는 흰 면직물로 뒤덮은, 몇백 미터는 족히 될 것 같은 기다란 테이블을 준비했지 (난 하객들을 수십 개의 테이블로 나눠서 앉히는 컨셉은 정말 싫거든. 이렇게 모두가 하나의 테이블에 모여 앉으면 그야말로 행복한 한 가족들의 모임 같지 않겠어?). 테이블 정중앙에는 매직펜으로 사랑의 시 몇 편을 적어 두었지. 그 주위에 하객들이 축하의 메시지들을 한마디씩 남겨 피로연장의 분위기는 더욱 로맨틱하게 무르익어 갔단다.

케이크만 해도 그랬어. 혹시 이런 얘기 들어 본 적 있어? 웨딩 케이크 한 조각을 베개 밑에 넣어 두고 자면 훗날 자신과 결혼하게 될 상대를 꿈에 보게 된다는 얘기 말이야. 뭐, 사실 나도 처음 들어 본 얘기이긴 했지만, 어쨌든 그 얘길 들었을 때 우리는 초대된 하객들에게 웨딩 케이크를 전부 하나씩 나누어 주면 아주 근사한 기념이 되리라는 생각을 했지. 그래서 우린 디저트 테이블 위를 수백 개나 되는 컵케이크들로 가득 채웠단다. 각각의 컵케이크 윗부분은 한 쌍의 행복한 신랑 신부 인형으로 장식을 하고 말이야. 그리고 부케는 말이지……. 알다시피 사실 난 핸드백도 잘 메기 싫어하는 스타일이 아니겠니? 그날도 하루 종일 백합 다발을 들고 돌아다닐 생각을 하니 정말 끔찍하더라구. 그래서 난 각 가방마다 몇 송이씩 나누어 꽂아 두는 것으로 부케 문제를 나름대로 가뿐히 해결했지. 내게 있어선 두 손을 항시 자유롭도록 하는 쪽이 훨씬 중요했거든. 사랑하는 우리 새 신랑을 언제, 어디서든지 꼭 안아 줄 수 있게 말이야!

말란 법은 없는 법. 준비한 고기가 시커멓게 타버렸다면? 샐러드를 먹고 바로 디저트로 넘어가 버리면 되지! '아직 준비가 덜 되었는데 어쩌나' 하는 생각 대신, 어쨌든 먼저 일을 벌이고 보는 거다. 사람들은 대개 '이건 이렇게 저건 저렇게 준비되어야 한다'는, 어떤 일정한 관념에 사로잡혀 있는 것 같다. 자, 이제 그런 고정관념의 틀일랑 과감히 깨보자. 집안에 수프 스푼이 부족하다면? 수프를 그릇째 들고 마시게 하면 되지!

파티란 어찌 보면 한 편의 연극과도 같은 것이다. 친밀한 공간 속에서, 생동감 있게 진행되며, 또한 예기치 못했던 사건이 불시에 일어날 수도 있는 것이 바로 파티의 속성이니까. 동시에 이 점이야말로 바로 파티라는 이벤트의 가장 큰 매력이 아닐까. 여기서 중요한 것은 무슨 일이 있더라도 이 신나는 라이브 쇼의 맥이 끊어지지 않도록 계속해서 진행시켜 나가고, 그 와중에 일어나는 갖가지 불행스런 해프닝들은 모두 당신의 즉흥적인 임기응변 능력에 대한 도전으로 여기며, 예기치 못하게 일어난 사태들을 훗날 돌아볼 때 재미있는 추억으로 기억될 만한 순간들로 바꾸어 놓는 것이다.

그리고 만약 모든 것이 계획한 대로, 생각한 대로 착착 진행되기만 한다면 또 어쩌겠는가? 그렇게 되면 문제는 더욱 커질는지도 모른다. 초대받은 손님들은 당신을 인간적인 면이라곤 찾아보기 힘든 '냉정한 완벽주의자' 쯤으로 치부해버릴지도 모르며, 또한 다음번 파티에 대한 높아진 기대 심리 때문에 그쪽이나 당신이나 똑같이 커다란 스트레스에 시달리게 될 것이 분명하니까. 자고로 '완벽'이란 것은 지금까지 너무 과대평가되어 온 경향이 없지 않다.

자, 그러니 그런 '완벽주의'와는 약간 거리가 먼 실수와 헛점투성이의 엽기적인, 그러면서도 한없이 사랑스러운 파티의 주인공이 되어 보는 것은 어떨까. 그녀는 예기치 않은 불행들을 오히려 축복하고, 모험을 기꺼이 받아들이며, 혼란스

우리들이 보낸 그 해의 마지막 밤은

 때는 바야흐로 섣달그믐날 12시간 전. 어디에서도 파티 소식은 없고……. 난 신시아에게 전화를 걸었지. "무슨 특별한 일 없어?" "특별한 일? 없어." 수화기를 타고 흘러나오는 무심한 그녀의 대답이라니. '어떤 일이 있어도 그날 밤을 특별하고 신나는 것으로 만들어야만 한다'는 정신적인 압박감만큼 사람으로부터 즐거운 파티의 참뜻을 쏙 빼버리는 것도 아마 없을 거야. 비싼 정장을 빼입고, 타임스 스퀘어 한복판의 교통대란을 참아 내며, 고급 레스토랑에서 값비싼 정식으로 저녁 식사를 하고……. 그런 건 아무도 원치 않는다구. 뭐. 그 당시엔 특별한 데이트 상대도 없었던 사실은 차치하고서라도 말이지. 아무튼, 이 모든 변명거리들도 사실 점점 더 궁색해 보이기 시작했어. 게다가 시간은 째깍째깍 무심히도 계속 흘러가고 있었고 말이야.

자, 드디어 긴급 결단을 내릴 시간이 도래한 거야. A계획이 빈칸으로 남아 있다면 재빨리 B계획으로 넘어가는 순발력도 필요한 거 아니겠어? 우리의 B계획이란 바로 시내를 벗어나 한적한 언덕배기로 향하는 거였지. 강 위쪽 언덕에 위치한 신시아네 집으로 말이야. "집에 포도는 있으니까, 넌 생선을 좀 가져오도록 해." 신시아가 말했어. "모두 행운을 비는 뜻에서라는 거, 알지? 참, 노란색 계통의 속옷을 입고 오는 것도 절대 잊지 말고!" 알겠지만, 물론 이것도 행운을 비는 의미에서지. 난 곧장 특산물 가게로 달려갔어. 캐비아, 신선한 크림, 훈제 송어와 연어, 사탕무 샐러드, 오이가 든 콘슬로 등등……. 세상에, 난 생선 몇 마리가 지갑에 그렇게 큰 구멍을 내리라곤 생각도 못 했지! 아무튼 그 돈은 '내년'에 갚아도 되는 거니까, 뭐!

친구 몇몇을 더 꼬드겨서(?) 우리의 목적지에 도착했을 즈음엔 날이 벌써 어둑어둑해지고 눈발도 약간씩 흩날리고 있었어. 그날 밤 모두 외박을 작정하고 집을 나선 처자들이었는데, 신시아는 '집에는 못 가더라도 차도 위에서 썰매 하나는 원없이 타게 해주겠다'며 큰 소릴 쳐댔어. 집 안에 썰매는 없었지만, 대신 빌의 손수레에 달린 팬이 썰매의 역할을 톡톡히 해줬지. 다시 집 안으로 들어가 잠시 얼어붙은 몸을 녹인 후, 우리는 파티 때 쓰는 각종 시끄러운 기구들이랑 얼음 안에 담긴 샴페인을 꺼내 들고는 따뜻한 불과 차가운 식사를 앞에 두고 다같이 편안한 시간을 갖게 되었지. 행운을 비는 전통대로 우리는 각자 12개의 포도알을 먹었고, 우리 중 누군가가 찬물 한 바가지를 창문 밖으로 내던져 주었지.

11시쯤 되었을 때, 우리들은 벌써 얼큰하게 취해서는 방안을 이리저리 왔다갔다 하며 그해의 가장 행복했던 순간들과 좋지 않았던 일들을 기억해 내려고 애쓰고 있었어. 11시 45분, 다들 너무도 기분이 좋은 상태였고, 그때 누군가 이렇게 외쳤지. "자정이 되었을 때 난 공중에 떠 있고 싶어!" 알고 보니 그건 신시아였다. 얼큰히 취기가 올라 있던 신시아는 장롱에서 파카와 장갑들을 꺼내 우리들 쪽으로 마구 던져댔지. 12시가 머지않은 그 시간, 우리는 다시금 두터운 옷을 껴입고는 눈 속의 아이들처럼 내달리며 들고 나온 컵에 담긴 샴페인이 이리저리 흘러넘치는 것을 보며 즐거워하고 있었지. 드디어 자정이 되었을 때, 우리들은 거의 '인간 용수철'이 되어 있었다구! 밤하늘의 별들을 향해 마구 뛰어오르던 그 모습들이라니! 그것이야말로 정말 우리가 '하이 라이프(high life)'라 부를 만한 삶이 아닐까 하는데…….

러움을 사랑하는 매력적인 사람이다. 동시에 그녀는 시간 또는 필요한 물건, 재료 등에 있어 부족하다고 생각되는 부분들을 스스로의 번뜩이는 재치와 긴급 스피드다이얼, 그리고 이 책 한 권으로 훌륭하게 보충해 내고야 마는, 그야말로 제일 가는 멋쟁이이기도 하다!

큰 파티일수록 세심하게……

2백 여명을 위한 결혼식이 되었건 단 두 사람을 위한 저녁 초대가 되었건 간에, 모든 파티를 보다 개인적이고 친밀하게 만들도록 노력하자. 이는 전통적인 것과 자유로운 형식을, 공식적인 것과 비공식적인 것을, 캐비아와 스크램블드 에그를 적당히 믹스시킬 줄 아는 지혜를 발휘하자는 의미이다. 현대적인 이벤트란 한마디로 정의하자면 '프리 스타일'이며, 적어도 여러분이 거기에 가서 닭고기 요리를 먹었는지 생선 요리를 먹었는지 하는 것 이상의 무언가를 기억할 수 있는 것이어야 하지 않겠는가.

그리고 작은 파티일수록 크고 성대하게

모든 행사가 전부 몇 주 전부터 꼼꼼히 계획된 것의 결과물일 필요는 없는 법이다. "들쭉날쭉하고 계획성이 좀 부족하다 해도 아무도 해를 입진 않는다." 시간에 쫓겨 준비하게 되는 행사에서 중요한 것은, 어떤 꼬리를 잘라 내는 것이 합당한가 하는 것과 지금 가지고 있는 것을 가지고 어떤 식으로 요리해 낼 것인가를 알아내는 일이다. 모든 일은 어떻게 포장하느냐에 달린 것이니까!

즉석에서 만들어 내는 성대한 테이블

테이크 아웃을 이용한 깜짝 식탁 만들기

여기서 '깜짝'의 숨은 의미란, 손님들이 그것이 주문 배달된 음식인지 모른다는 것이다!

저녁 식사에 사람들을 초대하는 것이 혼자서 힘들게 모든 요리를 준비하는 일을 의미한다고 말하는 사람이 어디 있단 말인가? 주문 배달에 있어 예술의 경지에 도달한 베테랑들은 혼자 하는 그러한 파티 준비에 아무런 부끄러움도 느끼지 않는다. 인터넷에 들어가 주문형 햄 가게를 찾아 버지니아 훈제 전문점으로부터 직송한 신선한 햄을 밤새 꿀에 절이도록 만들자. 아니면 가까운 KFC에 들러 패밀리 팩 몇 개를 시켜 가져오는 것은 어떨지. 물론 팩 속에 들어 있는 상태 그대로는 싸구려 패스트푸드처럼 보일 수밖에 없을 것이다.

하지만 그걸 집으로 가져와 바닥에 빨간 체크 무늬천이 깔린 예쁜 바구니에 담아 백리향 가지 몇 개를 얹어 장식해 보자. 허기에 군침을 삼켜대는 손님들은 당신이 새벽같이 일어나 지금껏 그걸 튀겨 내느라 뜨거운 부엌에서 땀을 뻘뻘 흘렸으리란 것을 굳게 믿고도 남을 것이다. 그들에게 일부러 진실을 말하는 수고까지 할 필요는 없다. 보기에도 좋고 초대받은 그들 또한 기분 좋게 만들어 주는 한은 말이다. 단, 다음의 세 가지만은 한 세트로 기억해 두자. 조명은 되도록 어둡게 하라. 장식하고 꾸미라. 그리고 증거가 될 만한 것은 깨끗이 소멸하라!

정신없는 스피드 식탁 차리기

6명을 초대한 저녁 식사 준비를 해야 하는데, 5시가 되어서야 겨우 사무실을 빠져나오고 있다. 이제부터 머리를 재빨리 굴려야만 한다. 정신없이 집으로 향하는 길, 복잡한 머릿속으로 여러 가지 메뉴들이 주마등처럼 스쳐 지나간다. 그런데 시계를 보니 요리할 시간은커녕 시장을 볼 시간도 별로 없다.

식료품점에 들러 마치 가게 날치기처럼 눈 깜짝할 사이에 필요한 것들을 쓸어 담아온다. 치킨 두 마리(오븐에 구운 치킨보다 더 간단한 것은 없다. 거기다 이처럼 누군가 오븐에 굽는 일을 대신 해두었다면 말할 것도 없지!), 치즈를 파는 쪽으로 재빨리 옮겨 가 염소 치즈 두 덩이, 냉장용 사라 리(Sara Lee) 치즈케이크 하나(어떻게 쓸지는 두고 보면 안다), 그리고 신선한 새끼 당근과 씨감자(뭐든지 작은 것이 빨리 요리하기 쉽고 보기에도 더 앙증맞아 보이는 법!) 등. 농산물 판매대로 가서는 샐러드용뿐 아니라 장식용으로도 이용할 수 있는 것이라면 무엇이든 바구니에 담자. 파슬리, 민트, 로즈메리, 포도, 블루베리, 석류 열매, 꼬마 사과 등등 말이다. 좀 과하다 싶을 정도로 가득 담자. 걱정할 것 없다, 이것들 모두 필요하게 될 테니까.

정신없는 장보기를 끝내고 드디어 집에 도착. 무심한 시계는 여전히 째깍째깍 흐르고 있다. 이제 정확히 59분 안에 하루 종일 땀 흘려 가며 고생고생 준비한 듯 보이도록 만들어야 한다. 오븐 온도는 얼른 350도에 맞추어 두자. 달군 프라이팬 위에 감자와 당근을 던져 넣고 올리브 오일을 부은 다음, 소금과 후추를 잔뜩 뿌려 둔다.

이제 염소 치즈 쪽으로 얼른 눈을 돌리자. 치즈는 마치 찰흙을 다루듯이 하면 된다. 두 덩이를 떼어 내어 납작하게 누른 다음, 하트 모양으로 잘라 내어 접시 위에 담아 두자. 모양이 좀 망가지거나 금이 갔다 해도 눈물을 흘릴 필요는 없다. 무너지는 하늘은 항상 솟아날 구멍을 남기는 법이니까. 체리 토마토(집에 말린 토마토가 있다면 그것들을 이용해도 좋다)나 다른 붉은색 야채들을 더 작게 토막 내어 그 위에 솔솔 뿌려보자. 이는 커피 테이블에 급히 내놓기에도 아주 손쉬운 방법이 될 것이다.

아이쿠, 빵 사오는 걸 깜빡했네! 아쉬운 대로 크래커를 찾아보지만 그것도 여의치가 않다. 그럼 마지막 보루로 오래 되어 딱딱해지기까지 한 저기 저 흰 빵 덩어리에 손을 벌리는 수밖에. 우선 빵 덩어리를 삼각형 모양으로 여러 개 잘라 내자. 오븐은 이미 켜져 있으니 쿠키 시트 한 장만 얼른 깐 다음 마가린을 발라 설탕을 살짝 뿌려 5분 동안만 구워 내면…… 완전 변신 대성공!

자, 이제는 치킨이 든 봉지와 사라 리 케이크 상자를 가져올 차례. 이런! 닭들이 지루함과 따분함을 못 이겨 사망한 듯 보이는 걸. 감자와 당근 침대 위에 둥지를 틀기 전에 우선 로즈메리 한 줌을 뿌려 주어 그들을 소생시켜 놓자. 요즘 유행하는 향기 치료요법쯤으로 생각해 시간을 조절하면 적당할 것이다.

다음, 샐러드는? 얇게 토막 낸 호두와 꼬마 사과, 샐러리 위에 마요네즈를 두르는 손쉬운 월도프(Waldorf) 샐러드면 금방 오케이(각 샐러드 접시마다 옆에 따로 토막 내지 않은 꼬마 사과를 하나씩 올려 두는 것도 좋다).

딩동딩동 현관 벨이 울린다. 이런, 벌써 8시 10분 전이잖아! 샤워를 하거나 옷을 갈아입기엔 너무 늦어 버렸군. 할 수 없지. 깨끗한 에이프런과 빨간 립스틱, 진주 목걸이로 대충…… 그러나 최대한의 노력을 보이는 수밖에. 인사인사, 악수악수, 건배건배. 휴우, 이제 겨우 한숨을 좀 돌리는가 싶더니 웬걸, 이제는 디저트 없냐고 다들 아우성아우성!

좋아, 좋다구. 나도 오기가 있는 사람인데, 어디 끝까지 해보는 거야. 나의 안전한 참호(!)로 돌아와 드디어 마지막 탄약을 장전하는 거다. 아까 그 문제의 사라 리 치즈케이크를 커다란 흰 접시 위에 옮겨 담자. 그런 다음 팬 위에 블루베리 시럽 한 상자를 몽땅 쏟아 붓는다. 설탕 1티스푼을 넣고 약한 불에서 녹이며 달군다. 이제 이것을 접시 위에 있는 케이크 위로 끼얹듯 부어 준다. 일부러 시럽을 접시 가장자리에 몇 방울 뚝뚝 떨어뜨려 가며 말이다(약간 지저분하고 흐트러진 것일수록 더욱 집에서 손수 만든 것처럼 보이는 법!).

점수를 좀더 얻기 위해서는, 가는 치실 한 줄을 이용해 이 치즈케이크의 맨 윗부분을 수평으로 얇게 자른다. 잘라 낸 윗단은 잠시 옆에 두고, 남아 있는 케이크 위에 블루베리 시럽을 가득 부어 준다. 그런 다음, 뚜껑을 덮듯 윗단의 케이크를 다시 올려놓은 후 이번에는 그 위에 블루베리나 체리를 몇 개 얹어 준다.

이 엄청난 홈메이드(!) 케이크를 보며 쩍~ 벌어진 입을 다물지 못하는 손님들이 "세상에, 이걸 손수 만드셨어요?"라고 큰소리로 묻거든, 수줍은 미소와 겸손한 말로 그들의 찬사에 보답하라. "아, 예. 그냥 한 번 해본 건데요, 뭘……."

그 이외의 파티 아이디어

손님을 서빙할 큰 접시가 부족하거나 아예 없을 때

약간의 성형(!)수술과 장식용 야채의 적절한 배치만 뒤따른다면 이가 살짝 빠진 접시나 오래 써서 낡아빠진 도마판도 웨지우드(Wedgwood) 뺨치는 훌륭한 대용품이 될 수 있다. 흔히 쓰이는 초록색 푸성귀들만 좀 있다면 준비는 완벽하다. 아까 언급했던 좀 덜 완벽한 큰 접시나 쟁반을 가져와 커다란 양상추 이파리들이나 나룩풀로 가장자리 부분을 넓게 장식하고 이놀드로 접시 바닥을 덮어 보자.

단, 지나치게 깔끔하게 장식되지 않도록 주의할 것. 그렇지 않으면 사람들의 기대치는 장미 모양으로 깎은 토마토나 동물의 형상을 한 당근, 무로까지 올라갈지도 모르니까. 자고로 음식이란 우리들의 얼굴과도 같아서 지나치게 손질된 모습은 약간 소름이 끼치는 법이라구. 흠흠.

기껏 만든 오믈렛이 반 토막 났다면

우선 가장자리를 잘 정돈하고 파슬리 더미 위에 두 토막으로 나누어 담은 후, 데이지로 둘 사이의 빈 공간을 메워 예쁘게 장식하라.

레이어가 들어간 초콜릿 케이크가 피사의 사탑이 되어버렸다면

기울어진 케이크 쪽에 반달 모양의 맛있는 초콜릿이 들어간 레이어 케이크가 피사의 사탑이 되어 버렸다면……

파티를 벌이기 위한 365가지 핑곗거리들

생일, 독립기념일, 크리스마스와 각종 공휴일들이 샴페인과 불꽃놀이를 즐기도록 허락된 유일한 날들은 아니다. 그대들이여, 무엇을 망설이는가. 우리가 살아가는 매일매일이 이 세상 어딘가에 있는 누군가에게는 분명 즐거운 축제일인 것을. 그러니 내일이라도 당장 신나는 파티를 열어 보자. 구실이란 우리를 위해 그렇게 항시 대기중이니까!

우리 안에 숨어 있는 축제일들과 친밀해지기 위한 열두 가지 스텝

1월 03일 수성이 눈에 보이는 날. 지붕에서 파티를 열자! 커다란 천체망원경을 빌리고 점을 볼 줄 아는 친구들이나 점성가를 초대하자. 그리고 이들에게 분위기에 어울리는 중국 차를 대접해 보자.

2월 02일 그라운드호그(Groundhog)의 날. 저녁파티를 열자. 디저트가 나간 후에는 에피타이저부터 다시 한 번 시작하는 거다.

3월 14일 캐나다 헌법의 생일날. 베이컨을 굽고, 캐나다산 몰슨(Molson) 맥주들을 시원한 얼음통 안에 잔뜩 넣어 두자. 그리고 파티를 하는 동안은 모두 캐나다 사람들처럼 모든 문장을 '어허(eh)?'하는 말로 끝맺도록 약속을 하자. 여기서 보너스 퀴즈 하나 : 캐나다의 수도를 말해 보라. 정답은 오타와(Ottawa), 어허?

4월 28일 노동자????의 날. 친구들을 끌고 하이킹을 나서 보자.

5월 06일 피터 미닛(Peter Minuit)이 맨해튼 땅을 사들인 날. 초대된 사람들 모두에게 칵테일 맨해튼을 한 잔씩 돌리고 대합 차우더(Clam Chowder)를 대접하자. 그리고 연신 프랭크 시나트라(Frank Sinatra)의 '뉴욕 뉴욕'을 배경 음악으로 분위기 있게 깔아 주는 거다.

6월 08일 코울 포터(Cole Porter)의 탄생일. 모두에게 파자마를 가지고 오게 하라. 밤낮을 가리지 않는 파티를 시작할 시간!

6월 21일 여름을 맞이하는 즐거운 날. 집 안에서 해변(!) 파티를 벌여 보자. 바닥에는 얇은 모포를 깔고 비치볼과 파라솔(없으면 아쉬운 대로 우산이나 양산도 좋다)을 준비하자. 아이스박스에 담긴 맥주와 각종 시원한 음료수를 홀짝이며 기분좋게 드러누워 셀프 선탠을 즐겨 보자.

8월 16일 팝의 제왕 엘비스가 사망한 날. 가짜 구레나룻 수염들을 나누어 주고, 오디오에서는 계속해서 엘비스의 곡들이 연주되도록 하자. 따뜻한 참치 샌드위치와 튀긴 땅콩 등을 내놓자. 되도록 모든 것이 적당히 달아오르도록 만들어 보자. 초대된 손님들을 포함해서 말이다.

9월 01일 굴(oyster)의 시즌이 도래한 것을 다같이 축하하자. 진주 액세서리들로 한껏 멋을 낸 굴쟁이(!)들끼리 모여 앉아, 그 옛날 카사노바가 즐겨먹었다는 '사랑의 묘약' 굴을 맛나게 먹어치우는 거다. 초대받은 이들로 하여금 최음제의 효과를 내는 음식물들 가운데 이 굴처럼 각자가 좋아하는 음식을 하나씩 골라 가져오도록 하면 더욱 짜릿한(?!) 파티가 될 것이다.

10월 10일 알래스카의 날. 난방 장치를 모두 끄고, 방한용 귀가리개를 냅킨걸이처럼 이용해 보자. 알래스카 사람들이 즐겨 먹는 빵을 구워 먹으며, 초대된 사람들끼리 서로의 코를 비벼대는 알래스카 식 인사를 나누어 보자.

11월 04일 인생을 꽉 차게 살기 위해 오늘 하루는 모든 축제를 접는 축제날. 모두에게 가장 뚱뚱했던 자신의 어린 시절 모습이 담긴 사진을 가지고 오도록 한다. 그리고는 치즈 프라이나 크림을 듬뿍 얹은 나초, 시럽을 잔뜩 얹은 아이스크림 등을 배가 터지도록 먹어 보자. 그리고 열심히 수다를 떨어 보는 거다.

12월 17일 라이트 형제의 첫 번째 이륙을 기념하는 날. 비행기 모양의 땅콩 팬케이크와 1마일쯤 되는 기다란 클럽 샌드위치를 만들어 접대하자. 저녁 식탁을 일등석과 비즈니스 석으로 나누어 서빙하는 이색적인 즐거움도 만끽해 보자.

케이크의 기울어진 쪽에 반달 모양의 스파클러를 보기 좋게 꽂기만 하면…… 짜잔
~ 단번에 거부할 수 없는 이쁜이 케이크로 대변신!!

예쁘게 구워 낸 파이에 흠집이 났다면

흠집이 난 부분을 잘라 빼내고 나머지 덩어리를 여덟 조각으로 깔끔하게 잘라 낸 후,
각 조각을 뒤쪽으로 약간씩 당겨 원 모양을 재정비하고 중앙에서 작은 체리들이나 블
루베리 시럽을 끼얹듯이 하여 벌어진 틈새를 채워 준다.

정크 메일과 다른 초대 방법들

정중한 인사로 치장한 규격에 맞는 엄숙한 우편물도 물론 훌륭하지만, 초대란 것
이 언제나 그렇게 딱딱하고 경직되어야 할 필요는 없다. '어디서'와 '언제'가 적

혀 있는 한, 그 우편물이 얼마나 무게가 나가는지 누가 신경이나 쓰겠는가?

사람들을 재치있고 유쾌하게 초대하는 법

한 잔 하기 위한 파티의 경우, 칵테일 냅킨 위에 각자의 입술 도장을 찍게 한다.

- 서프라이즈: 이런 귀염성 있는 메모로 엄숙한 초대장을 대신해 보자. "현재 우리는 ○○○을(를) 포로로 잡아 두고 있다('여기에 당신의 친구 이름을 적는다'). 만일 '당신의 ○○○'이 살아서 당신을 만나게 되길 원한다면 '언제(시간)'까지 '어디(장소)'에 나타나기 바란다. 그전에 '당신의 ○○○'을(를) 만나거나 연락을 취하려는 시도일랑 생각도 하지 말기 바란다. 그렇지 않으면 당신은 깜짝쇼의 즐거움을 산산이 깨버리고 말 테니."
- 흰 양말 한 짝: 검은 구두에 흰 양말을 즐겨 신는 것으로 유명한 친구의 생일에.
- 컵 받침: 디저트 파티의 경우.
- 행운의 편지: 새로운 친구들을 초대하고 싶은 경우에는 행운의 편지 형식의 초대를 한다. 친구들에게 각각 세 개씩의 체인을 보내 그들의 친구들에게 입장 허가증과 같은 효력을 지닌다는 말과 함께 그들의 친구들에게 주도록 한다.
- 성냥갑: 캠프파이어나 바비큐 파티, 또는 다른 야외 연회시.

게으름쟁이 데커레이터들을 위하여

누추한 집안을 궁전으로 만드는 법–그것도 램프불이 꺼지기 전에!

당신은 방바닥에 누워 집안을 쭈욱 둘러보며, 이 오래되고 너저분한 집으로 어떻게 친구들을 초대할 것인가, 그리고 그들이 여길 지루해하지 않게 하려면 과연 어떻게 해야 할 것인가를 놓고 고민에 빠진다. 자, 이제 수직적인 사고를 할 차례이다. 당신 마음의 엘리베이터를 타고 멋진 거실과 반짝반짝 빛나는 바, 그리고 화려한 지평선이 내다보이는 펜트 하우스를 향해 올라가는 익스프레스 버튼을 눌러 보자.

그래그래, 안다구요. 그러니까 당신 집에 있는 창문을 내다보면 볼품없는 벽돌 벽밖에 보이지 않는데 어떡하냐는 말이 아닌가. 그래도 걱정 말라. 펜트 하우스까지는 못 미치더라도 아무튼 당신도 그에 준하는 멋진 밤 풍경을 연출할 수 있으니. 또한 저녁 식사 테이블을 장식할 값진 골동품을 찾아 새벽녘부터 벼룩 시장을 이리저리 뒤지고 다닐 필요도 없으니 걱정하지 말 것. 그냥 편히 잠을 청하라. 그저 약간의 손길을 요하는 '은폐의 미덕'과 그 수완만 배운다면, 그리고 집안에 있는 물건들에 대한 창조적인 재해석 및 재평가만 제대로 내릴 수 있다면 당신의 보금자리는 마치 방금 새로 산 집처럼 느껴질 테니……

머리 위를 어둡게

병원 대기실보다도 더 밝은 장소에서 드라마나 로맨스, 미스터리 따위를 기대하는 것만큼 어리석은 일도 없을 것이다. 집에 있는 커다란 전구들을 작고 귀여운 여러 개의 전구들로 바꾸어 달아 보자. 복도는 전체적으로 어둡게 한 후 반짝이는 작은 전구들을 일렬로 달아 초대된 손님들을 파티 장소까지 안내하는 기다란 무대처럼 만들자. 본격적인 파티가 벌어질 실내는 알록달록한 각종 색깔 전구들로 장식해 특이한 분위기를 만든다. 뷔페 테이블 주위는 크리스마스 때 쓰는 아기자기한 반짝이 조명으로 장식하도록 하자. 테이블에 놓인 카나페 위로 보이는 작고 검은 반점이 건포도인지 혹은 날파리인지를 자세히 들여다보고 싶어하는 사람은 아무도 없을 테니까. 양초도 아주 유용하게 이용할 수 있다. 성안에서나 쓰일 법한 커다란 촛대로 한껏 분위기를 내보자. 창문턱에 예쁜 양초들을 일렬로 세워 두면 마치 멋진 시내 야경을 보는 듯한 효과를 줄 수도 있을 것이다.

나는야 파티장의 무대감독

브로드웨이의 어느 뒷골목에서 큰 무대에 서기 위해 구슬땀을 흘리는 사람들을 생각해 보라. 그들을 생각하면서 당신 자신도 한번 '감독'의 자리, 즉 프로덕션의 디자이너가 되어 보는 것이다. 그렇지만 당신은 자신의 아파트 안에 널려 있는 매일매일 보는 소품들에는 만족해 하지 않는다. 그런 오래된 구식 세트는 과감히 버리고 새로운 세트를 구상해 보자.

　낡은 카펫을 이제 그만 걷어 버리고, 만일 잔디를 깔고 싶다면 잔디를 한번 깔아 보는 거다. 벽에 걸려 있는 것들을 말끔히 없애고 나서 슬라이드 쇼를 펼쳐 보는 건 어떨까. 초대받은 사람들에게 각자 남들에게 보여 주거나 또 이야기를 들려줄 수 있는 슬라이드를 하나씩 가져오도록 하면 준비는 한결 수월해질 것이다. 또, 수중에 가지고 있지 않은 것이나 비싸서 사지 못한 것이 있다면 렌털 서비스를 이용하라. 부족한 유리 식기나 코트걸이만 대여가 가능한 것이 아니다. 잘만 찾아보면 생각보다 훨씬 싼 가격으로 파티에 필요한 꽃 장식을 의뢰할 수도 있고, 또 가까운 조경사에게 하룻밤 동안만 몇몇 잘 다듬어진 조경식물들을 빌려다 쓸 수도 있다는 사실! 그렇지만 지나치게 많은 소품들로 집안을 '오페라의 유령'에 나오는 무대처럼 만들 필요는 없다. 그런 장식품은 말 그대로 그저 '장식품'이니 만큼 몇 개로 족할 뿐, 그것들이 파티의 전부인 양 너무 집착할 필요는 없다는 뜻이다. 이국적인 느낌의 공예 장식품 두서너 개, 아니면 신선한 느낌의 기념품 몇 개, 이런 식이면 충분하다.

그리고 또 한 가지, 모든 것들이 짜맞춘 듯 한결같이 매치될 필요는 없다. 할로윈 파티에는 호박으로 만든 초롱과 함께 벨벳 로프를 매달아 당신의 침실을 VIP 룸으로 만들어 보면 재미있을 것이다. 새로운 일자리를 놓고 고민하는 친구가 있다면 대여해 온 콩가 드럼과 슬롯머신, 또 근사한 시가 등으로 옛날 하바나(Havana)의 큰손들이 크게 한 판 벌이던 시절의 영광을 재현해 보자. 레디 고!

테이블 세팅 준비 완료!

아일랜드산 고급 리넨 천이 부족하다고 해서 사람들이 테이블에 앉아 식사하는 즐거움마저 빼앗을 수는 없다. 매사에 그렇게 틀에 박히고 경직될 필요가 있겠는가? 고급 천이 없다고 해서 테이블을 예쁘게 덮을 수 없는 건 아니다. 모든 것은 안주인의 재치 있는 손에 달린 것. 집안 구석 어딘가에 처박혀 있는 커다란 지도를 꺼내 테이블에 깔고 그 중앙부는 예쁜 지구본으로 장식해 보자.

아니면 그저 깨끗한 흰 색 갱지를 깐 후 각 손님들이 앉게 될 자리마다 그 사람의 이름을 앙증맞게 써두는 거다. 개인용 냅킨꽂이가 부족하면 키 체인이나 나비

넥타이, 플라스틱 시계 등이 훌륭한 대용품이 될 수 있다. 주변부 장식으로는 아기들의 사진이 군데군데 박힌 화려한 부케는 어떨지? 초대한 손님들로 하여금 각자의 아기 때 사진을 한 장씩 들고 오게 하여 그렇게 장식한 후, 누가 누구인지를 맞추도록 하는 것이다.

또는 한 무더기의 장난감들로 손님들을 귀여운 동심의 세계로, 또는 화려한 게임의 세계로 이끌어 다같이 흥겨운 시간을 가질 수도 있다. 카드 게임, 레고, 요요, 주사위 게임, 블루마블 게임, 실로폰, 기차놀이 등 그 어느 것이라도 좋겠다. 예쁜 유리병에 한가득 담은 사탕, 초콜릿 등과 함께 말이다.

음주 문화

멋쟁이 안주인의 요건 가운데 하나는 자신이 연 파티에서 자신도 매우 즐거운 시간을 보낼 수 있어야 한다는 것이다. 단, 너무 '지나치게' 즐거운 시간을 갖는 것은 경계하며 말이다! 여흥을 주도하고 사람들을 보살피는 등 파티를 이끌어 가기 위해서는, 안주인은 너무 싱숭생숭하지도 너무 취하지도 않은 '약간 취기가 도는' 정도의 선을 끝까지 유지해야만 한다. 다른 사람들이 연 파티에 갔을 때 자신의 주량과 한계선을 측정해 두도록 하자. 혼자 측정해 볼 때는 곧은 선 위를 똑바로 걸어갈 수 있는지를 살펴본다.

이 정도면 나도 훌륭한 바텐더!

우선 얼음의 이용이 무엇보다 중요하다. 바텐더의 절친한 친구인 얼음. 드링크류 위에 얼음을 넣는 것은 절대 삼가자. 항상 얼음 위에다 술을 붓는 것을 습관화하도록 한다. 흔들어 마시는 주종일 경우, 미리 냉장고 안에 넣어 차갑게 해둔 잔이나 컵을 사용하자. 만일 잔을 냉각시킬 시간이나 장소의 여유가 없다면 얼음(잘게 부순 얼음이면 더 좋겠다)을 채워 두어 셰이커로 칵테일을 만드는 동안 잔이 시원해지도록 하자. 그런 다음 채운 얼음을 버리고 만든 칵테일을 붓자. 이때 서툴러 보이지 않도록 자연스럽고 부드럽게 붓고는 마지막에는 손을 강하게 확 틀어 깔끔하게 마무리하는 것이 무엇보다 중요하다. 느릿느릿 꾸물대며 따르거나 칠칠치 못하게 몇 방울씩 흘리는 것은 금물! 그리고 와인을 서빙할 때에는 와인 병의 목이 따르는 잔의 주둥이에 절대 닿지 않도록 하자.

대리 운전기사 모집

어느 파티에서건, 술을 끊었거나 술에는 아예 손을 대지 않는 사람이 몇몇은 꼭 있기 마련이다. 그렇지만 그런 사람들을 괜히 불편하게 만들 필요는 없다. 왠지 비꼬는 듯한 목소리로 "에이, 이러지 말고 한잔 하셔야지요-" 하는 말은 절대 하지 말자. 그런 손님에게는 토마토 주스나 다이어트 코크 등 '드라이 드링크류' 도 준비되어 있다는 사실을 언급하는 것을 잊지 말자. 술에 입을 대지 않은 샐리 양이 몇몇 술 취한 다른 손님들을 위해 기꺼이 대리 운전기사가 되어 줄지도 모르니까. 또한 그들은 다른 술고래 손님을 위해 술을 절약해 주는 고마운 손님이기도 하지 않은가.

숙취의 치료

술에 대한 자제력이 부족한 사람들에게 있어, 다음날 아침의 고통을 치료하기 위한 최선의 방책은 바로 '예방' 이다. 제발 한 잔 들이켜기 전에 뭔가 든든한 안주거리를 꼭 먹어 두도록 하자. 그리고 본격적인 술판에 들어가기 전, 아스피린 두 알과 함께 배가 부를 만큼 물을 잔뜩 마셔 두는 것이 좋다. 이렇게만 해도 다음날 아침 혀 꼬부라진 목소리로 회사에 전화를 걸어 월차를 부탁하는 일 정도는 막을 수 있을 것이다.

숙취가 지나치게 심할 경우, 비록 치료책은 없지만 그래도 해결책은 있다. 바로 '라모스 진 핏즈(Ramos Gin Fizz)' 라 불리는 만병통치약이 바로 그것이다. 이는 예전에 뉴올리언스 주에서 유행하던 비법으로, 레몬 주스와 계란 흰자, 곱게 빻은 설탕, 등화수(橙花水, orange-flower water), 크림, 그리고 진을 혼합한 것에 소다를 부으면 완성된다. 이것은 커다란 술잔치 뒤에 많은 사람들이 애용했던 방법이다. 이것마저 소용이 없다면 다른 것은 시도해 볼 필요도 없을 것이다. 뭐, 궁여지책이라고 한다면 애주가 딘 마틴(Dean Martin)이 무대에 오르기 전 애용했다는 위스키 한 잔에 맥아를 함께 먹는 방법 정도가 있지 않을까 싶다. 참, 무진장 차가운 얼음물을 계속적으로 들이켜는 것도 잊지 말자.

모두가 다 즐거운 시간을 보내고 있나요?

파티의 멋진 안주인은 초대된 사람들이 편안한 기분이기를 진정으로 바란다. 주말 내내 판을 벌이는 커다란 잔치든, 몇 사람들만 모인 조촐한 자리든 말이다.

파티란 어찌 보면 상어와도 비슷하다. 계속해서 활기를 띠고 움직이지 않으면 죽어버리기 때문이다. 순환을 시킨다는 것은 파티를 연 사람이나 손님들 모두에게 활력을 준다는 중요한 의미를 가진다. 여러 가지 드링크를 준비한 바는 룸 안의 한 쪽 끝에, 음식류는 반대편 쪽에 놓아두자. 그렇게 함으로써 손님들이 계속적으로 왔다갔다 이동할 수 있도록 만들 수 있다. 진정 솜씨 좋은 여주인 노릇이란 이런 일련의 일들을 꾸미고(!) 있는 것을 손님들이 전혀 눈치채지 못하게 하는 데 있다. 손님들에게 식당으로 갈 시간이라는 것을 알리고 싶을 때, 멋쟁이 여주인은 "저녁 식사 시간입니다!"를 소리높여 외치거나 마치 공항 활주로에서 일하는 사람처럼 커다란 팔 동작으로 손님들에게 어디로 가라는 정신없는 신호를 보내지 않는 법이다. 룸에 있는 전등불을 한두 번 정도 껐다 켜서 시선을 모으는 재치를 발휘해 보는 것은 어떨까? 마치 연극이나 오페라 공연의 막간을 알릴 때처럼 말이다.

또한, 파티의 낙오자들을 특히 주의해서 살피는 것을 잊지 않도록 하자. 책장 선반에 있는 책들의 목록을 외우다시피 들여다보고 있는 외로운 인간을 발견했다면, 다가가서 "괜찮으세요?"란 말 따위는 절대로 하지 않도록 한다. 그래 봤자 도움되는 건 아무것도 없으니까. 그럴 바에는 차라리 그 인간을 내 날개 밑으로 들어오게 하자. 그 또는 그녀에게 대리인의 타이틀을 부여하는 것이다. "샘, 이리 와서 저 좀 도와 주지 않을래요? 저기 보이는 여성분한테 가서 와인을 좀더 가져다 줄까 물어봐 주세요. 난 부엌에 좀 가봐야 하기 때문에…… 부탁 좀 할게요."

또, 모두가 끼리끼리 모여 파벌(!)을 이루고 있는 가운데, 거실 한복판에서 혼자 서성이고 있는 여자를 보았다면 그녀에게 사람들과 대화할 만할 구실을 만들어 주자. 디저트를 서빙할 때, 그녀에게 그 역할을 맡겨 보자. 집안에 있는 쥐새끼에게라도 "케이크 드셨나요?" 하는 말을 붙이기 어렵지 않을 것이다. 말상대가 없어 꾸어 온 보릿자루처럼 서 있는 사람들에게는 뭔가 대화거리를 만들어 주자. 두 사람을 앞에 놓고 "밥, 이쪽은 수. 그리고 수, 이쪽은 밥이에요" 하는 식으로 밋밋하게 서로를 소개하는 건 재미없다. 애정이 듬뿍 담긴 목소리로 양쪽을 화려하게(!) 소개해 보자. "여기는 그 전설의 골프 선수 매트예요. 저번에 한 번 같이 필드에 나갔다가 난 아주 망신을 톡톡히 당했다구. 폼부터가 다르더라니깐." "크리스토퍼랑 인사 나누시겠어요? 이분은 목소리가 어찌나 좋으신지, 딱 성우감이라니까."

술고래, 굼벵이, 따분한 손님들의 처리

사람들을 초대하고 일단 현관문을 열어 준 이상, 여기저기서 모여드는 별의별 종류의 인간들을 다 막을 수는 없는 일. 그러니 마음의 준비를 단단히 해두자

예기치 않게 나타난 손님

접시를 더 꺼내 놓고 좀더 바쁘게 요리하고 고깃덩이는 좀더 잘게 잘라 내놓아 보자. 당신이 지닌 관대함과 호의는 한계를 모른다는 것을 모두에게 알리는 거다. 만약 그 손님들이 당신 친구의 친구들이라면 더욱더 정성껏 대접하자. 그 손님들이 당신에게 있어 미래의 절친한 친구들이 되어 줄지도 모르니.

당신의 눈에 하이힐을 신고 마치 아슬아슬한 곡예를 하듯 비틀비틀 걷고 있는 여자나 혹은 집안에 걸린 피카소의 포스터를 두고 약간 꼬부라진 혀로 언성을 높이는 남자가 들어왔다면, 우선 차분히 생각을 해보자. 먼저, 그들의 잔을 새로 채워 주겠노라는 제안을 하는 것이다. 이때, '괜찮다, 됐다'는 식의 대답은 일단 무시해 버리자. 그리고는 부엌으로 가서 마가리타 대신 소다와 설탕, 포도 주스, 다른 음료수 등으로 리필을 하자.

그리고 한 가지, 당사자인 손님과 당신 집의 카펫 양편 모두의 안전을 위해 그들을 보다 안전한 곳으로 끌고 오는 편이 좋겠다. 그들을 침실로 안내해 잠시 동안 눈을 붙이게 하는 것도 한 방법일 것이다. 술이 얼큰히 올라 있는 그 사람들이 움직이게끔 유인하기 위해서는 뭔가 미끼가 필요한 법. "저쪽 침실로 들어가 한 잔 더 하는 게 어때요?" 아니면 이건 어떨까. "자, 글쎄 얼른 이 방으로 좀 들어가 보시라니까요. 지난번 경매에서 산 진짜 비싼 램프를 보여 드릴게요."

멋쟁이 파티에서 망가져 버리는 것은 비단 손님들뿐만이 아니다. 항상 불의의 상해 사고에 대한 마음의 준비를 단단히 하고 있도록 하자. 구입한 지 얼마 되지도 않은 당신의 값비싼 크리스털 그릇이 산산조각 났다고 해서 당신의 마음까지 산산이 부서질 수는 없는 것이다. 크리스털 그릇이야, 다음에 더 좋은 것으로 구입하면 된다. 벌써부터 미안한 마음에 안절부절 못하고 있을 게 분명한 그 칠칠치 못한 손님 생각도 좀 해 주자.

만일 방금 전 쨍그랭 소리와 함께 깨진 것이 할머니가 특별히 물려주신 도자기로 된 컵 세트 가운데 하나여서, 정말이지 눈물이라도 펑펑 쏟아 버릴 듯한 기분이라면? 이때야말로 스스로를 위로하기 위한 약간의 자기방어적 대사가 필요한 순간일 것이다. "안 그래도 요새 컵 세트를 하나 새로 살까 생각하던 중이었잖아. 오히려 잘 됐지, 뭐." 혹은 끔찍이도 아끼던 커플용 브랜디 잔 가운데 하나를 누군가 박살을 냈을 때, 그 사람에 대한 원한과 분노(!)를 없애는 동시에 마음속을 깨끗이 풀기 위해서는 다른 하나마저 벽을 향해 힘껏 집어던져 버리는 거다. 쨍 하는 소리와 함께 산산이 부서진 잔들을 보며 이렇게 중얼거려 보자. "자, 이제야 다시 한 세트가 되었군 그래."

환영의 현수막을 철수시킬 시간

파티가 끝났는데도 약간 둔한 몇몇 손님들이 분위기 파악을 제대로 못 하고 있다면? 이제 이들의 기분이 상하지 않도록 부드럽게 이들을 몰아낼 만한 방법을 강구할 시간 이다. 집안 가득 향이 퍼지도록 커피를 한가득 끓여 보자. 진한 커피 향을 맡은 손님 들은 대충 감을 잡게 될 것이다.

아직도 분위기 파악을 못 하고 있는 둔탱이 손님들이 있다면 그들에게는 새로운 목 적지를 알려 주도록 한다. 그런 부류의 사람들은 어딘가 갈 곳이 있어야 비로소 자리 를 뜨려고 할 것이기 때문이다. "자자, 여러분들. 여기 공기가 점점 탁해지는 것 같아 서 말인데……. 요 앞에 제가 잘 아는 술집이 하나 있거든요. 골목만 돌면 바로 있는 데, 거기 주크박스가 아주 끝내 준다구요. 거기 가서 한 잔씩들 더 하시는 게 어떨까 요?" 그런 다음, 손님들 무리를 모두 이끌고 그곳으로 갔다가 한 잔만 간단히 마신 후 에 도망치듯 얼른 집으로 돌아와 꿀 같은 단잠을 청해 보는 거다. 이렇게 하면 그들의 여흥에 찬물을 끼얹지 않으면서도 내 귀중한 시간 또한 낭비하지 않을 수 있으니, 그 야말로 일석이조라고 할 수 있지 않을까.

불청객의 퇴치는

평화로운 일요일 저녁, 오랜만에 책 한 권과 맛있는 오레오 과자 한 접시를 들고 편안 한 등받이 의자에 앉아 등을 기대는 순간, 딩동~. 약속도 없이 불쑥 찾아온 친구. 이 런 시간만큼은 당신이 '마음씨 좋은 안주인'이 될 필요나 의무감에서 벗어나도 좋은 때이다. 이런 때야말로 우리가 '프라이버시'라고 부를 만하지 않은가. 때때로 사람에 게는 스스로의 배터리를 재충전할 만한 혼자만의 조용한 시간이 필요한 법이다. 그러니 여성들이여, 현관 벨이 울린다고 해서 안절부절해 하지 말라. 문을 열어 주기 전, 우선 지갑과 코트를 집어 들자. 그런 다음, 마침 그때 밖으로 나가려 했던 것처럼 행동하는 거다. "어머나, 이를 어쩌나. 방금 나가려던 참이었는데……. 우리 고모님이 어디 좀 모셔다 달라고 난리지 뭐니? 미리 연락 좀 주지 그랬어. 어떡할래, 가다가 내가 중간 어디쯤에 내려 줄까?"

앞치마를 두른 채 왕관을!

어디서도 눈에 띄는 '여주인' 차림을

갖가지 일들로 인해, 또 파티를 여는 사람으로서의 각종 의무감에서 비롯된 우울한 기분을 떨쳐 버리고 유쾌하고 활달한 안주인 역할을 하기 위해 최선을 다하자. 여기서의 포인트가 있다면, 파티의 개최자는 친절해 보일 뿐 아니라 여러 사람들 속에서 눈에 띄는 존재여야 한다는 점이다(급히 전화기나 화장실이 필요한 손님들이 멀리서도 단번에 주인을 알아볼 수 있도록 말이다). 이때, 파티를 연 사람이 가지게 되는 이점을 100퍼센트 활용하라.

자, 지금이야말로 사놓고도 길거리에는 감히 입고 나설 엄두조차 내지 못했던 의상과 액세서리들을 손님들 앞에 자랑스럽게 선보일 수 있는 절호의 찬스이다. 커다란 보석, 가발, 화려한 실내 파자마, 입으면 꼭 딸기파이처럼 보인다며 엄마가 극구 말렸던 새빨간 드레스 등등. 이건 어디까지나 당신의 파티이다. 내가 입어 편하고 내가 입어 섹시한 느낌이 드는 것이면 어떤 것이라도 괜찮다. 단 무엇을 입던 간에, 파티의 최종 준비를 마치기 전까지는 반드시 입고 있도록 하자(적어도 손님들에게 '준비된 여주인'처럼 보여야 하지 않겠는가). 이럴 때 정말 피해야 될 것이 바로 생각보다 일찍 나타난 손님들이 거실에 어정쩡하게 앉아 손가락을 꼬물거리는 동안 자신은 방에서 옷장 안을 온통 들쑤시며 뭘 입어야 할지 당황해하고 있는 광경이 아닐까.

하이힐은 내던져 버려라!

지금 당신 눈앞에는 칵테일과 초대받은 손님이 이리저리 뒤섞여 있다. 당신은 이제껏 분위기를 조성하고 이끌어 가느라 최선을 다했고, CD 플레이어는 혼자서도 열심히 잘 돌아가고 있다. 자, 이제는 다른 사람들이 즐거운 시간을 보내고 있는지에 대해 노심초사하는 것은 잊어버리고, 내 자신의 즐거운 시간을 찾을 때이다. 지나칠 정도로 예민하게 여기저기 신경 쓰고 참견하는 여주인은 게으르고 무신경한 사람과 비교해 더 나을 것도 없는 것이다. 편안한 여주인은 “재미있어요?” “괜찮으세요?” 하면서 손님들을 불편하거나 귀찮게 만들지 않는다.

어느 한 시점에 이르면 어림잡아 떠들썩한 ‘진짜’ 파티가 시작된 지 약 한 시간 정도 지났을 때, 현관문 밖으로 잠시 나갔다가 그 문을 통해 다시 한 번 입장해 보시라. 앞치마를 현관 앞 옷걸이에 보란 듯이 걸어 놓고선, 이 밤의 파티를 준비하느라 흘렸던 땀과 수고, 눈물(!)일랑 나와는 상관없는 것인 양 잠시 잊어버리자. 당신 역시 이 밤의 또 다른 즐거운 손님인 것이다. 정성껏 차려진 뷔페 음식들을 칭찬하며, 손님들 가운데 어떤 사람이 가장 근사하고 멋진지 살펴보자. 그리고 맘에 드는 귀여운 남자가 있다면 팔꿈치로 옆구리를 한 번 찔러 찡긋 눈인사를 보내 보라.

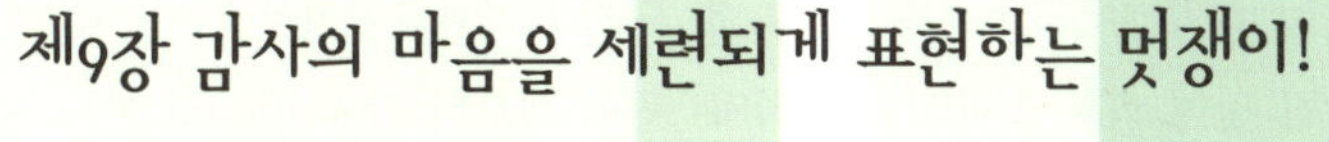

제9장 감사의 마음을 세련되게 표현하는 멋쟁이!

성의 표시와 팁 예절

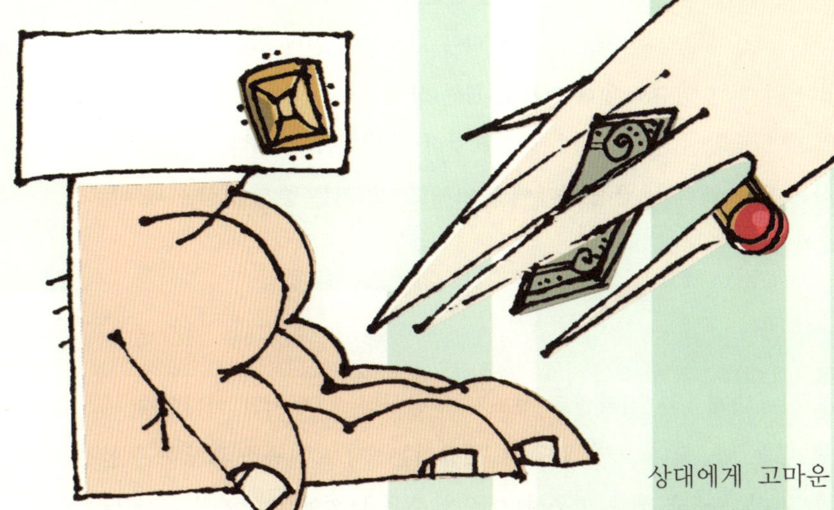

상대에게 고마운 마음을 표하는 일이란, 우리 멋쟁이들의 사회에서는 끈끈한 접착제와도 같은 역할을 한다. '뇌물'의 수준에까지 이르지 않는 범위에서라면 애교있는 '인사 표시'는 때로 삶의 윤활유 역할을 해주기도 한다. 세상을 살아가다 보면 크게 한 턱 내야 할 때도 있고, 또 약간의 아첨이 반드시 필요할 때도 생기는 법이다. 진정한 멋쟁이란 그 '때'가 언제인지를 정확히 판단할 줄 아는 사람이라고 할 수 있다.

팁에 관하여

팁(tipping, 봉사료)을 주는 데 있어 여성들은 대개 '짠순이'로 통하는 경우가 많다. 여성들이여, 이 얼마나 불명예스러운 일인가! 우리 멋쟁이들이 앞장서서 이런 불명예에 종지부를 찍고 당장 명예 회복에 나서도록 하자. 팁이 필요한 상황이고 또 어느 정도가 적당한 수준인지에 대해 대충 판단이 섰다면, 그 액수보다 조금만 더 '선심'을 쓰도록 하자! 자기 테이블로 계산서가 날아오면 쫀쫀하게 정확히 '딱 15퍼센트'만을 뽑아내려 애쓰지 말고, 대략의 큰 계산을 뽑은 다음 그것보다 좀더 후한 팁을 지불하는 거다. 그 얼마 안 되는 액수로 인해 기분도 훨씬 상쾌해지고 식당 문을 나서는 발걸음 또한 한결 더 당당할 수 있으니, 이 얼마나 멋진 일인지! 언제 어디서든 보다 넓고 크게 사고하는 법을 배워라. 금전 문제에 있어서도, 또 기분 좋게 선심을 베푸는 데 있어서도 말이다.

누구에게? 얼마나?

경험적인 수치로는 대개 15~20퍼센트 정도가 무난하다. 그렇지만 어디에나 예외 없는 규칙은 없는 법, 살다 보면 상당히 '헷갈리는' 경우가 종종 발생하곤 한다. 드라이어로 머리 손질을 해준 미용사 보조가 추운 날씨에 밖에까지 나가 당신을 위해 커피를 뽑아다 주었다면, 그녀에겐 어떻게 사례해야 하지? 당신이 생각한 팁 액수가 왠지 개운치 않을 때에는 먼저 데스크에 가서 살짝 물어보자. "여긴 보통 어느 정도나 드리면 되나요?"

염색을 했거나 머리를 자른 경우에는 담당자에게 20퍼센트 정도를, 그리고 샴푸걸에게는 5달러 정도면 기분 좋은 인사를 받기에 충분할 것이다. 만일 당신의 담당 미용사가 마치 마법의 지팡이라도 휘두른 듯 염색을 기가 막히게 해내어, 후줄근한 모습으로 미용실을 찾아간 당신을 마릴린 먼로처럼 만들어 주었다면, 그녀의 팁 봉투에는 10달러 정도를 슬쩍 더 챙겨 넣어 주자. 그녀 덕분에 모처럼의 변신에다 기분까지 그만큼 상쾌해졌으니 그 정도는 당연한 감사 표시라 할 수 있지 않겠는가. 한 가지 더! 지금까지는 담당자가 그 미용실의 주인일 경우 전통적으로 팁을 주지 않는 것이 관례화되어 있었지만, 그 관례 따위는 무시해도 좋을 듯싶다. 자신이 받은 서비스에 대한 고마움을 표시하는 데 있어 그런 게 무슨 상관이랴.

네일 샵

매니큐어와 페디큐어를 담당하는 이들에게는 지불해야 할 돈의 20퍼센트 정도를 계산해서 주자. 이들에게 봉사료를 지불했다면, 그 가게의 보스 격인 여성에게 이따금씩 5달러 정도를 쥐어 주는 것도 나쁘지 않겠다. 나중에 급하게 손질이 필요할 때, 이들에게서 큰 도움을 받게 되는 경우가 종종 생기니 말이다.

고급 레스토랑의 입구 체크룸

코트 한 벌에 1달러면 오케이. 단, 짐을 좀 많이 맡기는 경우라면 2달러 정도다.

스쿠버 다이빙 강사

당신의 귀중한 휴가를 보다 풍요롭게 만들어 주는 사람들, 예를 들어 당신이 탄 배의
진두지휘를 맡은 선장 아저씨, 낙타 등에 오르는 일을 돕는 소년, 관광 가이드 등에게
는 그 여행이 끝날 무렵 15퍼센트 정도를 쥐어 주는 것이 적당하겠다. 만일 운 좋게도
희귀한 흰색 고릴라를 보게 해주었거나 집채만한 청새치를 잡도록 도움을 준 경우라
면 한 20퍼센트 정도의 팁을 떼어 주도록 하자. 그쪽으로서도 또 당신으로서도 상당
히 기분 좋은 추억이 될 테니까.

공항 포터 또는 호텔 벨맨

가방 한 개당 1~2달러 정도. 그의 태도와 매너에 따라 값이 좀 오를 수도 있다.

호텔 메이드

투숙 기간 동안 매일 1~3달러 정도의 팁이면 충분하다. 매일 체크아웃 시간대의 청소
시간에 경대 위에 가지런히 챙겨 두면 더욱 좋다.

주차요원 (발레 파킹시)

당신에게 차 키를 돌려줄 때 1~2달러 정도를 건네면 된다. 돌아갈 때 약간 급하게 출
발을 해야 하는 경우라면, 들어갈 때 미리 주차요원에게 10달러 정도를 쥐어 주며 사
정을 잘 말해 두자. 그들이 알아서 당신의 차를 맨 앞쪽에다 빼기 쉽게 주차해 놓을
것이다.

관리인 또는 데스크 요원

손님들을 위해 여러 가지 심부름을 하는 것이 그들의 본분이긴 하지만, 항시 북적대

는 유명한 레스토랑에 어렵사리 예약을 해준 경우라면 그들에게 20달러 정도는 선뜻 건네 줄 수 있는 멋쟁이가 되자. 할리우드 출신들처럼 그런 분야의 선수인 이들은 부탁한 일의 확실한 처리를 위해 그들 앞으로 꽃다발을 보내기도 한다. 비용이 그리 많이 들지 않는 일을 처리해 주었을 때에는 감사의 메모를 남기는 정도면 무난하겠다. 더 좋은 방법은 그 담당자의 직속 상사에게 그 사람의 일 처리 능력이나 친절한 태도에 대해 칭찬을 해주는 것이다.

음식 배달부

영수증 금액의 10퍼센트, 만일 비라도 내리고 있는 상황이라면 15퍼센트 정도가 괜찮은 수준일 것이다. 단, 커피 한 잔만 달랑 주문한 경우라 할지라도 팁만은 꼭 1달러 이상 쥐어 주도록 하자.

각종 일꾼들

이 부분에 대해서는 좀더 세심하게 살펴보는 편이 좋겠다. 만일 그 일이 누가 보더라도 그 사람의 직무상 당연히 해야 하는 일이라고 판단된다면 5달러 정도가 충분하겠다. 그렇지만 당신의 무거운 에어컨디셔너를 메고 3층 이상 되는 계단을 낑낑대며 오르내려야 했다면 처음 10분에는 10달러 정도, 그 다음에는 매 15분 정도마다 5달러 정도씩 계산하여 쥐어 주는 것이 좋다. 그렇지만 한 사람당 20달러 이상의 팁을 주는 것은 약간 부담스러운 감이 없지 않으므로 되도록 피하자.

블랙 잭 딜러

더블 다운을 하거나 블랙잭으로 한 판을 크게 먹었다면 칩(chip)을 한두 개 정도를 딜러 쪽으로 밀어 주는 것이 좋다. 딜러는 그 칩으로 테이블을 톡톡 두드린 다음 그것을 팁 박스 안에 넣을 것이다. 그리고 얼마간의 돈을 딴 후 그 테이블을 떠나려고 할 때에는, 당신에게 행운을 선사한 그 테이블의 담당 딜러에게 감사의 표시를 남기는 것이 예의일 것이다. 5~20 달러 사이라면 괜찮은 수준이다. 단, 500달러가 넘는 정도의 비교적 큰돈을 딴 경우라면 5~10퍼센트 선이 적당할 듯싶다.

구기 종목과 같은 경우, 대개의 정규 팬들에게는 자기의 지정석까지 에스코트해 주는 안내원에게 보통 1~2달러 정도를 주는 일이 관례화되어 있다. 그러면 안내원들도 그 자리에 있는 땅콩껍질 따위를 친절히 털어 주는 등 나름의 부가적인 서비스를 제공해 줄 것이다.

자기 좌석이 경기장과 너무 떨어져 있거나 도통 마음에 들지 않는다면 팁을 좀더 얹어 주며 '망원경을 깜박 잊고 안 가져왔다'는 말을 살짝 흘려 보라. 그들은 기꺼이 앞쪽에 있는 훨씬 더 좋은 자리로 당신을 안내할 것이다. 이는 콘서트 공연장 같은 곳에서도 역시 잘 통하는 방법이다.

'팁(Tip)'이란 단어는 원래 '신속함을 보장받기 위한 작은 사례(To Insure Promptness)'에서 비롯된 것이다. 이는 어떤 장소의 어느 사람에게도 공평하게 적용되어야 할 것이다. 그러니 몇몇 특정한 일에 종사하는 사람들에게만 팁을 준다는 생각은 버리는 것이 좋다. 당신 스스로 판단하기에 팁을 줘도 전혀 아깝지 않을 정도라고 여겨지는 서비스 제공자들에게는 모두 똑같이 15퍼센트의 룰을 적용하여 팁을 주도록 하자.

갑자기 뜯어진 아랫단 때문에 당황해하는 당신을 위해 신속하게 감침질을 해준 고마운 재봉사에게 작은 감사의 표시를 하자. 자주 들르는 정육점 주인에게 이따금씩 와인 한 병을 선사해 보자. 훈제 연어를 잘라 주는 생선 가게 점원에게 몇 푼을 찔러 주면, 그가 특별 고객들을 위해 따로 남겨 두었던 아주 싱싱하고 물 좋은 놈들이 당신 몫으로 돌아오는 것을 확인할 수 있을 것이다. 그들로 하여금 그런 일에 익숙해지도록 만들자. 그러면 당신은 줄을 서서 어렵게 번호표를 받는 수고 따위를 다시는 하지 않아도 될 테니까.

듀킹에 관하여

우리 멋쟁이들의 사회에는 두 종류의 사람들이 있다. 우리가 '팁(tip)' 하는 사람들과 '듀크(duke)' 하는 사람들. 택시 운전사에게는 팁을 주고, 휘파람으로 택시를 불러주는 도어맨에게는 듀킹을 한다. 웨이터에게는 팁을 주고, 그 안에서 가장 좋은 테이블로 당신을 에스코트해 주는 사람에게는 듀킹을 한다. 이렇듯, 듀킹(duking)이란 한마디로 말해 티핑(tipping)의 가장 친근하고 호의적인 형태라고 할 수 있다. 당신의 인생을 보다 스피디하게, 보다 부드럽고 자연스럽게, 그리고 보다 기분 좋게 만들어 주면서도 그것으로 인해 당신에게 계산서를 청구하지 않는 사람들. 이런 사람들에게 건네는 작은 감사의 표시가 바로 듀킹인 것이다. 차가운 현금도 두 사람 사이에 악수를 하며 옮겨 가는 사이, 어느새 따뜻한 마음의 표시로 변하게 되는 것이다. 어떤 사람의 서비스에 대한 팁이란 책에서 말하는 의무, 그 이상의 어떤 '따뜻한' 것이다.

시내에 있는 새로운 바를 일부러 찾아갔는데, 그곳은 이미 온갖 잡다한 모임들로 인해 예약이 꽉 차 있는 상태라고 해보자. 갖은 감언이설로 자리를 부탁하거나 "도대체 내가 누군 줄 알고들 이러는 거야?"라는 식의 허풍으로 상황을 해결하려 들지 말자. 이럴 경우야말로 바로 '듀킹'이 필요한 때이다. 한 번 시도해 보시라. 그곳에서 일하는 직원님(!)께서 그 모든 사태를 조용히 해결해 줄 것이니.

20달러짜리 지폐를 세 번 접어 손바닥 안에 쏙 들어갈 수 있게끔 만들자. 그런 다음, 그 직원에게 살짝 손을 내밀어—즉, 그 유명한 '듀킹'을!—진심 어린 얼굴로 악수를 청해 보자. 당신은 지금 부탁을, 그것도 사람들로 꽉 찬 이 바 안에서 가장 좋은 자리를 부탁하고 있는 처지이므로, 최대한 좋은 인상을 줄 수 있도록 노력해야 한다. 그리고 듀킹을 하는 이들이 명심해야 할 신조들을 항시 기억하자. '따뜻하고, 개인적이고, 그리고 사려깊게-'. 당신 자신을 먼저 소개하는 것이 좋다. "안녕하세요, 저는 핑키라고 해요. 오늘 밤 아주 바빠 보이시네요. 그런데 저희가 예약을 미처 못 해서…… 죄송한 말씀이지만 저희를 위해 조금만 애써 주신다면 정말로 감사하겠는데요~" 하는 식으로 말이다. 조금 정신없는 통로에서라면 접은 지폐를 두 번째와 세 번째 손가락 사이에 끼운 다음, 몸 쪽으로 붙인 팔을 약간 뻗어 접은 지폐가 상대의 손을 살짝 스치거나 건드려 알아차릴 수 있도록 한다.

듀킹을 하는 이들 중에는 자리를 떠날 때 감사의 마음을 표시하려는 사람들도 적지 않다. 예를 들어, 종업원이 주방과 테이블 사이를 왔다갔다 하는 바쁜 와중에도 "먼저 있던 손님이 나가면 좋은 자리로 좀 바꿔 달라"는 당신의 부탁을 잊지 않고 수고를 해준 경우 등에 말이다.

이러한 듀킹은 그 가게를 떠나면서 다음 번 자신이 돌아올 길을 잘 포장하는 것이나 다름없다. 오래지 않아 그 바의 바텐더는 당신이 좋아하는 칵테일의 이름을 기억하게 될 것이고, 종업원은 함빡 미소를 머금으면서 당신을 자리로 안내하며 "이쪽으로 오세요!"를 기분 좋게 외칠 것이니 말이다. 그것도 코너 쪽에 자리잡은 가장 좋은 테이블로 말이다. 하지만 이런 식으로 그들과 안면을 트고 친해지기 시작했다고 해서 그들의 특별 서비스를 당연한 것으로 받아들여서는 안 된다. 듀킹은 계속되어야 한다, 쭈욱—. 만일 그들이 "아유, 이러시면 곤란한데요" 하며 수줍게 거절하면 잔잔한 미소와 함께 이렇게 답례하도록 하자. "제가 좋아서 드리는 건데요, 뭐."

오늘 밤엔 네 돈은 그냥 넣어 둬!

주위 사람들에게 한 번 '내는' 일이란 쓸데없는 돈 자랑이나 저녁을 대접받은 후에 거의 의무적으로 사게 되는 술 한 잔과는 다른, 그 이상의 어떤 의미를 가진다. 이는 누가, 언제, 무엇을 샀었는지를 일일이 따져 보며 그에 대한 의무적인 '적당한' 보상을 치르는 식의 계산적인 일이 아니란 뜻이다. 그런 식으로 쫀쫀하게 구는 건 우리 멋쟁이들이 할 일이 아니다. 좀더 대범한, 그래서 더욱 쿨한 멋쟁이 여성이 되어 보자.

가끔, 이는 별다른 이유 없이 그냥 남을 대접하는 것을 의미하기도 한다. 어느 때에는 모인 사람들 가운데 '남자' 친구들이 훨씬 많은 경우도 있다. 물론 그런

오늘은 내가 쏜다!

일렌느 어느 날인가, 아무튼 신시아의 패션쇼가 끝난 아주 늦은 밤이었어. 친구들, 모델들, 그리고 도우미들까지 해서 남아 있는 사람들이 스무 명 정도 되었을까. 공식적인 행사는 다 끝났지만 우린 이렇게 일찍(?) 헤어질 수는 없다며 어디로 뒤풀이를 갈까 다들 들뜬 채 여러가지 궁리를 하고 있었지. 고민 끝에 우린 가까운 모로코 식 바에 있는 큰 룸을 하나 빌려 우리끼리 신나게 밤을 지새기로 했어. 신시아는 쇼의 여운이 남아서였는지 그때까지도 여전히 들떠 있는 모습이었어. 그걸 보면서 난 아, 오늘 밤엔 신시아를 말려야겠구나 생각했지. 그 밤이 신시아를 위한 파티라 해도 과언이 아닐진대, 만일 그날 파티 건을 우리가 알아서 처리하겠다고 하면 그녀는 무슨 난동이라도 부릴 태세였어. 신시아는 남들이 자길 대접하겠다고 하면 우겨서라도 꼭 자기가 계산을 하고야 마는 나쁜(?) 습관을 가졌거든.

흠, 그래서 난 그녀가 내 구원투수를 자청한 모델들과 쇼 얘기로 대화에 열을 올릴 때까지 조용히 기다렸지. 그런 다음, 바텐더와 겨우 눈을 마주친 난 허공에 손가락으로 원을 그려, 살짝 그를 부른 후 조용히 내 카드를 찔러 넣어 주었어. 그 밤의 파티가 거의 끝나 갈 무렵, 바텐더는 라스트 콜을 울렸고 예상대로 신시아는 허둥지둥 자기 지갑을 찾아 열려고 애썼어. 그러자 그런 그녀에게 바텐더가 나지막이 말했지. "계산은 이미 다 끝났습니다." 하하, 이것으로 그날의 선수치기는 성공!

입가심으로 에스프레소와 삼부카(sambucca)를 한 잔씩 마시며, 우리는 '쏘는 즐거움'에 대한 대화를 한바탕 신나게 나눴지. 쏘는 사람이나 받는 사람, 모두가 즐거운 이런 일은 자주 있을수록 좋다며, 우리 모두는 서로의 말에 맞장구를 쳐댔지. 삭막해진 이 현대 사회 속에서, 가끔씩은 이렇게 서로의 이해관계를 떠나 기분 좋게 주위 사람들을 대접하며 살아가는 것도 좋지 않겠어? 그 가운데, 우리들은 이런 일에 관한 책이 하나 나왔으면 하는 얘기도 나눴지. 술기운이 남아서였는지, 우리들은 "이 참에 그냥 우리가 한 번 써버릴까?" 하며 기분 좋게 한바탕 웃어댔어.

분위기에서라면 밤새 돈 한 푼 안 들이고도 신나게 놀다 올 수도 있을 것이다. 그렇지만 기분 한번 내서 당신 자신이 그 자리에 모인 남자 친구들을 기분 좋게 해주는 것은 어떤가? "차는 내가 낼게!"라는 짤막한 한마디로 그날 밤 모인 사람들로부터 '멋쟁이'라는 소리를 이끌어 내보자.

또 다른 분위기에서 멋쟁이가 되는 방법이 하나 있다. 오랜만에 가진 친구들과의 모임 자리, 다들 짝을 지어 온 커플끼리 닭살을 떨어 가며 난리들이다. 단 한 명, 아직 남자 친구가 없어 그날 밤 혼자 오게 된 여자 친구를 제외한다면 말이다. 시끌벅적 파티가 끝나고 계산서가 날아올 때쯤이면 자기 몫을 쓸쓸히 챙겨 내야 하는 그녀는 틀림없이 소외감과 서글픔에 빠지게 될 것이 분명하다. 그러니 그전에 얼른 그 여자 친구 쪽으로 조용히 다가가 그녀의 몫까지 힘께 계산해 버리자. "루루야!" 돈을 내려고 하는 그녀의 이름을 불러 보며 기분 좋은 말투로 이렇게 말해 주자. "에이, 이건 그냥 넣어 둬. 분위기를 보니 오늘 밤엔 네 돈 없어도 만사 오케이겠다, 얘."

즐거운 방문길

누구든 남의 집을 방문할 때 빈손으로 그 집주인과 인사를 나누고 싶지는 않을 것이다. 와인이나 꽃, 디저트 중에서도 이왕이면 예의에 어긋나지 않고 그 분위기에 잘 어울릴 만한 것을 골라 선물하고 싶은 것이 모두의 공통된 마음일 것이다. 하지만 저녁 식사에 초대받을 때마다 마치 여권을 내밀 듯 언제나 똑같은 샴페인이나 포도주 한 병을 들이미는 건 왠지 좀 딱딱하기도 하고, 또 서로에 대한 친밀감을 떨어뜨리는 것 같기도 하다. 그것을 받아 든 집주인도 예의상 감사의 인사 정도야 남기겠지만, 나중에 그걸 들이켜고 있을 즈음이면 이미 도대체 이걸 주고 간 사람이 누구였는지 기억해 내기조차 힘들어질 것이다.

그러니 우리 멋쟁이 여성들이여, 이럴 때 보다 즐겁고 기억에 남을 만한 선물을 준비하는 센스 있는 당신이 되어 보는 것은 어떨까. 해변에서 주말을 보낼 커플을 위해서는 예쁜 끈으로 개성 있게 묶은 잡지 한 꾸러미와 커다란 사탕 상자 하나를 준비해 이런 메모를 함께 남겨 보자. '재밌게 읽고 맛있게 드시길!' 크리스마스 파티에 초대받았다면? 소형 썰매를 하나 만들어 둘러메고 가보는 거다. 비록 그 집주인이 아파트에 산다고 할지라도 말이다.

자, 그러면 이런 식의 새로운 '방문용 선물' 들은 도대체 어디서 가져온다? 대답은 간단하다. 이럴 때를 대비하여 준비해 둔, 당신만의 '선물 서랍장' 에서 그저 꺼내 오기만 하면 되지! 멋쟁이들은 대개 잡동사니를 수집하는 기질을 가지고 있는 법. 이 선물 서랍장 안은 평소 지나던 길가에서나 오랜만에 떠난 피서지에서, 아니면 심야 쇼핑 채널 등에서 눈에 띄는 각종 이상하고 신기한 물건들, 그렇지만 '저걸 사서 도대체 어디다 써?' 하는 생각으로 구입을 꺼리게 되는 물건들로 채워 가면 된다.

자, 이제는 그 물건들의 용도를 분명히 알게 되지 않았는가? 별다른 목적 없이 호기심에서 들쑥날쑥 구입한 이 물건들을 '재미난' 방문 선물들로 활용해 보자.

언제나 감사의 메모를!

내가 느낀 고마운 마음은 그 즉시 전하자. 그들에게 감사의 마음을 신속히 전달해 줄 수 있는 것이면 그림엽서나 사진 뒷면 등 어떤 것을 이용해도 좋다. 이를 위한 가장 좋은 때란 이벤트가 있었던 바로 다음날이라고 할 수 있다. 늦어진다 하더라도 한 주 이상은 넘기지 않도록 하자(인사 표시를 하는 것이 약간 늦더라도 아예 하지 않는 것보다 낫지 않을까?). 이를 위해 스탬프, 편지봉투, 테이프, 풀, 메모지, 형형색색의 포스트 잇, 자신의 이름이 새겨진 패션명함 등, 학교 다닐 때 쓰던 학용품들을 항상 가까운 곳에 놓아두도록 하자.

한층 더 즐거운 분위기를 연출하려면 파티 때 썼던 물건의 일부를 봉투 안에 함께 담으면 된다. 파티가 끝나고 남은 사탕 몇 개를 이런 메모와 함께 보내 보자. '덕분에 이 사탕보다도 더 달콤한 시간을 보냈네요. 다시 한 번 감사드려요!' 혹은 매직펜을 이용해 풍선 위에다 '이 풍선만큼이나 빵빵하고 알찬 시간 만들어 주셔서 너무 고마워요'와 같은 귀여운 메모를 남겨 보는 것은 어떨까.

폴라로이드 카메라 하나와 리본 하나면 충분하다. 식사나 파티가 끝날 무렵, 모인 사람들의 즐거운 모습들을 '찰칵!' 사진에 담은 후 나비넥타이로 예쁘게 묶어 그 집 테이블 위에 세워 두고 오자. 오랫동안 기억에 남을 만한 추억의 굿바이 선물이 되지 않겠는가.

그렇다. 우리는 여기에 우리가 알고 또 가지고 있는 모든 것들을 전달하고자 최선을 다했고, 모르는 것은 찾아서라도 제대로 전하고자 열심히 노력하였다. 그러나 분명한 것은, 내일 아침에 눈을 뜨면 손으로 이마를 치며 "이런, 그걸 깜박했네!" 하고 후회할 것들이 수백, 수천 가지는 될 거란 사실이다. 그렇지만 이제껏 이 책을 읽으며 당신도 느꼈을 테지만, '멋쟁이'란 단어가 '완벽하다'는 말과 일치하는 것은 아니다. 당신도 이 책의 내용에 대해 몇 가지 생각을 품게 되었을 테고, 또 그로 인해 '진정한 멋쟁이'에 대한 나름대로의 정의를 내렸을 것이니 이 또한 바람직한 현상이다.

어찌 되었건, 포인트는 바로 여기에 있다. 이 책은 단순히 쓰여진 숫자들을 따라 그 위에 색깔을 입혀 가는 종류의 것이 아니다. 우리에게 조그마한 욕심이 있다면, 이 책으로 인해 당신의 내부에 존재하던 몇 가지 아이디어들을 바깥으로 끌어 내고, 또 충분하지는 못하더라도 꼭 필요한 정보 몇 가지를 얻게 되었으면 하는 것이다.

즉, 이 책이 지향하는 궁극적인 목적이 있다면, 당신이 이제까지 경험해 보지 못한 일들을 시도해 볼 배짱을 키우도록, 또 스스로의 힘으로 일을 처리해 가도록 하는 데 조그만 도움이 되는 것이다. 진정한 멋쟁이에 대하여 정의를 내리는 일은 당신 개인에게 속한 것이다. 우리가 이 책을 쓰고 예전에 경험했던 몇 가지 개인적인 에피소드를 함께 나누었다고 해서, 모든 질문에 대한 정답을 쥐고 있는 건 분명 아니다. 우리의 세치 혀가 항상 정답만 말하도록 만들어져 있지는 않으니까 말이다. 우리가 내리는 '멋쟁이'의 정의 속에는 현실적인 이유만큼이나 또 다른 공상적인 부분이 함께 녹아 있기 때문이다.

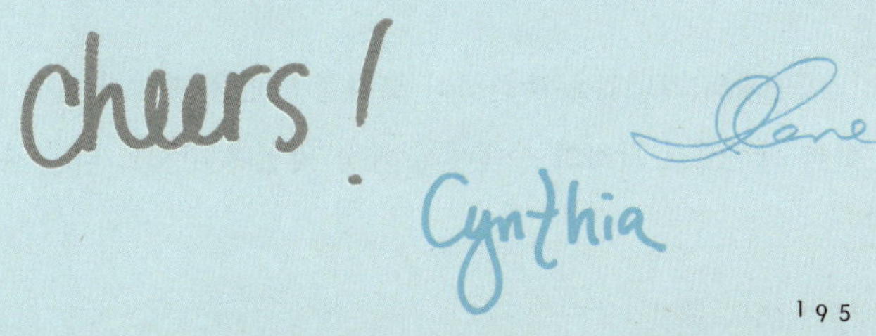

눈만 뜨면 우수수 쏟아지는 각종 정보들을 선별하는 데 우리는 언제나 긴장을 늦출 수 없다. 예전부터 꼭 사리라 별렀던 물건을 손에 넣기 위하여 발바닥에 땀나도록 '알바'도 뛴다. 같은 물건이라도 좀더 좋은 조건으로 구입하기 위해 인터넷의 바다를 열심히 항해하거나 그렇지 않으면 이리저리 발품이라도 신나게 팔아야 한다. 새로 나온 게임에는 누구보다도 빨리 '선수'가 되어야 마음이 안정되고, 새로운 먹거리점에는 친구들보다 빨리 가서 시식의 영광을 맛본 후 주변에 널리 알려야 하는 사명감(!)에 사로잡혀 있기도 하다.

 어디 이뿐이랴. 휘트니스 센터에 가서 운동도 해야 하고, 유행하는 헤어스타일을 만들기 위해 미용실을 찾는 것도 일이라면 일이다. 이렇게 바쁜(!) 와중에도 남자 친구 삐지지 않게 어르고 달래며 함께 놀아주는 것도 잊지 말아야 한다.

 소위 '신세대'라 불리는 연령층의 인간들, 특히 여성들은 이처럼 항상 분주하다. 예전과 달리 볼거리, 먹을거리, 할거리(!)들로 넘쳐나는 요즘, 똑같이 주어진 시간 안에서 보다 많은 것을 경험해야 하기 때문이다.

 겉으로는 얼렁뚱땅 사는 것처럼 보이는 젊은이들도 같은 세대의 친구들에게 뒤처지지(!) 않기 위하여 안으로는 보이지 않는 노력을 부단히 기울이고 있다. 이럴 때 이런 젊은이들이 짧은 시간 안에 보다 실속있게 즐거운 삶을 만들어 가는 데 도움되는 길잡이가 있다면 얼마나 큰 힘이 될까.

 애인과의 기념일을 축하하러 모처럼 와인을 마시러 갔을 때, 소믈리에보다도 더 박학한 상식으로 최적의 상태에서 가장 맛있게 마시고 나올 수 있다면. 굴 하나를 먹더라도 언제가 굴을 먹기에 가장 좋은 시기인지 미리 알고, 그 싱싱한 '사랑의 미약'을 연인의 입안에 살짝 넣어줄 수 있다면. 나에게 가장 잘 어울리는 스타일을 찾아 멋지고 세련된 메이크업과 옷차림을 할 수 있다면. 내가 찜(!)한 남자를 보다 세련되게 유혹하는 방법을 알 수 있다면. 시간에 쫓길 때, 짧은 시간 안에 별다른 힘을 들이지 않고도 남들 눈이 휘둥그레질 만한 식탁을 차려낼 수 있다면……. 실속파 신세대라면 누구나 궁금해하고 알고 싶어하는 정보들, 당신은 이런 재치 넘치는 정보를 이 작은 책 안의 곳곳에서 찾아볼 수가 있다.

이 순간에도 세월의 화살은 끊임없이 날아가고 있다. 제 아무리 한겨울이라도 반팔 반바지를 걸치고 형형색색의 신기한 머리모양을 한 채, 톡톡 튀는 행동으로 주위의 시선을 끄는 '현재의 신세대' 라 할지라도, 언젠가는 주어진 삶의 끝자락에 서서 새롭게 탄생하는 또 다른 신(新)인류를 바라보는 '기성세대' 가 되어버리는 순리만은 막을 수 없다. 중요한 것은 시들어가는 젊음을 아쉬워하고 싱싱했던 시절을 그리는 게 아니라, 나이 들어가는 과정에 놓인 순간순간을 남들보다 꽉꽉, 실속있게 채워가며 즐겁게 살아가는 것임을 잊지 않았으면 한다. 훗날, 보다 짜릿하고 행복했던 기억으로 더듬어 볼 수 있도록 …….

'장밋빛 인생' 을 삶의 모토로 살아가는 멋쟁이 젊은이들이여, 인생은 즐기는 자의 것이다. 고로 신나게, 그러면서도 우아함을 잃지 않는 삶을 즐겨보자. 그런 삶을 살기 위해서는 유쾌한 삶의 비결들을 이 책에서 살짝 가져다 쓰는 당신의 넘치는 재치가 필요할 것이다.

2002년 6월

박무영

참고한 자료

· *A Woman's Guide to Cigar Smoking*, Rhona Kaspar, St. Martin's Press, April 1998

· *All About Chocolate*, Carole Bloom, Macmillan, 1998

· *The American Girl's Handy Book*, Lena Beard and Adelia Beard, Nonpareil Book, 1987

· *Caruso and the Art of Singing*, Salvatore Fucito and Barnet J. Beyer, Dover Publications, 1995

· *Cary Grant: A Class Apart*, Graham McCann, Columbia University Press, 1996.

· *Cocktail: The Drinks Bible for the 21st Century*, Paul Harrington and Laura Moorehead, Viking, 1998

· *Consider the Oyster*, M. F. K. Fisher, North Point Press, 1988(third printing, 1996)

· *Crowning Glory: Reflections of Hollywood's Favorite Confidante*, Sydney Guilaroff,
  General Publishing Group, 1996

· *Edible Flowers*, Claire Clifton, McGraw Hill Books, 1983

· *Esquire's Handbook for Hosts*, Grosset and Dunlap, 1949

· *Fabulous Fragrances*, Jan Moran, Crescent House Publishing, 1994

· *The Flowers of La Grenouille*, Charles Masson, Clarkson Potter Publishers, 1994

· *Food*, Waverly Root, Smithmark Publishers, 1996.

· *The Food Lover's Tiptionary*, Sharon Tyler Herbst, Hearst Books, 1994

· *Frank Sinatra*, John Howlett, Plexus Publishing, 1980

· *High Spirits: A Celebration of Scotch, Bourbon, Cognac, and More*, H. Paul Jeffers, Lyons and Buford, 1997

· *How to Buy Jewelry Wholesale*, Frank J. Adler, House of Collectibles/
  The Ballantine Publishing Group, 1998

· *How to Enjoy Wine*, Hugh Johnson, Fireside, 1985

· *How to Talk Golf*, Dawson Taylor, Dembner Books, 1985

· *How to Win at Casino Games*, Belinda Levez, Teach Yourself Books, 1997

· *Lots of Luck*, Emily Gwathmey, Angel City Press, 1994

· *Lucille's Car Care*, Lucille Teganowan, Hyperion, 1996

· *The New Magician's Manual*, Walter B. Gibson. Dover Publications, 1975

· *The New Games Treasury*, Merilyn Simonds Mohr, Houghton Mifflin Company, 1997

· *Oysters: A Connoisseur's Guide and Cookbook*, Lonnie Williams and Karen Warner, Ten Speed Press, 1990

· *Oysters: A True Delicacy*, Shirley Line, MacMillan, 1995

· *Single Malt Scotch and Whiskey*, Daniel Lerner, Black Dog and Leventhal Publishers, 1997

· *Vocal Wisdom: Maxims of Giovanni Battista Lamperti*, Taplinger Publishing Company, 1931

· *The Way You Wear Your Hat: Frank Sinatra and the Lost Art of Living*, Bill Zehme, HarperCollins, 1997

· *Winning Pool Tips*, Steve Mizerak, VGM Career Horizons, 1995

· *Windows on the World Complete Wine Course*, Kevin Zraly, Sterling Publishing, 1998

옮긴이 박무영

1974년 서울 출생. 이화여자대학교 불어불문학과 졸업.
현재 (주)파라다이스 경영기획팀에서 근무.
1996년 뉴욕 컬럼비아 대학교에서 1년간 어학연수.
옮긴 책으로는 『행복이 남긴 짧은 메모들』 『YOU & ME』
『누드 세일』 『세상의 모든 변명』 『사랑하는 이들을 위한
365가지 질문』 『사랑의 찜』 등이 있다.

스윌

품격있는 멋쟁이가 되기 위한 보석 같은 노하우

펴낸날 2002년 7월 30일 1판 1쇄
        2002년 8월 25일 1판 2쇄
지은이 신시아 로리 · 일렌느 로젠비그
옮긴이 박무영
펴낸이 김혜숙
펴낸곳 도서출판 참솔
등록번호 제8-244호
등록일 1998년 5월 13일
주 소 121-718 서울시 마포구 공덕동 404 풍림빌딩 521호
대표전화 3273-6323
팩시밀리 3273-6329
e-mail charmsoul@charmsoul.com
값 9,800원
ISBN 89-88430-27-1 03840